GABRIELLA
SANTOS DE LIMA

Warum willst du jetzt schon gehen?

Loewe

FSC
www.fsc.org
MIX
Papier | Fördert gute Waldnutzung
FSC® C014496

ISBN 978-3-7432-1882-6
1. Auflage 2024

Dieses Werk wurde vermittelt von der Literaturagentur
erzähl:perspektive, München (www.erzaehlperspektive.de).
Umschlagillustration: Chloe Friedlein
Umschlag-, Innenklappen- und Farbschnittgestaltung: Michael Ludwig Dietrich
Farbschnittmotiv: © Markovka/shutterstock.com
Innenillustrationen: Laura Rosendorfer
Redaktion: Elena Hein
Druck und Bindung: GGP Media GmbH,
Karl-Marx-Straße 24, D-07381 Pößneck

www.loewe-verlag.de

Liebe Leser*innen,

dieses Buch enthält potenziell triggernde Inhalte.
Deshalb findet ihr auf der letzten Seite eine Triggerwarnung.

Achtung: Diese enthält Spoiler für die gesamte Geschichte!
Wir wünschen euch das bestmögliche Lesevergnügen.

Eure Gabriella und das Loewe-Team

Für alle, die sich im echten Leben in den Bad Boy verliebt und kein Happy End bekommen haben.

Playlist

Rote Flaggen – Berq
bad idea right? – Olivia Rodrigo
kontrollverlust – Edwin Rosen
logical – Olivia Rodrigo
Nirvana – ENNIO
vampire – Olivia Rodrigo
Nie verliebt – Paula Hartmann
love is embarrassing – Olivia Rodrigo
Utopie – ENNIO
making the bed – Olivia Rodrigo
Achilles – Berq
obsessed – Olivia Rodrigo
Rote Flaggen (feat. RTO) – Berq, Rundfunk-Tanzorchester Ehrenfeld

I wish you a kinder sea.

Emily Dickinson

Prolog

Ich habe dich zuerst gesehen, zuerst geküsst und dich zuerst geliebt.

Du hast mich zuerst gebrochen.

Ich werde nicht lügen, von mir ist nicht mehr viel übrig. Dabei habe ich Liebe geliebt. Zumindest die, die ich aus meinen Liebesromanen kannte. Im Grunde sind sie alle gleich. Sie besitzen denselben Aufbau und hören immer mit einem Happy End auf. Die meisten von ihnen beginnen mit einem Neuanfang. Protagonistinnen wollen ihr verhasstes Heimatdorf hinter sich lassen und in einer neuen Stadt jemand sein, den sie selbst noch nicht kennen.

Unsere Geschichte ist nicht so.

Ich fange damit an, dass ich zurückfahre. Nach Hause. Weg von dir. Und ich habe noch eine lange Reise vor mir.

Gleich werde ich umsteigen müssen, in einen ICE. Mein Ziel ist noch Stunden von mir entfernt. Doch auch, wenn es nur Minuten weg wäre, würde sich alles in mir tot anfühlen. Da, aber nicht da. Das ist ein Unterschied, den du mir mit deiner Pseudotiefgründigkeit beigebracht hat.

Ich hasse es.

Dich.

Mich.

Warum willst du jetzt schon gehen?

Ich werde meine Musik niemals laut genug einstellen können, um das Echo deiner Frage in meinem Kopf zu übertönen.

Ich denke nicht nach, als ich meinen Laptop hervorziehe. Innerhalb von Sekunden fahre ich ihn hoch und erstelle ein neues Dokument. Dann tue ich das, was ich am besten kann, wenn ich eigentlich nichts mehr kann.

Ich schreibe.

1

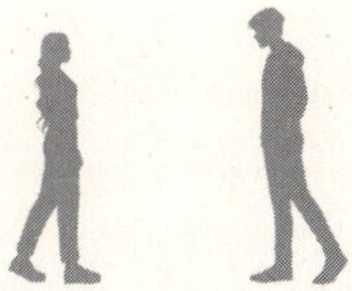

Ich hasste meine Hände.

Es klingt dramatisch, allerdings muss ich diesen Fakt gleich am Anfang loswerden. Ich mochte nicht, wie klobig und unförmig meine Finger waren. Die Tatsache, dass ich keine Ringe trug, weil meine Haut sonst gequetscht wirkte, was wiederum hässlich aussah. Außerdem waren meine Gelenke krumm und meine Nägel splitterten dauernd ab. Deshalb war es egal, wie viel Geld ich für einen der teuren Nagellacke im Drogeriemarkt ausgab – es sah nie gut aus.

Wer zur Hölle macht sich bitte derart viele Gedanken um seine Hände?

Sicherlich würden sich neunzig Prozent der Menschheit diese Frage stellen, die restlichen zehn Prozent hätten mir wie meine ältere Schwester Mila gut zugeredet.

Mit sechzehn haben wir doch alle ein schwieriges Verhältnis zu uns selbst, das renkt sich bald ein, wirst schon sehen.

Sie sagte das so, als wäre sie zwanzig Jahre älter als ich und nicht sieben. Als hätte sie nicht vor einigen Monaten noch einen Zusammenbruch in ihrem alten Kinderzimmer erlitten, weil ihr irgendein Kleid nicht mehr passte.

Aber was, wenn nicht, Mila? Was, wenn doch alles gleich bleibt?

Letzteres fragte ich mich, bevor ich das Schild in der Fahrerscheibe des dunklen Busses erkannte.

Exklusiv für die Gäste des SZI:
Willkommen an Bord!

SZI.

Sankt-Zander-Internat.

Erleichtert atmete ich auf. Während der Zugfahrt hatte ich befürchtet, den Treffpunkt nicht zu finden, den Bus zu verpassen oder ihn erst im letzten Moment zu sehen und wie eine Irre auf die offenen Türen zulaufen zu müssen, nur um kurz vor meinem Ziel atemlos dabei zuzusehen, wie sie sich schlossen – und der Bus davondüste. Das Schlimmste daran wäre nicht gewesen, dass ich keine Ahnung gehabt hätte, wie ich das Internatsgelände anderweitig hätte erreichen können. Es wären die Blicke der fremden Passanten gewesen. Die, die mich in meiner Verzweiflung schamlos beobachtet und sich leise *Idiotin* gedacht hätten.

Ich wollte keine Idiotin sein.

Ich wollte das Mädchen werden, das einen Platz am Sankt-Zander-Internat verdient hatte, das Beste aus den nächsten drei Jahren und später aus seinem Leben machen würde.

Das SZI war aufgrund der verschiedenen Schwerpunkte *die* Schule für angehende Künstler jeden Bereichs. Selbst international war es bekannt. Wenn ich wollte, könnte ich in drei Jahren in New York, London oder an der Akademie der Künste in Berlin studieren. Natürlich war der Abschluss keine Garantie für Reichtum und Ruhm, Emmys und endlosen Erfolg. Aber er machte meine Träume wahrscheinlicher.

Also drehte ich mich ein letztes Mal um und blickte auf die Tafel über dem Bahnsteig. In dreiundzwanzig Minuten würde derselbe Zug, aus dem ich eben gestiegen war, wieder abfahren, zurück in die Stadt, zurück nach Hamburg und nach Hause.

Zuhause.

Ich schnaubte. Dieser Gedanke gab mir den nötigen Ruck. Selbstbewusster, als ich mich fühlte, marschierte ich auf den Bus zu.

Wenn du allein unterwegs bist, lauf schneller. So denken die Leute, du hättest ein Ziel, und du fühlst dich weniger beschämt.

Das hatte ich aus meinem Lieblingsbuch *Wenn wir bleiben*, das ich umklammert hielt, weil es nicht mehr in meinen Rucksack gepasst hatte, nachdem ich auf der Fahrt in ihm herumgewühlt hatte. *Wenn wir bleiben* war das beste aller besten Bücher, schon fünfmal von mir gelesen. Die Protagonistin hatte kein leichtes Leben, besaß aber die Hoffnung und Zuversicht, dass zukünftig alles nicht gut, sondern *sehr* gut werden würde. Manchmal wünschte ich, ich wäre mehr wie sie und weniger wie ich. Vielleicht las ich es genau deshalb gerade zum sechsten Mal.

Keine Minute später verharrte ich vor dem hochgewachsenen Busfahrer, der neben der offenen Tür stand. Ringsum erkannte ich unzählige Menschen. Und Schilder. Eins hieß die Besucher auf der Nordseehalbinsel Sankt Zander willkommen, wohingegen andere die Kilometerzahl in Richtung Strand, Inselzentrum oder weitere wichtige Touristenstopps anzeigten. Wenn ich einatmete, bildete ich mir sogar ein, das Meer riechen zu können.

»Guten Tag.« Der Fahrer blickte auf das Klemmbrett in seiner anderen Hand. »Name?«

»Winkler«, erwiderte ich viel zu leise. »Helena.«

Ich zählte die Sekunden in meinem Kopf, bis er schließlich nickte und einen Haken auf das Papier setzte.

»Mehr Gepäck hast du nicht?«

Stumm schüttelte ich den Kopf, bevor er sich meinen

Koffer schnappte. Mit weichen Knien bestieg ich die Stufen in das Businnere, bloß um nach zwei Schritten wieder zu stoppen.

Später würde ich behaupten, es wäre wie im Film gewesen. Urplötzlich passierte nämlich alles ganz langsam. Es erklang sogar Musik. Hörte ich da etwa … *Wildest Dreams* von Taylor Swift? Ich blinzelte, doch es war keine Einbildung. Das Mädchen in der zweiten Reihe hatte ihre Musik so laut eingestellt, dass wir alle sie mithörten.

Ganz eigentlich galt meine Aufmerksamkeit allerdings nur *ihm*. Mir war bewusst, wie das klang: klischeehaft und übertrieben.

Aber es stimmte.

Dieser Typ, der keinen Meter von mir entfernt saß, er war einfach anziehend. Wie er lässig mit seinen athletischen Gliedern auf dem Fensterplatz hockte, ein zerfleddertes Notizbuch und einen Stift in der Hand. Er wirkte wie aus einem Film. Wie einer von diesen melancholischen Charakteren, für die meine Freundinnen und ich immer eine Schwäche hatten. Dabei war sein Haar nicht brünett, sondern blond, doch dafür unendlich zerzaust. Er trug ein simples Shirt in Olivgrün und schrieb etwas in ein Buch.

Vielleicht führte er Tagebuch. Vielleicht war er auch nervös. Vielleicht lenkte er sich so ab. Vielleicht dachte er in genau diesen unfassbar nervösen Momenten so viel, dass er es nicht aushielt und seine Gedanken aufschreiben musste.

So wie ich.

Selbst wenn mein Kopf nicht realisieren konnte, dass gerade etwas passierte, spürte es mein Körper. Das Herz in meiner Brust donnerte wie ein plötzliches Sommergewitter, das niemand jemals vorausgesagt hatte.

Ich wusste nicht, ob es schlimmer oder besser wurde, als er plötzlich den Kopf hob. Und alles in mir warm, wärmer und noch wärmer wurde. Als hätte er meinen Blick auf sich gespürt.

Deinen Blick auf sich gespürt? Leni, du hast ihn unverschämt angestarrt, natürlich hat er das bemerkt.

Doch ich ignorierte meine innere Mila, die viel zu oft in meinem Kopf ertönte, weil sie zwar nicht alles, aber zumindest immer alles besser wusste als ich. Sie war so gut darin, mich auf den Boden der Tatsachen zurückzuholen und Momente damit zu zerstören. Diesen hier würde sie allerdings nicht bekommen. Der war für mich ganz allein bestimmt.

Und für ihn.

Denn auch der Fremde blieb mit seinem Blick an mir hängen, als spürte er das, was ich spürte, ebenfalls.

Als wäre das Kopfkino hinter meiner Stirn ein einziges Mal echt.

Sonnenstrahlen schienen durch die Scheiben. Dabei war längst alles so unfassbar warm. Allem voran sein Blick, der sich tief und braun an mir entlangschlängelte. Bis er an meinen fürchterlich krummen Fingern hängen blieb, die immer noch das Buch umklammerten.

Schlagartig wurde mir kalt.

Sein Blick zuckte neugierig von meinem Gesicht zu meinen Händen. Immer wieder und wieder und wieder und jetzt immer noch.

Dann, ganz langsam, Zentimeter für Zentimeter, verzog er die Lippen zu einem Lächeln. Es war schief und es passte so verflucht perfekt.

»*Wenn wir bleiben*?«, flüsterte er geheimnisvoll.

Ich bekam Gänsehaut.

Überall.

Gott.

Seine Stimme.

Wie tief und kratzig sie klang.

Er nickte auf mein Buch, bevor er spielerisch eine Braue anhob.

Mein Mund öffnete sich, doch …

»Also, ich hab schon davon gehört, dass man mitten in der Fußgängerzone stehen bleibt und Passanten den Weg blockiert, aber wenn man das in einem stickigen Bus tut, ist das echt ein anderes Level.« Hinter mir lachte jemand so laut, dass ich mich umdrehen musste.

Unsicher entschuldigte ich mich bei dem dunkelhaarigen Mädchen, das mich angrinste und sich dabei den Pony aus der Stirn pustete. Angestrengt hievte sie ihre Reisetasche auf die Stufe vor sich.

»Sorry«, murmelte ich ein weiteres Mal.

Als ich mich von ihr abwandte, sah der Typ mich gar nicht mehr an. Er hatte seine Aufmerksamkeit längst wieder auf sein Notizbuch gerichtet, während ich hastig auf einen freien Platz huschte. Fünfzehn Minuten später startete der Fahrer den Motor.

Ich hielt das Buch währenddessen noch immer fest. Nicht wie einen Anker, nicht wie einen Schatz. Ich umklammerte es bloß so, wie du etwas umklammertest, wenn du nichts anderes mehr hattest. Traurig, doch tröstlich.

2

Hundertdreiundfünfzig Tage, nachdem ich Papa zum ersten Mal in meinem Leben weinen gesehen und er anschließend seine Sachen gepackt hatte, hundertachtundvierzig Tage, nachdem Mila unserer Mutter daraufhin geschworen hatte, sie würde nie wieder mit ihr reden, und ihr Wort bis heute gehalten hatte, hundertdreiundzwanzig Tage, nachdem der Brief mich erreicht hatte, achtundneunzig Tage, nachdem Mama mich davon überzeugt hatte, dass ich gehen müsse, zwei Tage, nachdem ich schließlich ebenfalls meine Sachen gepackt und nur vier Stunden, nachdem ich mich von ihr am Bahnhof verabschiedet hatte, hieß mich ein gähnender Busfahrer auf dem Schlossinternat willkommen.

»Sankt Zander«, verkündete er über die Lautsprecheranlage. »Ihr Haltestopp.«

Wow, dachte ich beim Anblick des imposanten Gebäudes, doch den Großteil der Mitfahrenden schien dieser kaltzulassen. Womöglich war es nicht ihr erstes Jahr auf Sankt Zander. Doch meins war es sehr wohl. Also blieb ich staunend stehen, um das helle Gebäude mit dem schieferfarbenen Dach zu bewundern. Das Internat war umgeben von grünem Rasen, perfekt getrimmten Büschen und hohen Baumkronen. Es sah wirklich aus wie ein Schloss, eindrucksvoll und gigantisch. Mit von Efeu bewachsenen Fassaden, ein

Ort voller Geschichte, mit alten Gemäuern und drei Türmen. Aus einem der Videos im Internet wusste ich, dass unser Schlossinternat in einem anderen Zeitalter der Urlaubssitz des deutschen Adels gewesen war. »Jetzt gehört es der Kunst, der Kunst allein, meine Damen und Herren«, hatte der Guide in dem Video erklärt.

Hier fand man keine Spur von dem süßen Inselflair, das etliche Touristen in der Saison anzog. Die Umgebung bot eine Vielfalt an Natur, vom Meer und seinem nahezu weißen Strand bis hin zu dem geschützten Waldgebiet.

Mein jetziges Zuhause.

Als ich aus den Augenwinkeln erkannte, dass viele ihr Gepäck bereits über die Kieselsteine in Richtung Innenhof schoben, riss ich mich von dem imponierenden Anblick los und schnappte mir ebenfalls meinen dunklen Koffer. Eine Viertelstunde später erreichte ich das Mädchenwohnheim und stellte mich für die Schlüsselausgabe bei Frau Wall an, der Betreuerin und unserer Ansprechpartnerin. Ich wartete weitere zehn Minuten, lauschte den Gesprächen der anderen, die sich offensichtlich bereits kannten, und wurde mir bewusst, dass ich niemanden kannte. Um mich nicht an diesem Gedanken aufzuhängen, begutachtete ich das Foyer. Hätten wir Schuluniformen tragen müssen, hätte ich mich wie an einer elitären englischen Boarding School gefühlt. Die schwarz-weiß gefliesten Böden. Die edel wirkenden Stillleben an der Wand. Die endlos hohe und runde Decke. Alles hier wirkte so ehrwürdig und wichtig, dass ich mich eine Spur zu nichtig fühlte.

In Frau Walls Büro erläuterte sie mir, dass mein Zimmer die Nummer zweihundertfünf habe, wobei sie sich eine grau melierte Strähne aus der Stirn strich.

»Die Treppen nach oben, dann links«, erklärte sie lächelnd, nachdem sie mir meinen Schlüssel überreicht hatte.

Glücklicherweise fand ich mein schlichtes Zimmer im zweiten Stock auf Anhieb. Nachdem ich die Tür geöffnet hatte, checkte ich die Uhrzeit auf meinem Handy.

Fünfzehn Uhr zweiundvierzig.

Ich hatte noch achtzehn Minuten bis zur Willkommensrede und musste dafür den Innenhof in Richtung Hauptlehrgebäude überqueren.

Mir blieb nicht einmal genug Zeit, das Gepäck meiner Zimmerpartnerin auf der anderen Seite des Raums zu mustern, von der hier jede Spur fehlte. Also tat ich es ihr gleich, stellte meinen Koffer ab, frischte mein Deo auf und huschte dann aus der Tür. Ich schaffte es gerade pünktlich in die Aula, wo ich neben fremden Personen saß, die sich genauso nervös umsahen wie ich.

Bis diese füllige Frau Anfang vierzig sich vor uns positionierte und verkündete, dass mir die beste Zeit meines Lebens bevorstünde.

Na ja, okay. Sie erklärte es nicht nur mir, sondern allen vierunddreißig neuen Gesichtern.

»Wir schätzen uns glücklich, Sie als Jahrgang sechsundachtzig auf Sankt Zander willkommen zu heißen. Ihnen stehen drei Jahre voller neuer Herausforderungen bevor. Und ich würde lügen, wenn ich behaupten würde, dass es nicht manchmal schwierig werden wird. Die Wahrheit ist: Es wird viel zu viele Momente geben, in denen Sie einfach hinschmeißen wollen. Aber genau dann dürfen Sie nicht aufgeben. Denn wie sagt das Schild vor unseren Toren so schön? *Habe keine Angst vor dem Fortschritt, bloß vor dem Stillstand.* Ein Zitat eines unserer ersten Absolventen, Johann

Fischer, neunzehnhundertachtundfünfzig.« Lächelnd faltete Frau Schröder die Hände zu einem Dreieck. »Das gesamte Kollegium und ich wünschen Ihnen einen wundervollen Start. Gerne können Sie die Zeit auf Ihren Zimmern nutzen, bis …«

Die Direktorin erklärte den weiteren Ablauf, dass der Rundgang in eineinhalb Stunden starten würde und wir uns anschließend zu einem gemeinsamen Abendessen mit unserem Stufenleiter im Speisesaal I treffen würden. Aufmerksam hörte ich zu, obwohl ich bereits die Wegbeschreibung zum Treffpunkt auswendig kannte. Ich hatte das Informationsmaterial studiert, noch bevor ich mich endgültig für die Zusage entschieden hatte. So sehr hatte ich diesen Platz am SZI gewollt.

»Und genau deshalb«, hörte ich Mamas Stimme in meinem Kopf. »Genau deshalb *musst* du gehen, Leni-Liebling.«

Also klatschte ich genau wie die anderen ringsum, diese Fremden, meine neuen Mitschüler, als Direktorin Schröder ihre Rede beendete. Hundertdreiundfünfzig Tage, nachdem die ganze Scheiße in meinem Leben begonnen hatte, wollte ich wirklich daran glauben.

Dass es besser werden würde.

3

Der erste Tag war der Tag der Namen. Und der Schwerpunkte.

Als Teil einer fünfköpfigen Gruppe führte uns unsere Tutorin Marie über das Internatsgelände. Bei der Begrüßung erkannten wir uns gegenseitig sofort.

»Hey«, sagte sie lachend. »Da ist ja das Mädchen, das eine Schwäche fürs Wegblockieren in Bussen hat.«

Ich hingegen lernte, dass sie eine Schwäche für stramme Schrittgeschwindigkeit und ein schnelles Sprechtempo besaß. Innerhalb von wenigen Momenten erfuhren wir, wie alt sie war (achtzehn), seit wann sie das Internat besuchte (vorletztes Jahr), ihren Schwerpunkt (Kreatives Schreiben) und was sie ab nächstem Jahr damit machen wollte (es gibt SO viele Möglichkeiten). Der laue Septemberwind wehte ihr schulterlanges Haar dabei nach hinten und entblößte ihre sonnenförmigen Ohrringe.

»Hat noch jemand von euch Kreatives Schreiben?«

Manuel – der schlaksige Typ mit der klobigen Brille und dem hellen Lockenkopf – schüttelte den Kopf. »Musik«, erklärte er. »Klassisch.«

»Echt?«, erwiderte der dunkelhaarige Typ, der sich als Luca vorgestellt hatte. »Voll cool, ich hab auch Musik.«

Für einen Moment sahen ihn alle an, was nicht unbedingt

daran lag, dass er gerade etwas gesagt hatte. Es lag vielmehr an ihm. Seiner Ausstrahlung, seinem Erscheinungsbild. Womöglich sogar an dem Grübchen in seiner linken Wange, wenn er lächelte. Luca sah gut aus, war aber nicht wie die Typen zwei Stufen über mir, die nachmittags von allen Mädchen in den sozialen Netzwerken gesucht wurden. Weil sie attraktiv waren, das gewisse Etwas und Status besaßen. Weil es ein unausgesprochenes Gesetz war, dass du den Jackpot gezogen hattest, wenn sie ein Bild von dir auf Instagram mit einem *Gefällt mir* markierten. Luca war anders. Er war nicht laut und überheblich, nicht arrogant auf diese Weise, die heiß war. Er hatte eine positive Art und ein strahlendes Lächeln, das zu breit war, um als lässig bezeichnet zu werden.

»Puuuh.« Marie seufzte theatralisch. »Dann haben wir ja schon zwei Musiker. Was ist mit den anderen? Jemand hier, um das auszugleichen?«

»Schauspiel und Film«, erwiderte das Mädchen, das sich uns gerade als Jasmin vorgestellt hatte.

»Ich …« Heiser räusperte ich mich. »Ich habe auch Kreatives Schreiben ausgewählt.«

»Willkommen im Team.« Marie zwinkerte mir zu. »Vielleicht hören wir ja mal was von dir im Hoftheater.«

»Ist das nicht nur für Schauspielstücke?«, fragte Jasmin verwirrt.

»Jeden ersten Freitag im Monat finden dort Open-Mic-Abende statt«, erklärte Marie. »Jeder kann einen Text seiner Wahl vorlesen. Glaub mir, die Abende sind legendär.«

Legendär.

Das klang wohl kaum nach mir. Und die Vorstellung, in diesem Theater zu stehen, vor etlichen von Menschen, die meine Mitschüler waren und denen ich jeden Tag auf den hohen Schulfluren begegnen würde, hörte sich erst recht nicht nach mir an. Ich lächelte Marie trotzdem zu, wohlwissend, dass ich niemals etwas im Hoftheater vorlesen würde, und sie lächelte zurück.

Unter unseren Füßen knirschte der Schutt, während sie uns nun in Richtung Mensa lenkte, vorbei an den mit Efeu bewachsenen Fassaden der zwei mehrstöckigen Hauptlehrgebäude. Weiter links erkannte ich den Umriss der Turnhalle. Rechts von uns befanden sich die Wohnhäuser, knapp sechzig Zimmer für rund einhundertzwanzig Schüler. Jeder, der das Internat besuchte, wohnte auch hier. Das war die Regel am SZI, damit wir unser Potenzial auch voll entfalten konnten mit all den außerschulischen Aktivitäten, abgestimmt auf unsere künstlerischen Schwerpunkte. Marie gab uns Empfehlungen fürs Mensaessen, erklärte, dass die Pizzadreiecke mit gegrillter Aubergine am Freitag die besten seien und wir die Gnocchi mit Roter Bete dienstags lieber vermeiden sollten.

Als Krönung unserer Führung scheuchte sie uns ins Innere des ersten Turms, bis in die oberste Etage.

Scheiße, dachte ich.

Absichtlich lief ich als Schlusslicht, damit niemand sehen konnte, wie heftig meine Beine zitterten.

Ich hasste Wendeltreppen.

Ich hasste oberste Etagen.

Ich hasste Höhe.

Hassen ist ein sehr starkes Wort. Du kannst etwas nicht einfach nicht mögen, nur weil du Angst davor hast, Leni-Maus, meldete sich meine innere Mila zu Wort. Natürlich hatte sie recht. Wie immer. Meine Schwester hatte Journalismus in Köln studiert und lebte seit ihrem Abschluss in Berlin, wo sie als Redakteurin für ein feministisches *funk*-Format arbeitete. Meine Eltern hatten sich nie erklären können, wieso wir beide schreiben wollten – wenn auch auf unterschiedliche Arten –, obwohl weder Mama noch Papa etwas mit dem Schreiben zu tun hatten. Aber es war schon immer so gewesen. Ich hatte mich am liebsten in die Welten meiner Bücher verkrochen, während Mila unsere Welt mit ihren Worten verändern wollte. Seit ihrem Auszug tönte ihre Stimme noch häufiger in meinem Kopf, weil sie mir leider immer die besten Ratschläge erteilt hatte.

Trotzdem konnte sie mich in diesem Moment nicht daran hindern, nasse Flecken mit meinen schwitzenden Händen an dem Geländer zu hinterlassen. Stufe für Stufe zwang ich mich bis nach oben, bis ich die Aussichtsplattform als Letzte und außer Atem erreichte. Dort peitschte der Wind viel heftiger als unten, sodass es in meinen Ohren rauschte. Ich hielt Abstand zur Mauer und blieb in der Nähe der Treppe, während meine Mitschüler gar nicht genug von der Aussicht bekommen konnten.

»Alles okay?«

Ich wollte ein bisschen im Boden versinken, als ausgerechnet Lucas Blick auf mich fiel und er ehrlich besorgt einen Schritt von der Mauer zurück- und auf mich zutrat.

»J…ja«, sagte ich sofort. »Ich, ähm, ich schaue mir die Aussicht nur lieber von hier an.«

Ich war mir sicher, dass er mich innerhalb von Sekunden durchschaute, während sein Blick zu meinen zitternden Knien zuckte. Ehrlicherweise hätte ich sogar meine gebundene Ausgabe von *Wenn wir bleiben* darauf gewettet, dass er mich auf meine offensichtliche Höhenangst ansprechen würde. Wider Erwarten blieb er jedoch bloß neben mir stehen.

»Ich mach mit«, sagte er. »An der Mauer ist sowieso so viel Gedrängel. Von hier aus ist der Ausblick genauso gut.«

Danach sagten wir nichts mehr, doch ich spürte ihn weiterhin neben mir.

»Wow«, stieß Jasmin weiter vorn aus. Und sie hatte recht. Von hier oben war Sankt Zander ein Panorama und wir hatten den besten Blick. Freie Sicht über die Halbinsel. Die Menschen links in der Stadt wirkten wie unendlich kleine Spielfiguren. Wenn ich meinen Blick mit noch immer zitternden Knien und schwitzenden Händen weiterschweifen ließ, erkannte ich den Strand, das Meer und die Wellen, die ans Ufer brandeten. Wieder und wieder, auf diese unendlich friedliche Weise.

»Die Sankt-Zander-Klippen.« Marie nickte augenrollend gen Horizont. »Ich bin fast traurig, dass wir hier niemanden mit einem künstlerischen Schwerpunkt haben. Eigentlich wäre jetzt nämlich der Moment, in dem ich natürlich suuuperbegeistert erklären würde, dass auch sie diese Aussicht zehntausendmal zeichnen werden, wie ihre Vorgänger. Mit etwas Glück ist ihr Werk so gut, dass es im Salonzimmer ausgestellt wird – weil natürlich reichen nicht hunderte Bilder von dieser Aussicht. Die Welt benötigt noch das siebenhundertzwölfte.«

Alle lachten, bevor meine Gruppenmitglieder Fotos schossen und sie in ihre Familiengruppen schickten. Ich stand einfach nur da und atmete ein.

Neuanfang, dachte ich. *Das hier riecht nach einem salzigen Neuanfang.*

Fünfzehn Minuten später entließ uns Marie, nachdem wir

unseren Startpunkt am Hauptgelände erreicht hatten. "Süße Freiheit", flötete sie. "Na ja ... zumindest, bis der Unterricht losgeht.« Anschließend drückte sie uns ihr Handy in die Hand, damit wir unsere Nummern einspeichern konnten. »Wir sind jetzt ein Team«, sagte sie. »Und eine Gruppe. *Team ohne Künstler.* Ich hoffe, der Name passt für euch. Falls ihr Fragen habt, immer her damit. Ach, und bevor ich es vergesse: Sehe ich jemanden von euch nachher auf der Strandparty? Ab halb acht startet die Das-neue-Schuljahr-hat-leider-begonnen-willkommen-zurück-Party. Ein paar Bands aus dem Ort spielen. Ihr könnt nach eurem Essen vorbeikommen. Ist richtig cool.«

»Ich schätze ...« Manuel rückte erneut die Brille auf seiner Nase zurecht, nachdem Marie uns winkend allein gelassen hatte. »Wir sehen uns dann beim Essen?«

Unsicher nickten wir uns zum Abschied zu, bevor wir unsere Zimmer ansteuerten. Eigentlich wollte ich nicht direkt nach meinem Handy greifen, weil ich durch einen Podcast erfahren hatte, dass wir mehr präsent sein müssten. Wahrnehmen sollten. Diesen Moment nicht verlassen dürften. Aber ich fühlte mich so allein inmitten von Menschen, winzig wie eine wirkliche Spielfigur neben dem imposanten Schlossgebäude.

Hastig überflog ich die Nachrichten deshalb doch auf meinem Handy. Meine Freundinnen wollten wissen, wie mein erster Tag war. Mila hatte mich nach Bildern gefragt und drei Fragezeichen hinterhergeschickt, weil sie ihre erste Nachricht bereits gegen zwölf versendet hatte. Mama hatte mir ein Selfie von sich und unserem Kater Kosmo geschickt. *Wir vermissen dich schon jetzt.*

Keine Nachricht von Papa.

Ich redete mir ein, dass es nichts ausmachte. Dass es egal wäre. Dass die Dinge sich nun mal verändert hatten und es jetzt war, wie es war.

Du sagtest, was du sagtest, ich fühle, was ich fühle, und es ist, wie es ist.

Ich erinnerte mich an dieses Zitat, das meine Schwester völlig durchschaubar kurz nach der Trennung unserer Eltern in ihrer Story geteilt hatte. Ich unterdrückte ein Seufzen und wollte mein Handy wieder in meiner Tasche verstauen und stattdessen meine Wasserflasche hervorkramen. Doch ich trug einen Jutebeutel über der Schulter und es war schwierig, irgendetwas zwischen dem Krimskrams zu finden. Wie immer hatte ich alles mitgeschleppt. Von meiner aktuellen Lektüre über Müsliriegel bis hin zu Deo. Ich bekam die Flasche gerade zu fassen, da stieß ich gegen etwas Hartes. Etwas Warmes und Pochendes.

Ich stieß nicht gegen etwas.

Ich stieß gegen *jemanden.*

Genauer noch: gegen die Brust von jemandem, während der Inhalt meines Beutels gleichzeitig zu Boden segelte.

Nur dass es nicht irgendjemand war.

Es war der Typ aus dem Bus.

»Oh shit«, hörte ich ihn sagen, bevor er sich hinkniete und meine Sachen aufsammelte.

Mein Portemonnaie, besagtes Deo und erwähnter Müsliriegel, loses Kleingeld, ein Miniparfum, mein liebster Lipgloss, die verfluchte Wasserflasche, Taschentücher, Puder, Lipliner, meine Heiliger-Gral-Mascara von Essence, das Buch. Jenes reichte er mir als Letztes, bevor er mich diesen einen winzigen Moment zu lange ansah. Wahrscheinlich war das der Augenblick, in dem er mich wiedererkannte.

»Es muss wirklich gut sein, wenn du es überall mit hinschleppst«, sagte er mit seiner unendlich tiefen Stimme, die mir einen Schauder über den Rücken jagte.

Dann ließ er seinen linken Mundwinkel zucken und verschwand.

Alles, wirklich alles in mir glühte.

4

Meine Mitbewohnerin hieß Amber und ihr Schwerpunkt war Kunst. Das fand ich keine fünf Minuten nach meinem Aufprall heraus. Als ich das Zimmer betrat, saß sie in einem violettfarbenen Rock und einer weißen Bluse auf ihrer Decke, vor ihr ein iPad und ein digitaler Zeichenstift. Das Bett hatte sie bereits bezogen. Weiße Wäsche mit roséfarbenen Herzen. Das rund achtzehn Quadratmeter große Zimmer sah nicht mehr so aus, wie ich es verlassen hatte.

Ich musterte die Salzsteinlampe auf ihrem Nachttisch und die Bilder an ihrer Wand. Fotos und wirkliche Bilder, die sie wahrscheinlich selbst gemalt hatte. Zumindest ließen die Malutensilien auf der Fensterbank darauf schließen. Paletten, Blöcke, Pinsel neben drei Terracotta-Töpfen. Die Lichterketten, die sie um ihren Bettrahmen geschlungen hatte, tauchten das Zimmer in ein warmes gelbliches Licht, während sie von ihrem Bett sprang und mir schüchtern zur Begrüßung zuwinkte. Meine Zimmergenossin war so klein wie ich und damit garantiert nicht größer als einsfünfundsechzig. Die dunklen Haare trug sie lang und leicht gewellt, wobei sie einen Teil am Hinterkopf mit einer Schleife befestigt hatte. Ihr gesamtes Gesicht schien zu strahlen. Vielleicht war es der gold schimmernde Lidschatten über ihren Augen, der Lipgloss oder einfach ihre Art.

»Hi«, sagte sie. »Ich bin Amber. Deutsch ausgesprochen, nicht englisch. Also, Am-ber und nicht Äm-ber. Wenn du mich trotzdem Äm-ber nennen willst, ist das natürlich auch kein Problem. Und du?« Sie räusperte sich heiser. »Wie heißt du?«

»Ähm, hi.« Ich winkte ihr schüchtern vom Türrahmen aus zurück. »Ich bin Helena. Aber du kannst Leni sagen.«

»Leni.« Lächelnd wiederholte sie meinen Namen. »Es freut mich so, dich kennenzulernen.«

Sie trat genauso nervös von einem Fuß auf den anderen wie ich. In genau diesem Moment wusste ich, dass es nicht so werden würde, wie ich es mir in meinen Horrorvorstellungen ausgemalt hatte. Darin hatte ich nämlich mit einem Mädchen zusammengewohnt, das mich grundlos hasste, weshalb ich beinahe täglich in der Kälte bis zur Ausgangssperre spazieren ging, um sie bloß nicht mit meiner alleinigen Anwesenheit zu nerven.

Siehst du? Nicht alles ist so schlimm wie in deinem Kopf.

Ich wollte meiner inneren Mila nicht glauben, auch wenn sie so klug und reflektiert war, dass es unsere Eltern genervt hatte. Denn das Problem war: Sobald ich mich in Sicherheit wiegte, passierten schlimme Dinge, und die konnte ich nicht mehr gebrauchen.

Allerdings schien tatsächlich alles gut.

Denn Amber und ich gingen zusammen zum Abendessen, wo wir gespannt der zweiten offiziellen Rede des Tages lauschten. Diesmal vorgetragen von unserem Stufenleiter Doktor Mühlhausen, einem schlaksigen Mann Ende dreißig. Wir saßen an drei länglichen Tischen, wobei an den Wänden hinter uns schwer gerahmte Bilder wichtiger Ehemaliger hingen.

»Mein Bruder meint, wir haben so Glück, dass wir nicht Herrn Stürmer bekommen haben«, flüsterte Amber mir während der Rede zu.

Verwirrt runzelte ich die Stirn. »Wie meinst du das?«

»Oh, sorry. Total vergessen zu erwähnen.« Sie befeuchtete sich die Lippen, als sie bemerkte, dass unser gesamter Tisch ihr nun zuhörte. »Mein Bruder wohnt auch hier. Er ist in der Dreizehnten, Schwerpunkt Musik, Klassik. Aber eigentlich will er später nichts in der Richtung machen.«

»Nicht?«, hakte Manuel verwundert nach, der uns schräg gegenübersaß und nun die weißblonden Brauen in die Höhe zog.

Zögerlich schüttelte sie den Kopf. »Vince will eher so in Richtung Indie-Rock gehen. Er spielt Bass in einer Band. Sie, ähm, sie treten nachher auf dieser Party auf. Am Strand. Kommt ihr?«

Alle hatten die Party auf dem Schirm, einschließlich mir. Es war unser erster Abend auf Sankt Zander. Der Beginn unseres neuen Lebens. Aber vielleicht dramatisierte auch nur ich das alles so. Vielleicht brauchte nur ich ein neues Leben.

»Ich liebe deine Haare«, sagte Amber, als ich mein Aussehen zum letzten Mal im Spiegel begutachtete.

Ich trug eine weite Jeans und ein kurz geschnittenes weißes Top, darüber meinen liebsten olivfarbenen Cardigan. Mein Outfit rundeten die Chucks mit Plateau und der Jutebeutel auf meiner Schulter ab. In meinen Ausschnitt fiel der Anhänger meiner Kette, während ich mir eine rotblonde Haarsträhne hinter das Ohr schob.

Ehrlicherweise waren meine Haare das Einzige, was ich an mir mochte. Lang und dick und glänzend, wenn ich die richtige Spülung benutzte. Die teure von Douglas, für die ich immer meine Gutscheine ausgab.

»Danke«, murmelte ich schüchtern. »Deine sind auch voll schön. Ich mag deine Schleife total.«

Eigentlich war alles an Amber so schön, dass Olivia Rodrigo einen Song über sie hätte schreiben können. So einen wie *lacy*, *obsessed* oder *jealousy, jealousy*. Das sagte ich ihr jedoch offensichtlich nicht. Stattdessen verließen wir das Zimmer gemeinsam. Wir überquerten den gepflasterten Hauptcampus, bevor Amber uns zielsicher in Richtung Strand lenkte.

»Einer der vielen Vorteile, wenn dein Bruder hier wohnt«, erklärte sie. »Ich weiß, bei welchen Lehrern man sich etwas erlauben kann und bei welchen man am besten nur lächelt. Und ich kenne quasi jeden Weg schon auswendig.«

»Gibt es überhaupt Nachteile?«

»Na ja, das kommt darauf an.« Plötzlich wurde sie ganz ernst. »Wenn dein Geschwisterteil männlich, älter und sowieso besser in allem ist als du, darfst du dir mindestens einmal in der Woche von deinen Eltern anhören, dass er es besser gemacht hätte. *Es* kann alles sein. Von einer Note in Mathe bis zu der Art und Weise, wie du die Spülmaschine ausräumst oder …« Amber unterbrach sich selbst, bevor sie nervös schluckte. So als hätte sie erst jetzt realisiert, dass sie mir etwas so Privates erzählt hatte. »Sorry«, sagte sie schnell. »Ich hoffe, das war nicht zu persönlich oder komisch oder zu negativ. Ich liebe meinen Bruder. Ich mag nur nicht, wie ungerecht unsere Eltern uns manchmal behandeln.«

»Wir teilen uns ein Zimmer.« Ich grinste. »Ich glaube, es gibt fast kein *zu persönlich.*«

Sie atmete erleichtert aus. »Und du?«, wollte sie wissen. »Hast du auch Geschwister?«

»Eine ältere Schwester.«

»Versteht ihr euch gut?«

»Eigentlich schon.«

»Das klingt nach einem Aber«, mutmaßte Amber mit einem mitfühlenden Blick.

»Momentan ist es ein bisschen kompliziert bei mir zu Hause.«

Meine Zimmergenossin hakte nicht weiter nach, sie lächelte mir bloß zu. So als wäre beides okay: wenn ich nichts Persönliches über mich erzählen wollte oder etwas zu Privates verriet.

Ich entschied mich für die zweite Option. Ich wollte nicht mysteriös und unnahbar wirken. In erster Linie, weil ich das überhaupt nicht war. Ich war ich, ein wahrscheinlich völlig normales sechzehnjähriges Mädchen, mit dem ein oder anderen Problem, das in der Geschichte der Welt garantiert nicht nennenswert war, und dennoch hätte ich nichts dagegen gehabt, wenn meine Zimmergenossin meine Freundin werden könnte. Denn das war doch eine meiner größten Ängste gewesen. Umzuziehen, meine Freunde hinter mir zu lassen, meine Freunde dann schließlich zu verlieren, weil ich vier Stunden Zugfahrt entfernt wohnte und keine Ahnung hatte, wer was Freitagabend auf Tiagos Hausparty angestellt hatte. Was sie mir auch gar nicht erzählen könnten, weil – wenn wir uns das nächste Mal unterhielten – bereits jemand anderes auf einer anderen Hausparty etwas anderes getan hatte. Ich hatte mir ausgemalt, hier keine neuen Freunde zu finden, meine Entscheidung zu bereuen und mich allein zu fühlen.

Aber hier war Amber, die mich denken ließ, es könnte ihr vielleicht genauso gehen.

»Meine Eltern haben sich getrennt«, begann ich. »Meine Schwester hat daraufhin beschlossen, nicht mehr mit unserer Mutter zu reden. Ich bin sozusagen das Bindeglied zwischen ihnen.«

»Oh Gott«, erwiderte Amber leise. »Das klingt wirklich *mehr* als anstrengend.«

»Na ja«, sagte ich mit zuckenden Schultern. »Man gewöhnt sich dran.«

Wir lächelten uns zu, als wären wir schon jetzt Komplizinnen.

•

5

Das Inselfest war mehr als gut besucht.

Ehrlicherweise hatte ich keine Ahnung gehabt, dass Sankt Zander überhaupt so viele Einwohner hatte. Meine Internetrecherchen hatten ergeben, dass die deutsche Halbinsel eines der beliebtesten Familienreiseziele war, außerhalb der Ferien und Saison allerdings so wenig los war, dass die meisten Restaurants sogar schlossen. Ade, Take-away-Pizza.

Doch jetzt gab es Pizza und einen Haufen Menschen, die besagte Pizza kalt pusteten, um sich nicht die Zunge zu verbrennen. Sie kam zwar nicht aus einem italienischen Restaurant, sondern wurde in einem der vielen Büdchen verkauft, die den Pier zierten. Und dennoch. Die Insel schien zu beben, was nicht nur an der aufgebauten Bühne und ihren Lautsprechern lag. Ich beobachtete, wie Paare mit Bierflaschen in Richtung Strand spazierten, die Akkorde der Livebands dabei in ihren Ohren. Luca hatte mir lächelnd zugenickt, als er mit ein paar Freunden an Amber und mir vorbeigekommen war. Einige andere Schüler hatten es sich mit Decken am Strand gemütlich gemacht und gruben ihre nackten Zehen in den Sand, obwohl es dafür fast eine Spur zu kalt war.

»Meine Damen und Herren«, sagte diese Frau mit Blazer auf der Bühne jetzt, nachdem der letzte Act sie verlassen hatte. Ich erkannte ihr Gesicht. Es war die Bürgermeisterin, ich hatte sie schon auf einigen Plakaten entdeckt. »Ich bitte um einen Applaus für die *Mighty Mermaids*.«

»*Mighty Mermaids*?« Amber kicherte. »Haben die sich etwa von Jokos *The Mighty Winterscheidts* bei *Wer stiehlt mir die Show?* inspirieren lassen?«

»Und sich dann gedacht: Wie bekommen wir das mit einem Meermotto vereint?«

»Cheers darauf«, sagte sie grinsend, bevor wir mit unseren Fritz-Kola-Flaschen anstießen.

Wir standen etwas abseits an einem Geländer, von wo aus wir einen perfekten Blick auf die Bühne und den Strand hatten. Immer wieder türmten sich die Wellen auf, nur um dann wieder in sich zusammenzufallen.

Das war ab jetzt tatsächlich mein Zuhause.

Diese Insel. Der Geruch von Meer. Die Aussicht auf den Ozean.

Vielleicht wird es wirklich großartig.

Wir beobachteten, wie eine dreiköpfige Band mit Arielle-Shirts die Bühne betrat, bevor die Drummerin den Takt angab. Die rothaarige Sängerin (natürlich war sie rothaarig) schloss die Augen, wobei die Scheinwerfer die Pailletten ihres Rocks beschienen. Ihr Sound war cool, gar nicht so verrückt wie ihr Name und die Outfits vermuten ließen. Ihre Musik war laut und rockig, schnell und eindringlich. Sie spielten drei Lieder, bevor der finale Act des Abends anmoderiert wurde.

»Vielen Dank an die *Mighty Mermaids* für diesen großartigen Auftritt.« Bürgermeisterin Dagmar stand so nah am Mikro, dass wir sie angestrengt atmen hörten. »Bevor ich die letzte Band auf die Bühne bitte, möchte ich mich für dieses tolle Fest bedanken und insbesondere die neuen Schüler und Schülerinnen des Jahrgangs sechsundachtzig auf Sankt Zander willkommen heißen. Ich …«

Weil es die gefühlt hundertste Willkommensrede des Tages war, klinkte mein Gehirn sich automatisch aus. Langsam wandte mein Blick sich von der Bühne ab, um stattdessen Amber dabei zu beobachten, wie sie ihr Handy hervorkramte.

»Sorry«, entschuldigte sie sich. »Eigentlich filme ich sonst nicht auf Konzerten, aber Vince hat mich darum gebeten.«

»Ah, stimmt. Dein Bruder tritt ja auch noch auf.«

»Warte auf ihren Bandnamen. Der ist der Hammer.«

»Und jetzt, meine Damen und Herren, bitte ich um einen riesigen Applaus für *Bulletproof Disaster*!«

»*Bulletproof Disaster*?«, wiederholte ich belustigt.

»Jepp.« Sie wackelte mit den Brauen. »*Bul-let-proof Di-saster*. Ihnen ist der Name jetzt natürlich selbst peinlich. Sie wollen ihn ändern, aber können sich auf keinen neuen einigen. Eigentlich möchten sie weg von einem englischen Namen, weil sie bald auf deutsche Songs umswitchen wollen. Arthur ist für *Art*, die Jungs sind allerdings dagegen. Sie wollen nicht eine von diesen Bands sein, die auf den Sänger fokussiert sind.« Amber rollte mit den dunklen Augen. »Ich würde trotzdem wetten, dass Vince nur dagegen ist, weil er insgeheim darauf hofft, dass am Ende alle Mädchen auf ihn stehen. Wenn du mich fragst, ist ein großer Teil sowieso bloß das: Mädchen rumkriegen.«

Ich wollte etwas erwidern. Vielleicht so etwas wie: *Meinst du wirklich? Machen sie es nicht wegen der Musik? Wegen der Leidenschaft, wegen ihren Träumen?* Doch mein Mund öffnete sich, ohne dass Worte ihn verließen. Wie gebannt lag mein

Blick auf der Bühne, als *Bulletproof Disaster* sie betrat. Vier hochgewachsene Typen. Einer von ihnen setzte sich ans Schlagzeug, der andere spielte Bass, Ambers Bruder Vince – die Ähnlichkeit war unübersehbar – Gitarre. Und dann kam der Sänger. Der Typ mit den verwuschelten hellen Haaren, der sich lässig hinter das Mikro stellte, ein angedeutetes schiefes Lächeln auf den Lippen.

»Ich kenne ihn«, flüsterte ich und sah dabei nur ihn an.

»Den Sänger?« Amber kräuselte die Stirn. »Arthur Keller?«

Ich nickte heftig. »Wir sind vorhin irgendwie zusammengestoßen.«

»Klingt ... interessant«, sagte sie vorsichtig.

Arthur.

Keine Ahnung, wieso mein Herz so heftig pochte, wenn ich nur an seinen Namen dachte.

»Everything we are is ...«

Eine Zeile reichte, um zu verstehen, dass Arts Singstimme nicht von dieser Welt war. Wie tief sie klang, so roh und verletzlich und melancholisch. Viel zu krass für einen Jungen in seinem Alter. Wie die von Sängern in diesen Indie-Bands, die von Liebe sangen und immer so traurig klangen, dass man vielleicht wirklich glauben konnte: *Ja, ja, ja, ja, ja, es gibt auch Männer, die dasselbe fühlen wie ich.* Und *wie* sie es fühlten mit ihren schlichten Outfits und den unglaublichen Stimmen.

Art hatte genau *so* eine.

Allein seine Stimme hätte die Reihen kreischender Zuschauer gerechtfertigt.

Doch es war nicht bloß seine Stimme.

Es war seine gesamte Präsenz.

Wie er sich bewegte und auftrat. Man wollte ihm nicht

nur beim Musikmachen zuhören, man wollte, nein, man *musste* ihn dabei ansehen.

Es war hypnotisierend.

Hypnotisierend.

Eigentlich war das diese Art von Wörtern, die ich im echten Leben gar nicht benutzte. Manchmal las ich sie in meinen Büchern und verdrehte fast die Augen: *Hypnotisierend.* Ja klar.

Ich verstand das jetzt.

Art auf der Bühne, Art vor einem Mikro, Art am Singen.

Art.

Er war hypnotisierend. Ich konnte meinen Blick nicht von ihm nehmen. Wie er sang und sich leicht rhythmisch zur Musik bewegte. Wie er auf der Bühne lachte. Wie er für diesen akustischen Song allein auf der Gitarre spielte. Ein trauriges Lied mit viel Vibrato und Pausen. Es fühlte sich falsch an, ihn dabei zu beobachten, wie er sein gesamtes Herz in jede Songzeile zu legen schien. Viel zu intim. Und dennoch.

Ich. Konnte. Nicht. Aufhören. Ihn. Anzusehen.

»Vielen Dank«, sagte Art nämlich am Ende und lächelte, ganz kurz, sehr schief, aber es war da, sein Lächeln, und vielleicht hätte ich dieses Gefühl in mir irgendwie loswerden können.

Doch nicht *so*.

Nicht, als Arts Blick durch das Publikum schweifte und genau an mir hängen blieb. Urplötzlich wurde sein Lächeln breiter und ich wusste einfach, dass es für diesen winzigen Moment nur mir galt. Wie ein Geheimnis zwischen uns beiden.

Alles in mir glühte und glühte und glühte.

Mir war so warm an diesem leicht kühlen Septemberabend, als Amber sich stirnrunzelnd an mich wandte.

»Bitte sag mir, dass ich mich verguckt habe, aber hat Art dich gerade ernsthaft angelächelt?«

»Ich habe doch gesagt, dass wir uns kennen«, flüsterte ich rau.

Sie musterte mich eindringlich. »Ich glaube, ich muss dir etwas erzählen.«

Du bist so gut auf die schlechteste Weise, Art.

Grund I

Ich wurde vor dir gewarnt – am allerersten Abend. Besser hätte es eigentlich nicht laufen können, nicht wahr?

Ambers Stimme klang plötzlich ganz rau, als sie mir erklärte, dass du nicht unbedingt den besten Ruf hättest. Dass man bei dir aufpassen müsste. Dass ältere Generationen dich als Charmeur bezeichnen würden, während wir eher *Fuckboy* sagen würden. Amber erklärte mir, dass sie verstand, wieso alle augenblicklich auf dich stehen. Du bist groß und siehst gut aus, womit du eigentlich schon den Jackpot gezogen hast. Aber nein, das reicht natürlich nicht. Noch dazu hast du diese unfassbare Stimme. Sie bringt uns dazu, dir für immer zuhören zu wollen, selbst wenn deine besungenen Liebesgeschichten nie gut ausgehen.

Könnte ich die Zeit zurückdrehen, hätte ich jedes von Ambers Worten auf die Goldwaage gelegt. Ich hätte auf sie gehört. Es wäre schwer geworden, doch ich hätte mich zusammengerissen und es hätte funktioniert. Irgendwie hätte es das. Ich weiß es einfach. Aber natürlich kann ich die Zeit nicht zurückdrehen. Ich sitze in der Bahn nach Hause. Es sind noch vier Stunden. Ich *weiß* nicht, wie ich sie überleben soll. Was ich jetzt allerdings weiß, ist, dass es nie gut enden kann, wenn eine Mitbewohnerin oder Freundin oder Bekannte oder Mutter oder Schwester oder Cousine oder Tante oder die Freundin einer Freundin oder *irgendein* Mädchen dich vor einem Typen warnt.

Ich glaube, ich muss dir etwas erzählen.

Vielleicht hätte mir die Sorge in Ambers Stimme Gänsehaut bereitet, wenn deine Stimme ihr nicht zuvorgekommen wäre.

Du bist so gut auf die schlechteste Weise, Art. Das muss ich dir lassen.

6

Der erste Unterrichtstag war nicht mehr der Tag der Namen und Schwerpunkte. Es war der Tag der endlos langen Vorstellungsrunden. Und das war um Längen schlimmer.

Ich hasste die Momente, in denen eine neue Lehrerin verkündete, dass wir mit einer pädagogisch spielerischen Vorstellungsrunde beginnen würden, weil es auf diese Weise unvermeidbar war, dass die Blicke alle irgendwann auf mir landeten. In diesen Momenten stotterte ich meinen Namen, woraufhin mich Herr Gallus, Frau Schneider und Frau Demir dazu aufforderten, bitte lauter zu sprechen, weil sie mich da vorne so schlecht verstanden. Das taten sie bei niemand anderem. Ich war neidisch auf jeden, der so souverän und selbstsicher von sich erzählte, als hätte er kein Problem damit. Oder mit sich selbst.

Für mich war es die Hölle. Insbesondere deshalb, weil meine Hände dann nicht wussten, wohin, und sich deshalb krampfhaft mein Etui griffen – einfach, um irgendetwas festhalten zu können. Meine Hände, die ich immer noch hässlich fand und die somit meine Aufmerksamkeit auf sich lenkten.

Es war wirklich in jeder einzelnen Vorstellungsrunde so. Dem Himmel sei Dank war ich nicht allein damit. Amber tat sich genauso schwer wie ich, laut genug zu reden. Gleich nachdem ich mein Stotter-und-Ähm-Konzert beendet hatte, begann sie mit ihrem, weil wir nebeneinandersaßen. Wenn sie verstummte, lächelten uns die Lehrer eine Sekunde zu lange zu. So als hätten sie fast Mitleid mit uns. Ich hätte darum wetten können, dass sie sich unsere Namen nur gemeinsam merken würden.

Amber und Helena, die zwei schüchternen Mädchen in der zweiten Reihe.

Ausnahmslos jede Vorstellungsrunde lief so ab.

Nur diese nicht.

Knapp fünfzehn Leute und ich befanden uns in einem der Salonlehrzimmer. Marie hatte meiner Gruppe bereits erklärt, dass sie meistens für die Zusatzkurse genutzt wurden. Weil sie schöner und gemütlicher waren, ausgestattet mit bodentiefen Fenstern, durch die man hinter den Baumkronen links fast das Meer erkennen konnte. Laut der Schulleitung angeblich die perfekte Atmosphäre für Inspiration und Kreativität.

Die Schreibwerkstatt war in diesem Jahr der einzige Kurs meines Schwerpunkts, weshalb Amber nicht neben mir saß. Der Raum war voller neuer Gesichter, weil die Kurse stufengemischt waren. Niemand aus meiner Klasse war hier. Stattdessen war der Sitz neben mir nun frei, während der Typ zwei Plätze vor mir sich vorstellte. Er musste seine Finger nicht in ein Etui oder die Laptoptasche krallen. Lässig nannte er seinen Namen, sein Alter und seine Klasse. Seine Stimme zitterte kein bisschen, obwohl alle ihn ansahen.

Wie machte er das?

Wie machte das jeder außer Amber und mir?

»Und dein Lieblingsbuch?«, erinnerte ihn die Leiterin unseres Kurses, Frau Krüger, weil er sich schon in meine

Richtung drehte, wie um mir zu signalisieren, dass der unsichtbare Ball nun bei mir läge.

»Ach ja, sorry, vergessen.« Josua kratzte sich am Kopf. »Schätze, *Fiesta* von Hemingway. Ich mag seine Klarheit, über die er trotzdem so krass viele Emotionen transportiert.«

Kurz wirkte es so, als würde Frau Krüger einen Kommentar dazu abgeben wollen. Doch in letzter Sekunde entschied sie sich dagegen und bedankte sich bloß. Unsere Lehrerin hatte sich als Referendarin für Deutsch und Englisch vorgestellt. Außerdem leitete sie unsere Schreibwerkstatt und einen Buchclub, den sie bereits am Anfang der Stunde erwähnt hatte. Ehrlicherweise sah Frau Krüger kaum älter aus als wir. Sie trug Boots mit dicker Sohle, die Brauen perfekt nachgezogen und ihre langen blonden Haare in Wellen, für die Frauen im Internet mit Lockenwicklern schliefen. Frau Krüger war schön auf eine Weise, die alle schön fanden. Wie die Frauen auf TikTok, die man nicht sofort wegwischte, selbst wenn man sich nicht für das besprochene Thema interessierte.

Als ich an der Reihe war, schien der Kloß in meinem Hals übergroß. Meine Atmung wirkte angestrengt. Ich schaffte es gerade so, meinen Namen und meine Stufe hervorzubringen, da verstummte ich.

Es klopfte. Zweimal laut, einmal etwas leiser. Frau Krüger presste die Lippen aufeinander, noch bevor sie erkannte, wer es war.

»Arthur«, sagte sie. »Ich hoffe, du hast eine gute Erklärung für deine …« Ihr Blick schweifte zur Uhr. »… achtzehnminütige Verspätung.«

Art.

Mein Herz pochte heftig. Was machte er hier? Er war Musiker. Hatte er keinen Schwerpunkt darin? Ambers Worte hallten in mir nach und trotzdem konnte ich nicht anders, als ihn eine Spur zu intensiv zu mustern. Er trug normale Jeans und ein schlichtes Shirt, sah damit aus wie gestern auf der Bühne, nur dass er jetzt in einem Salonzimmer stand.

In *meinem* Klassenraum.

Es war nicht gut, dass er dieselbe Wirkung als Mensch wie als Künstler hatte. Er war anziehend, elektrisierend, hypnotisierend.

Er war alles, was meine Bücher sagten.

Ein Protagonist in einem Liebesroman.

Nur echt.

»Musste noch was mit Herrn Gallus klären.« Vorsorglich hob Art die Hände. »Sie können ihn gerne fragen.«

»Das werde ich.«

Art lächelte, während Frau Krüger verächtlich den Kopf schüttelte. Anschließend ließ er sich auf einem Platz weiter vorn nieder und ich glaubte Amber jedes Wort. Dass man aufpassen müsse, dass der Schein trüge und er Herzen brach. Ich verstand sowieso nicht, wieso ich derart auf ihn reagierte. Ich kannte ihn nicht. Und dennoch konnte ich ihn nicht ansehen, ohne dass alles in mir glühte.

Ich verstand das *wirklich* nicht.

Art zog mich sogar so in seinen Bann, dass ich meine Aufmerksamkeit erst wieder Frau Krüger widmete, als sie sich räusperte.

»Ich glaube, du hast uns nicht von deinem Lieblingsbuch erzählt, nicht wahr, Helena?«

»Ich, ähm, ja, genau, richtig.« Ertappt richtete ich mich auf und krallte mir die Nägel absichtlich in die Hose, um sie zu verstecken. »Mein Lieblingsbuch ist *Wenn wir bleiben*.«

Fragende Gesichter starrten mir entgegen, wobei ich mich

innerlich verfluchte. Die anderen hatten Weltklassiker genannt, die jeder kannte. Hemingway, Kafka, Oscar Wilde. Natürlich kannten sie meinen Roman nicht.

»Würdest du uns verraten, wer es geschrieben hat und worum es in dem Buch geht?«, wollte Frau Krüger wissen.

»Es ist von India A. Thomson. Einer amerikanischen Schriftstellerin. In der Geschichte geht um eine Protagonistin, die einen Neuanfang wagt und sich dabei verliebt.«

Ich hatte absichtlich nicht von *Liebesroman* gesprochen. Trotzdem bemerkte ich, wie die übrigen Kursteilnehmer mich gedanklich verurteilten. Damit kannte ich mich aus. Wenn du ein Mädchen warst, das Liebesromane las, warst du immer ein bisschen minderwertig. Du wurdest belächelt und im schlimmsten Fall darüber belehrt, dass es keine richtige Literatur war. Von Bekannten, fernen Familienmitgliedern und Fremden im Internet. Sie machten alles schlecht. Vom glitzernden Cover bis zum angeblich immer selben kitschigen Ende. Ich wusste nicht, wie ich dagegen ankommen könnte, und selbst wenn, hätte ich mich wahrscheinlich nicht getraut. Weil ich zwar für alles, was ich liebte, brannte, aber das lieber im Stillen tat.

Nervös blinzelte ich mit Blick auf die Tafel. Ich spürte, dass mich immer noch alle anstarrten. Wieso sagte niemand etwas? Warum stellte sich nicht das Mädchen links von mir vor? Musste ich den Inhalt etwa noch weiter ausführen? Als ich in den Augenwinkeln bemerkte, wie mir plötzlich jemand zulächelte, wurde meine Kehle ganz trocken.

Art.

Als wolle er mir helfen, indem er mir das Gefühl irgendeiner vagen Verbundenheit gab. So als wolle er mir sagen: Wenn wir bleiben *muss also wirklich gut sein.*

Doch das Lächeln verschwand so schnell, wie es gekommen war, weil Frau Krüger sich erneut räusperte. »Klingt interessant«, erklärte sie.

Nachdem die Gruppe sich vollständig vorgestellt und ich herausgefunden hatte, dass Arts Lieblingsbuch *Was man von hier aus sehen kann* hieß – was Frau Krüger mit einem Seitenblick leise als »wirklich gutes Buch« kommentierte –, händigte unsere Kursleiterin Textblätter aus. Primär sollte es hier um unsere eigenen Texte gehen, allerdings würde das erst in einigen Wochen so sein. Bis dahin würden wir uns mit den verschiedenen Bausteinen eines Textes beschäftigen. Dafür las Josua (Gott sei Dank nicht ich) einen Buchausschnitt vor, den wir dann gemeinsam sezierten.

Ich nahm mir fest vor, Art keinen Blick mehr zuzuwerfen. Doch ich hatte keine Chance. Er zog alle Aufmerksamkeit auf sich mit dem, was er sagte. Er benutzte Wörter wie *kohärent* und *ambivalent*. Er war einschüchternd mit seiner Präsenz und seinem Verständnis für Worte.

Ich konnte mir nicht vorstellen, einen meiner Texte vor ihm vorzulesen. Oder vor dem gesamten Kurs. Wahrscheinlich würde ich mich an dem Tag krankmelden. Oder schwänzen. Ich wäre überall, aber garantiert nicht hier.

Nach der Stunde stürmten die anderen nach draußen, während Frau Krüger uns zum wiederholten Male an ihren Buchclub erinnerte. Beim Rausgehen griff ich automatisch nach meinem Handy. Einige Nachrichten hatten mich erreicht. Chiara hatte eine Sprachnachricht in unsere Gruppe geschickt, Mila mir irgendein Bild. Ich wollte es gerade anklicken, da verharrte ich. Jemand ging plötzlich auf meiner Höhe. Ich spürte ihn, bevor ich ihn sah, so war das mit Arthur Keller.

Bei ihm bestand alles nur aus Gefühlen.

»*Wenn wir bleiben* muss wirklich gut sein, wenn du es selbst im Kurs nennst«, sagte er mit seiner unverschämt tiefen Stimme. »Ich sollte es lesen. Wir können ja mal Bücher tauschen.«

»Ähm«, machte ich, befahl mir jedoch gleich darauf, mich endlich zusammenzureißen. »Klar. Du kannst mich ja wissen lassen, wie es dir gefällt.«

Ich ergänzte nicht, dass es ihm wahrscheinlich nicht gefallen würde, weil es sich um einen Liebesroman handelte – und das wohl eher nichts für ihn war. Das wäre zu kompliziert und seltsam gewesen.

»Wie heißt du eigentlich?« Heiser räusperte er sich. Selbst das klang heiß. Ich wusste nicht, dass ein Laut das konnte. »Ich hab deinen Namen nicht mitbekommen, weil ich zu spät war.«

Ich schluckte. »Helena.«

»Helena«, wiederholte er und es klang, als würde er es nur zu sich selbst sagen.

Helena.

Wenn Art meinen Namen aussprach, klang er nicht mehr wie mein Name, sondern anders, neu und aufregend. Aber vielleicht war dafür auch nur die Gänsehaut verantwortlich, die sich über meine Arme legte. Die wiederum verursachte Art allerdings auch.

Alles in diesem Moment war Art.

Bis jemand weiter vorn nach ihm rief, er sich entschuldigte und mir erklärte, dass er wegmüsse.

»Bis dann, Helena.«

Helena.

Meine Gänsehaut hatte Gänsehaut.

7

Aylin ☀️ @ Trio 🤍
Wie ist das Internatsleben??? 🥺

Aylin ☀️ hat eine Sprachnachricht gesendet

Chiara 💫 @ Trio 🤍
Fühlt es sich wie im Film an? 😱

Chiara 💫 @ Trio 🤍
Bitte sag Ja 😂

Mama 🦋 hat ein Foto gesendet

Mama 🦋
Du wirst vom miesepetrigsten Miesepeter auf der Welt und mir vermisst. 🐕

Mila 💞
Wo sind die Bilder, die du mir schicken wolltest??

Mila 💞
Btw

Mila 💞
Kannst du Mama bitte darum bitten, mir die Kiste in meinem alten Kinderzimmer zu schicken? Die bräuchte ich noch 🙃

Aylin 🔆 **@ Trio** 💗
Omg total vergessen

Aylin 🔆 **@ Trio** 💗
Was wir dir noch erzählen wollten

Aylin 🔆 **@ Trio** 💗
Weißt du, wer letztens wissen wollte, wie es dir geht?

Aylin 🔆 **@ Trio** 💗
Lars

Aylin 🔆 **@ Trio** 💗
🤤🤤🤤

Mila 💞
Bitte sag Mama wirklich Bescheid

Mila 💞
Es ist wichtig 🥲

Papa ⚓
Hallo Leni, tut mir leid, dass ich mich erst jetzt melde. Hast du dich schon gut auf Sankt Zander eingelebt? 😊

8

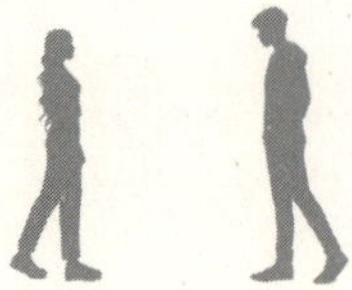

In den nächsten Tagen antwortete ich meinem Vater, flocht Amber einen französischen Zopf zum Schlafen, facetimte mit Mama und manövrierte mich am Donnerstag durch die letzte Vorstellungsrunde. Entgegen Maries Empfehlung probierte ich die Gnocchi, was ich kein zweites Mal tun würde. Meine Zimmergenossin und ich freundeten uns weiter an. Ich fand heraus, dass sie aus Potsdam stammte, und erzählte ihr, dass ich in Norderstedt aufgewachsen war. Unser gemeinsamer Musikgeschmack (sie liebte Olivia Rodrigo genauso sehr wie ich) schweißte uns zusammen. Wir ließen Olivias Lieder laufen, während Amber auf ihrem iPad zeichnete und ich an meinem Laptop tippte. Manchmal erhaschte ich einen kurzen Blick auf ihre Bilder, doch nie einen ganzen, denn sie war tatsächlich genauso schüchtern wie ich. Wenigstens konnte sie ihre Bilder in der Klasse einfach präsentieren, ohne etwas zu sagen. Ich musste alles, was ich dachte, laut aussprechen. Keine Ahnung, wie ich das schaffen sollte. Aber das Schlossinternat war schließlich das, was ich gewollt hatte. Für meine Zukunft. Damit ich mir meinen Traum erfüllen konnte. Damit ich nicht mehr länger belächelt wurde. Damit ich vielleicht irgendwann einmal stolz verkünden konnte, dass ich erfolgreich Liebesromane schrieb.

Ich würde das schaffen.

Und ich wollte mir Ambers Worte wirklich zu Herzen nehmen. Mich von Arthur fernhalten, nicht ganz so viel an ihn denken, weil … Wieso dachte ich überhaupt an ihn?

Das ergab keinen Sinn.

Ich ergab keinen Sinn, wenn ich mich so verhielt, wie ich mich verhielt.

Doch ich hatte die Rechnung ohne ihn gemacht.

In der darauffolgenden Woche lasen wir einen Text einer Alumni, die für irgendeinen Preis nominiert worden war. Mir erschloss sich nicht ganz, worum es ging. Alles klang hochgestochen und hoch kompliziert. Wenn man ausdrücken wollte, dass man traurig war, wieso konnte man das nicht einfach so schreiben? Mein Kopf brummte nach der Stunde, als Frau Krüger ein weiteres Mal für ihren Buchclub warb.

»Jeden zweiten Freitagnachmittag«, erinnerte sie uns, während ich schon auf dem Weg nach draußen war.

Es war wie letztes Mal.

Ich war bereits am Gehen und hatte diesmal sogar fast die Treppen erreicht, als ich hörte, wie Schritte hinter mir beschleunigten.

»Helena.«

Gänsehaut breitete sich schon bei der ersten Silbe meines Namens aus. Mit pochendem Herzen drehte ich mich um. Tatsächlich blieb Art in dieser Sekunde vor mir stehen, bevor er lässig in seinem Rucksack nach etwas kramte.

»Hier«, sagte er.

Blinzelnd starrte ich auf das Buch, das er mir entgegenhielt. Weil er meine Verwunderung offenbar bemerkte, räusperte er sich.

»Wir wollten doch Bücher tauschen. Erinnerst du dich?«

Meine Augen rissen auf, er hingegen hob bloß eine Braue.

»Du hast es vergessen.«

»Nein«, erwiderte ich sofort. »Ich, ähm, ich hab nur nicht gedacht, dass du es ernst meinst.«

»Helena, Helena.« Gespielt enttäuscht schüttelte er den Kopf. »Was denkst du nur von mir?«

Nichts Gutes, weil Amber mich vor dir gewarnt hat und sie es wissen muss, immerhin ist ihr Bruder dein Freund.

Doch das verriet ich ihm natürlich nicht.

»Du solltest es trotzdem nehmen«, setzte er hinterher. »Du kannst mir dein Lieblingsbuch irgendwann anders geben.«

»Ich …«

»Keine Widerworte. Man sollte niemals Nein zu einem guten Buch sagen.«

»Und … was ist, wenn ich es gar nicht gut finde?«

»Dann bin ich gespannt auf deine Gründe.«

Er lachte und selbst der Laut klang rau, kratzig, wie seine Stimme.

Alles an Arthur war wie Arthur.

Ich hingegen strich mir bloß peinlich berührt eine Strähne hinter das Ohr und redete mit piepsiger Tonlage.

Alles an mir war wohl auch ich.

»Ich hab meine Nummer ins Buch geschrieben. Du kannst mir gern Leseupdates geben.«

Art lächelte.

Es war so schief.

Es war *so* schön.

»Bis dann, Helena.«

Seine Stimme echote in mir nach, ohne dass ich mich bewegen konnte. Seine tiefetiefetiefe Stimme.

Gott, Helena. Es ist nur eine Stimme. Reiß dich zusammen.

Die Anweisung war in meinem Kopf, doch sie erreichte nie mein Herz.

Ich hatte so viele Fragen.

War sein Schwerpunkt wirklich Kreatives Schreiben? Woher rührte sein schlechter Ruf? Wie viele Herzen hatte er gebrochen? War er schuld?

Ich war sogar gewillt, sie Amber zu stellen. Doch als ich an diesem Nachmittag unser Zimmer betrat, war etwas anders.

Das spürte ich sofort.

Amber saß nicht wie sonst mit ihrem iPad auf ihrem Bett und malte vor sich hin. Stattdessen hatte sie unser Zimmer in ein provisorisches Atelier verwandelt. Dafür hatte sie Zeitungspapier auf dem Fußboden ausgebreitet, auf dem sie jetzt vor einer Leinwand hockte. Ringsum standen Farbtuben, Mischpaletten, Wassergläser und eine Rolle Zewa, wobei aus der Lautsprecherbox Lieder von Olivia tönten. Ich erkannte nicht genau, was Amber malte. Es schien eher abstrakt, mit vielen verschiedenen Farben und Wasserverläufen. Meine Zimmergenossin war so in ihrem Element, dass sie nicht einmal bemerkte, wie ich den Raum betrat.

»Hey?«, fragte ich vorsichtig.

Instinktiv zuckte sie zusammen, ehe sie sich nach mir umdrehte. »Oh Gott, hast du mich erschreckt.« Amber lachte, doch es erreichte ihre Augen nicht. Sie wirkten dunkler als sonst. Glasiger, nicht ganz so strahlend. Und rot gerändert.

Als hätte sie geweint.

Ich kippte den Kopf. Eigentlich sah Amber aus wie immer.

Sie hatte eine helle hoch geschnittene Jeans mit einem süßen weißen Top kombiniert. Keine Ahnung, ob ihr bereits aufgefallen war, dass sie Farbflecken auf Letzterem hatte sowie an ihren Fingern, in ihren Haaren und sogar an ihrer linken Schläfe.

»Ist alles okay bei dir?«, wollte ich wissen.

»W…was? Natürlich.« Hastig sah sie sich um. »Weil es hier so chaotisch ist? Das tut mir leid. Eigentlich wollte ich in einem der Arbeitsräume malen, aber die waren alle besetzt. Hab total vergessen, mich anzumelden. Oh Mist.« Sie blinzelte mich an. »Stört es dich? Tut mir leid, ich hätte dich vorher fragen sollen.«

»Amber«, erwiderte ich ruhig. »Das ist total okay. Es ist auch dein Zimmer.«

Sie nickte stumm. Einen Augenblick verharrte ich weiter im Türrahmen, während sie immer noch vor ihrer Leinwand kniete.

Etwas war nicht in Ordnung.

Ich spürte es, doch traute mich nicht, Amber erneut zu fragen. Ich wollte sie nicht drängen und ihr ihren Freiraum lassen, insbesondere in ihrem eigenen Zimmer.

»Außerdem«, sagte ich deshalb. »Ich wollte eh in die Bibliothek. Ich muss nur meinen Laptop holen.«

Ich nickte auf meinen besagten Heiligen Gral, bevor ich ihn mir schnappte und wir uns anschließend verabschiedeten. Höchstwahrscheinlich war es Einbildung, allerdings meinte ich zu hören, wie sie erleichtert ausatmete. Dann wurde *teenage dream* lauter gedreht, während ich mich in Richtung Bibliothek entfernte. Dabei spürte ich Arthurs Buch förmlich in meinem Rucksack brennen.

In dem riesigen mehrstöckigen Raum mit den hohen

Decken angekommen, suchte ich mir einen Platz in der Ecke. Ringsum wurde konzentriert gearbeitet. Eindringliches Tippen war allgegenwärtig. Wahrscheinlich hätte ich die riesigen dunklen Holzregale voller Bücher Ewigkeiten lang bewundern können, wäre da nicht Arthurs Buch in meinem Rucksack gewesen. Instinktiv kramte ich es hervor.

Er hatte nicht gelogen.

Tatsächlich hatte er mir seine Nummer auf einem Post-it hinterlassen, das ich gleich beim Aufschlagen auf der ersten Seite fand.

Für Leseupdates – natürlich nur, wenn du möchtest :)

Arthur hatte eine hübsche Schrift, simpel, mit einem leichten Linkseinschlag. Meine Finger fuhren die Buchstaben nach, unter ihnen kribbelte es.

Was war das?

Diese heftigen, plötzlichen Gefühle waren auf eine gewisse Weise neu, obwohl ich schon einmal verliebt gewesen war. Ein einziges Mal. In Lars aus der Stufe über mir. Lars war Kapitän seiner Fußballmannschaft, schoss die meisten Tore und hatte mein Herz zum Beben gebracht. Wir hatten erst mehrere Wochen geschrieben, bevor wir anschließend für knapp drei Monate zusammen gewesen waren. Ich hatte mich wohl in seiner Nähe gefühlt, in seinem Zimmer und sogar in seinem Bett, wobei wir nie *so* weit gegangen waren. Als er vor knapp sechs Monaten mit mir Schluss gemacht hatte (per Nachricht), hatte ich insgeheim gedacht, es wäre vielleicht deshalb gewesen.

Weil ich seine Hand immer weggeschoben hatte, kurz bevor er mir ein Kleidungsstück hätte ausziehen können. Dann hatte ich jedoch gehört, was er hinter meinem

Rücken auf einer von Tiagos beschissenen Partys gesagt hatte. Das Gute war: Lars hatte sich nicht von mir getrennt, weil wir keinen Sex gehabt hatten. Das Schlechte: Er hatte seinen Freunden gesagt, ich wäre irgendwie einfach nichts Besonderes.

Meine Freundinnen beschimpften ihn in meiner Gegenwart noch immer als Mistkerl, daran wollte ich allerdings gerade überhaupt nicht denken. Worauf ich eigentlich hinauswollte, war die Tatsache, dass ich Lars nie als hypnotisierend empfunden hatte, obwohl ich sogar in ihn verliebt gewesen war.

Art war hypnotisierend.

Ich griff nach meinem Handy. Kurz war ich sogar versucht, Aylin und Chiara in einer Sprachnachricht von Art zu erzählen. Diese Gefühle für einen fremden Jungen waren nicht normal. Außerdem konnte ich immer noch nicht fassen, dass er die Sache mit dem Büchertausch ernst gemeint hatte. So etwas passierte nicht im echten Leben.

Es fühlte sich eher an wie in meinen Büchern. Der heiße Rockstar, das schüchterne Mauerblümchen, das Geschichten liebt. Für ihn war sie anders als alle anderen Mädchen, er bemerkte sie sofort und wollte sie so heftig. Niemand verstand, warum, und trotzdem nahmen wir es hin. Immerhin war es irgendwie romantisch und wunderschön. Aber wie gesagt: Es war nicht echt.

Nie echt.

Doch hier war ich, hielt Arthurs Lieblingsbuch in der Hand und spürte mein Herz heftig pochen.

Er ist ein Arschloch.

Natürlich erinnerte ich mich an Ambers Worte. Ich war keine Idiotin. Und selbst wenn Amber mich nicht vor ihm gewarnt hätte – wie hoch wäre die Wahrscheinlichkeit gewesen, dass ich mich wirklich traute, Arthur anzuschreiben?

Geringer als gering.

An diesem Abend las ich nicht in seinem Buch und natürlich schrieb ich ihm auch nicht. Ich speicherte seine Nummer bloß in meinem Handy ein, wohl wissend, dass ich sie niemals benutzen würde. Dann legte ich seine Zettelchen wieder fein säuberlich zwischen die Seiten, bevor ich das tat, was ich so lange nicht mehr getan hatte. Ich klappte meinen Laptop auf und gab wenig später meinen Usernamen auf der orangefarbenen Schreibplattform ein. Niemand wusste von meinem Account und wahrscheinlich würde das auch für immer so bleiben. Ich mochte die Anonymität und das Gefühl von Freiheit, weil ich schreiben konnte, ohne von meinem Umfeld für den Inhalt belächelt zu werden. Ich hatte auf der Plattform schon etliche Geschichten begonnen, doch nie beendet. Viele Leserinnen hatte ich damit nicht gewonnen. Wahrscheinlich würde es mit dieser nicht anders werden. Nur wenige Leute würden sie lesen und ich würde sie nie zu Ende schreiben. Doch ich konnte nicht widerstehen.

Ich tat das, was ich immer tat, wenn mir alles zu viel wurde und ich nicht wusste, wohin mit mir und all den Gedanken in meinem Kopf.

Ich schrieb.

Schrieb über Art.

Schreiben war flüchten und vielleicht war das nicht gut. Vielleicht war reden besser. Aber wenn ich schrieb, konnte ich mich Arthur nähern, während ich ihn gleichzeitig auf Abstand hielt.

Außerdem würde auf der Plattform niemand diese Art

von Liebe anzweifeln. Mädchen, die Liebesromane lasen, konnten nachvollziehen, dass man jemanden nicht kennen musste, um sich in ihn zu vergucken. Natürlich musste ich ihn und mein Leben dafür etwas romantisieren. Er wurde berühmt, ich wurde eine bessere Version meiner selbst. Hübscher und heißer und mit schöneren Händen. Unter meinem Decknamen konnte ich mich in ihn verlieben, ohne mich in ihn zu verlieben.

Es war die sicherste Art von Liebe.

Wie in meinen Büchern.

REASONS WHY

Prolog

Von @girlwritinglovestories

190 ☆ 41 3

Wenn mir jemand vor zweihundertachtundvierzig Tagen erzählt hätte, dass ich dasselbe Internat besuchen würde wie der berühmteste Bandsänger unseres Landes, hätte ich es nicht geglaubt. Wenn mir diese Person dann noch verraten hätte, dass Adam Backwood und ich uns innerhalb kürzester Zeit ineinander verlieben würden, hätte ich vor Ungläubigkeit gelacht. Und wenn mir diese Person daraufhin erklärt hätte, dass alles mit seinem Lieblingsbuch begann, hätte ich mich verabschiedet.

Wie absurd, hätte ich gedacht.

Aber es ist nicht absurd.

Das alles ist passiert.

Ich habe mich in Adam verliebt, obwohl ich wusste, dass er mir das Herz brechen würde.

Und hier kommen meine Gründe.

9

Okay, ich hatte gelogen.

Ich hielt Art nicht ganz auf Abstand.

Zur nächsten Schreibwerkstatt nahm ich *Wenn wir bleiben* mit. Sollte Art mich darauf ansprechen, würde ich es ihm überreichen. Wenn nicht, dann nicht. Die rationale Stimme in mir versuchte, mir zu erklären, dass er das garantiert nicht tun würde. Immerhin hatte er schon einen großen Schritt auf mich zugemacht – und ich war einen riesigen zurückgegangen. Er hatte mir seine Nummer gegeben und quasi darum gebeten, dass ich ihm schrieb. Und ich hatte es nicht getan.

Die Stimme hatte recht.

Die Stunde verging, ohne dass Art mich ansprach. Doch da war dieser eine Moment, kurz bevor es läutete, in dem sich unsere Blicke streiften.

Er lächelte mich an.

Ich lächelte zurück.

Draußen hatte sich die Sonne endgültig verabschiedet. Die Zeiten des Spätsommers waren vorbei. Die letzten Touristen verließen den Ort, sodass auch unsere allseits beliebte Pizzeria *Nico's* schloss. Amber schmückte unser Zimmer mit noch mehr Lichterketten und tauschte ihre süßen Oberteile gegen kuschelige Pullover. Über ihre Malsession redeten wir nicht. Als ich an jenem Abend wieder unser Zimmer betrat, hatte sie sich gerade die Haare gewaschen und flocht sie zu einem Zopf. Die Farbflecken und den traurigen Blick in ihren Augen hatte sie weggewischt.

Als ginge das so einfach.

Ich wollte nachfragen, allerdings auch keine Grenzen überschreiten. Also achtete ich darauf, dass keines meiner Kleidungsstücke auf Ambers Seite lag, und sagte nichts. Das Ganze funktionierte großartig, bis ich einige Tage später wieder vor unserer Zimmertür stand. Gerade noch rechtzeitig, um pünktlich mit Aylin und Chiara zu facetimen. Wir hatten Ewigkeiten nach einem Nachmittag gesucht, an dem wir alle Zeit hatten. Ich konnte es kaum erwarten, in die Gesichter meiner Freundinnen zu sehen. Bestimmt würde Chiara von ihrer neusten Errungenschaft im Schwimmteam erzählen, während Aylin uns darüber aufklären würde, welcher teure Lipgloss gerade im Internet gehypt wurde. Ich vermisste meine Freundinnen. Wir kannten uns seit der fünften Klasse, waren in jeder Schulpause und bei allen großen Ereignissen füreinander da gewesen. Aylin und ich hatten Chiara bei jedem ihrer wichtigen Schwimmwettkämpfe angefeuert. Als Matts mit Aylin nach zwei Jahren Schluss gemacht hatte, hatten Chiara und ich gerade noch den letzten Nachtbus erwischt und am nächsten Tag zusammen mit ihr geschwänzt. Meine Freundinnen waren für mich da gewesen, als meine Eltern sich getrennt hatten – und auch, als Lars sich von mir getrennt hatte. Es war seltsam ohne sie. Und genau deshalb würde ich jetzt mein Handy ans Ladekabel anschließen und Aylin und Chiara von Sankt Zander erzählen. Stattdessen verharrte ich schluckend im Türrahmen.

Erneut wurde ich von Zeitungspapierboden und unzähligen Farbtuben begrüßt. Diesmal hockte Amber jedoch nicht auf dem Boden, hatte auch keinen Pinsel in der Hand. Stattdessen lag sie gekrümmt unter ihrer Decke, während aus der Lautsprecherbox *making the bed* von Olivia dröhnte. Die Musik war laut, ihr Weinen jedoch lauter. Bei jedem ihrer Schluchzer erbebte ihr Körper.

»Amber?«, fragte ich.

Sie reagierte nicht.

Mist.

Ich wusste nicht, was ich tun sollte. Allerdings wusste ich auch, dass ich nicht nichts tun konnte. Grenzüberschreitung hin oder her.

Nervös ging ich auf sie zu und setzte mich aufs Bett. Die Matratze gab nach, sie musste mich neben sich spüren.

»Amber?«, fragte ich ein weiteres Mal besorgt und berührte sie am Rücken. »Was ist passiert?«

Sie schüttelte den Kopf, bevor sie nun ihrerseits schwer schluckte. Es war derselbe Moment, in dem ich bemerkte, dass *making the bed* auf Dauerschleife lief.

»Du kannst mit mir reden«, flüsterte ich und war mir darüber bewusst, wie schwach die Worte klangen.

Doch ich meinte sie.

Wieder keine Reaktion.

»Hey«, sagte ich und strich ihr über den Rücken, wobei ihre Wirbelsäule unter meiner Berührung vibrierte. »Das ist mein Ernst.«

Heftig schüttelte Amber den Kopf. »Dashfufnergugnsin.«

»Was?«, fragte ich verwirrt, woraufhin sie sich langsam aufrappelte.

»Das …« Ihre Stimme zitterte. »Das ist …« Noch ein Schluchzer. »Das ist nicht dein Ernst.«

Oh Gott.

Wie zerrissen und zerrüttet Amber aussah. Ihr gesamtes Gesicht wirkte aufgedunsen. Ihre Lider angeschwollen und riesig, die Lippen rot und voll, das Gesicht nass von all ihren Tränen.

Was ist dir passiert?

Wie kann ich dir helfen?

Bitte, rede mit mir.

Variationen dieser Sätze lagen mir auf der Zunge, doch Amber kam mir zuvor.

»Du willst nicht wirklich wissen, was passiert ist.«

»Natürlich tue ich das«, widersprach ich. »Ich …«

»Ich formuliere es anders«, unterbrach sie mich und fixierte mich dabei mit ihren dunklen Augen. »Vielleicht willst du es wirklich wissen. Aber wenn du es weißt, willst du nichts mehr *von mir* wissen, und das … das … das …«

Sie schnappte immer wieder sichtbar nach Luft, bevor sie schließlich den Kopf schüttelte, ihre eigenen Tränen schluckte und sich ruckartig erhob.

Sie ging nicht aus dem Raum.

Amber rannte.

Ich konnte nicht anders, als ihr hinterherzuhechten. Ich wusste, dass mein Handy in meinem Rucksack vibrierte und ich meine Freundinnen somit versetzte.

Doch das hier war ein Notfall.

Also lief ich vorbei an der offenen Tür unserer Zimmernachbarinnen und dann in Richtung Toiletten. Dort schloss Amber sich in eine Kabine ein, ehe ich keine drei Sekunden später hörte, wie sie sich übergab. Ihr Würgen klang herzzerreißend und atemlos.

Lass mich dir helfen.

Ich wollte es in den Raum schreien, sodass es von allen

Seiten widerhallte. Aber ich wusste, dass es nicht das war, was Amber benötigte. Deshalb klopfte ich bloß an ihre Tür, versicherte ihr, dass ich da war, und lehnte mich anschließend gegen das Waschbecken. Ich hörte Amber atmen. Zwei, drei unsichere Atemzüge, auf diese ganz bestimmte zitternde Weise, wie man sie nur mit getrockneten Tränen auf den Wangen tat, wenn man sich selbst zu ihnen zwang. Dann … nichts.

»Amber?«, fragte ich, hätte mir allerdings gleich darauf auf die Zunge beißen können.

Meine Stimme riss sie aus ihrer scheinbaren Ruhe. Wieder erklang ihr Schluchzen. Unkontrolliert und heftig und niederschmetternd. Ich erschrak, als genau in diesem Moment eine Tür geöffnet wurde.

»Hier heult jemand«, hörte ich von draußen, bevor die Tür wieder zugezogen wurde. »Lass lieber die Toiletten in der Ersten nehmen.«

Entschlossen klopfte ich erneut an Ambers Kabine, nur um zu erkennen, dass sie mich nach wie vor ignorierte.

Mist. Ich konnte hier nicht bloß stehen und nichts tun. Zuhören, aber dabei wie eine Statistin sein. Vielleicht konnte ich nur über Heldinnen schreiben in den Geschichten, die fast nie jemand las, doch ich konnte meine Zimmergenossin jetzt auch nicht so alleinlassen.

Also tat ich das Einzige, was mir einfiel.

Ich griff nach meinem Handy und suchte nach seinem Namen. Dann tippte ich.

> Hey, diese Nachricht kommt jetzt bestimmt etwas komisch, aber könntest du mir vielleicht die Nummer von Vince geben? ☺

Nachdem ich die Nachricht versendet hatte, hoffte ein winziger Teil in mir, dass er zu lange mit seiner Antwort brauchen würde oder mir überhaupt nicht zurückschreiben würde. So – zumindest redete sich das dieser Teil ein – würde mir die Entscheidung vom Universum abgenommen werden, was das Richtige war. Allerdings vibrierte mein Handy gleich darauf mit einer Antwort.

Art
Wer ist das? 🤔

Oh, tut mir leid

Ganz vergessen, du hast meine Nummer nicht 😭

Ich bin Helena 😊

Etwa die Helena, die mir schreiben wollte, aber es nie getan hat, und jetzt die Nummer von meinem besten Freund braucht? 😂

Ich weiß, es klingt komisch, aber es geht um seine Schwester

Es ist quasi ein Notfall 😭

Fuck

Art hat einen Kontakt gesendet

Kann ich dir sonst irgendwie helfen? ☹

Nein, das reicht schon, danke ☺

Kein Problem ☺

Weil Arts Nachricht mich innerhalb von Sekunden erreicht hatte, zögerte ich keine einzige. Ich schrieb Vince sofort, woraufhin er exakt zwölf Minuten später in der Damentoilette stand. Ambers Schluchzer waren leiser geworden, ihre Schnappatmung hallte jedoch immer noch in dem Raum nach. Mittlerweile saß sie auf dem Boden. Das wusste ich, weil ich ihre Kuschelsocken erkannte. Pink mit rosafarbenen Noppen. Es wirkte so kindlich. Als wäre das Schlimmste, was ihr passieren könnte, mit dem falschen Fuß aufzustehen und deshalb weinen zu wollen, aus reiner Laune.

Doch so klang ihr Weinen nicht.

»Danke, dass du mir geschrieben hast«, flüsterte Vince atemlos. Im Grunde sah er aus wie Amber. Sie hatten die gleichen Augen mit den gleichen Wimpern, die gleichen dunklen Haare mit der gleichen leicht gewellten Struktur. Der einzige Unterschied bestand darin, dass er einen halben Kopf größer war als sie. Und natürlich männlich. Während Amber wunderschön war, war Vince heiß.

»Am-Am«, sagte er auf die sanfteste Weise dieser Welt, als er an die Toilettenkabine klopfte. »Mach auf.«

»Vince?« Ambers Stimme klang irritiert. »Verschwinde.«

»Tja, das würde ich gerne tun, aber meine Lieblingsschwester weint sich gerade die Seele aus dem Leib.«

Keine Antwort.

»Komm schon, Am. Du weißt ganz genau, dass ich so

lange hier stehen bleiben werde, bis du aufmachst. Bitte lass mich nicht wie den größten Vollidioten aussehen, der einem Mädchen bis auf die Toilette nachstellt.«

»Du bist ein Idiot.«

»Aber nicht so einer.«

»Trotzdem Idiot.«

Obwohl Amber noch immer schluchzte, schwang in ihrer Stimme plötzlich ein Hauch von Belustigung mit. Als ich hörte, wie sie das Türschloss öffnete und sich ihr Bruder mit den langen, drahtigen Gliedern in die Kabine zu ihr quetschte, ohne zu seufzen, so als würde es ihm rein gar nichts ausmachen, weil er alles für seine Schwester tun würde, ging ich schließlich.

Aylin und Chiara hatten unsere Gruppe mit Nachrichten geflutet. Sie hatten sich Sorgen um mich gemacht. Wahrscheinlich hätte ich das auch. Wieso sollte man schließlich ein virtuelles Date mit Freundinnen verpassen, die man nur noch so selten sah? Ich entschuldigte mich mit einer Sprachnachricht und erklärte ihnen die Sache. Eineinhalb Stunden später entschuldigte und bedankte sich Amber gleichzeitig per WhatsApp bei mir. Anschließend teilte sie mir mit, dass sie sich heute in Vince' Bett quetschen würde. Frau Wall und der Betreuer des Jungstrakts wüssten Bescheid. Sie würden eine Ausnahme machen.

Amber 🎀
Keine Ahnung, womit mein
Bruder die bestochen hat

Aber danke noch mal, wirklich

Und tut mir leid, auch wirklich 😭

Ich versicherte ihr ein weiteres Mal, dass es kein Problem sei. Dass ich für sie da war, wenn sie mit mir reden wollte, natürlich auch wirklich. Und gerade dann, dann, als ich mein Handy weglegen wollte, erreichte mich seine Nachricht.

10

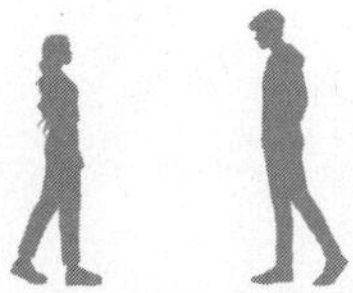

Art
Ich hoffe, es ist alles gut gegangen? 🥺

Ich hoffe auch

Danke noch mal für die Nummer von Vince 😊

Natürlich 🙈

Achtung – keine gute Überleitung –, aaaber hast du eigentlich mein Buch gelesen? 😊

Es steht auf meiner Liste 🙈

Lass mich raten: Sie ist natürlich endlos lang? 😂

Endlos lang^2 😂

Klingt sehr mathematisch, dabei dachte ich, dein Schwerpunkt wäre Schreiben 💀

Ist es auch 😀

Ist das eigentlich auch dein Schwerpunkt? 🤔

Nee 😊

Wieso? 🤔

Nur so 😊

Man fragt nie nur so, wenn man *nur so* schreibt 😂

Womöglich hast du recht 🙈

Ich hab mich einfach nur gewundert, weil wir ja in derselben Schreibwerkstatt sind

Ist mein Nebenfach

Kann man in der Letzten dazuwählen 😊

Also dachte ich, ich nehme was für meine Songwriting-Skills mit 😂

Was hörst du denn eigentlich so für Musik? 😊

Ich habe eine große Schwäche für Olivia Rodrigo und Taylor Swift 🙈

Verstehe ich

Frau Swift betreibt so krasses Storytelling 🤯

Vielleicht kann das Internat sie ja als Gastlehrerin fürs nächste Schuljahr an Land ziehen 😂

Ich wäre auf jeden Fall dabei 😂

Vielleicht können wir eine Petition starten 😉

Oh Mann 😭

Ich wünschte, ich müsste noch nicht ins Bett, aber muss morgen schon um 6 raus 😢

Fangen deine Stunden nicht auch erst ab 8 an? 🤔

Doch, aber ich hab dreimal in der Woche Training mit der Laufgruppe

Also bis morgen? 😊

Art
Ich stelle dir eine Frage, aber du darfst nicht sauer sein, okay? 😊

Okay? 🙈

Was ist dein liebster
Taylor-Swift-Song? 😊

Oh Gott

Und ich dachte schon, jetzt kommt
was richtig Schlimmes 😅

Keine Angst machenden Fragen stellen

Ist notiert ☝️

Aber du hast mir meine Frage
noch nicht beantwortet

Sie ist wirklich gemein 😭

Ich weiß

Ich hoffe, du verzeihst mir 😭 😭 😭

Ich glaube, *betty* 🤔

Niemals 🤯 🤯 🤯

? 🙈

Art hat eine Sprachnachricht gesendet

Ich habe vor ein paar Tagen eine Akustikversion davon aufgenommen

Was für ein Zufall 🤯

Wow

Ich meine, WOW

Art hat ein Foto gesendet

Danke dir für dein Lieblingsbuch heute nach Frau Krügers Stunde 😊

Und? 😏

Hast du Frau Krügers Hausaufgabe schon gemacht? 😂

Eineinhalb Stunden nach Schulschluss?

So eine Streberin bin ich dann auch nicht 😂😂😂

Kann ich dich was fragen? 🙈

Immer 😊

Hattest du mal eine Auseinandersetzung mit Frau Krüger oder so? 🤔

Du fragst dich das, weil dir auch aufgefallen ist, wie sie immer kurz mit den Augen rollt, bevor ich etwas sage, oder?

Ganz ehrlich?

Ich frage mich das schon seit letztem Jahr

Keine Ahnung, was ich getan habe

Aber irgendwie mag sie mich nicht 🙈

Art hat ein Foto gesendet

Na ja, ich bin dann mal lesen 😊

Nein, warte

Eine Sache noch

Wir spielen am Wochenende in der *Kajüte 57*

Komm doch auch, Helena 💜

11

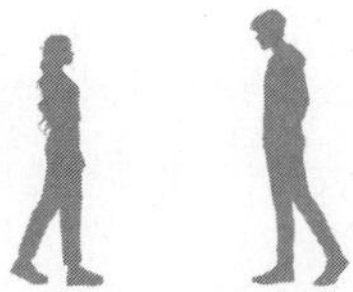

Es war nur ein bedeutungsloses Herz.

Ich wusste das.

Trotzdem brachte es mein eigenes heftiger zum Schlagen, wann immer ich es mir ansah. Ehrlicherweise klopfte mein Herz in dieser Zeit, in der Art mir schrieb, immerzu derart heftig. Ständig klebte ich an meinem Handy, insbesondere abends. Es war so, als hätten wir uns unausgesprochen für täglich dieselbe Zeit in unserem Chat verabredet. Ich fand so viel über ihn heraus. Wie zum Beispiel, dass er ursprünglich aus München kam, der schnellste Leser war und eine Schwäche für gut geschriebene Songs hatte. Wenn Art mir Selfies schickte, klebten meine Augen an seinen Augen.

Er war so schön.

Und er war so heiß.

Dabei war es nicht nur sein Aussehen. Es war die Weise, wie er die Welt sah, mit seinem leicht melancholisch-künstlerischen Touch. Allein sein Spitzname war Programm. *Art.* Kunst. Alles mit ihm fühlte sich besonders an, selbst wenn er nur den lächelnden Smiley schickte. Es war seine Ausstrahlung. Ich mochte es, dass er mir Lieder schickte, die ich nicht kannte, und dazu schrieb, dass ich sie mögen könnte. Ich mochte es sogar, dass ich anfing, ihn zu mögen.

Natürlich kam ich nicht darum herum, mich zu fragen:

Wieso ich? Was findet er an mir? Insbesondere nach dem, was Lars über mich gesagt hatte.

Leni ist nichts Besonderes.

Art war das Gegenteil von *nichts Besonderes*. Er war außergewöhnlich und spektakulär. Ein Rockstar, der eine Schwäche für Songs von Taylor Swift hatte.

Ich hingegen war einfach nur ich. Tief in mir wollte ich daran glauben, dass ich gut so war, wie ich war, selbst mit meinen verhassten Händen. Aber ich war im schlimmsten Fall nichts Besonderes und im besten einfach nur normal. Leicht zu übersehen. Dennoch sah Art mich immer eine Spur zu lange an, wenn wir uns in den Fluren begegneten. Dabei erinnerte er mich eigentlich an die Typen in den Stufen über mir. Die, die unerreichbar schienen, obwohl niemand den Grund dafür benennen konnte. Die, die ständig von uns allen auf Social Media gestalkt wurden. Die, bei denen ich Herzrasen hatte, aus Angst, ich könnte ihr Bild versehentlich doch mit einem *Gefällt mir* markieren.

Art war im Gegensatz zu Luca dieser Typ.

Und trotzdem. Selbst wenn wir uns in der Realität nie unterhielten, spürte ich, wie wir einander näherkamen. Alles, was er mir schrieb, sagte mehr aus als das, was er mir hätte sagen können. Es war so viel einfacher, etwas zu schreiben, als es zu sagen. Die Stunden, die ich an meinem Handy klebte, waren die besten meines Tages. Selbst wenn Amber mir von ihrem Bett aus verwunderte Blicke zuwarf und ich ganz genau wusste, dass sie ebenfalls keine Grenze überschreiten wollte.

Bis jetzt zumindest.

Plötzlich zuckte mein Blick nämlich von Arts indirekter Einladung zu ihrem Bett.

»Hey, du Handysüchtige.« Sie wackelte mit den Brauen, während sie ihren digitalen Zeichenstift zwischen den Fingern drehte. »Mit wem schreibst du da eigentlich jeden Abend? Hast du etwa einen Freund zu Hause, den du nie erwähnt hast?«

»Nicht nur einen«, erwiderte ich. »Ich habe so ungefähr achtundzwanzig Stück.« Grinsend nickte ich auf meinen mit Stickern beklebten eReader, der auf meinem Nachttisch lag. »Und das Gute ist, dass sie alle so kompakt sind, dass ich sie immer überall mit hinnehmen kann.«

Amber kicherte, während sie ihr iPad und den Stift beiseitelegte. Mittlerweile zeichnete sie wieder ausschließlich digital. Eine weitere verzweifelte Malsession war nicht vorgekommen. Wir hatten nie über die letzte geredet. Natürlich wollte ich sie fragen, doch ich spürte, dass sie nicht darüber reden wollte.

Also sagte ich nichts und sie auch nicht.

»Im Ernst jetzt.« Plötzlich setzte sie sich auf, wobei sie die Ellbogen auf ihren Knien abstützte. »Mit wem schreibst du die ganze Zeit? Es ist doch ein Junge, nicht wahr?«

Ich nickte.

»Von zu Hause?«

»Nein.«

»Vom Internat?«

»Mööööglich.«

»Das ist ein Ja!«

»Kein Kommentar.«

»Ich brauche Details. Ist er aus unserer Stufe?« Sie griff nach ihrem Apple Pencil und tippte sich damit an die Schläfe. »Luca?«

»Luca?« Ich runzelte die Stirn. »Wie kommst du darauf?«

Amber zuckte mit den Achseln. »Er sieht dich halt immer so an.«

»Nein«, sagte ich leicht verwirrt.

»Okaaay.« Sie hob die Brauen. »Wer ist es dann?«

Ich holte tief Luft. »Jemand aus der Dreizehnten.«

»Oh Mann. Du kannst mich nicht so quälen. Wer ist es? Damian? Milan? Raphael?«

»Keiner von denen.«

»Komm schon, wenigstens sein Schwerpunkt. Dann kann ich besser raten.«

Ich überlegte eine Sekunde, es zu riskieren. Niemand wusste, dass ich mit Art schrieb. Meinen Freundinnen hatte ich es nicht getextet, weil ich es ihnen eigentlich bei unserem FaceTime-Date hatte sagen wollen. Wir schrieben immer noch in der Gruppe, erzählten in unseren Sprachnachrichten allerdings nichts wirklich Persönliches. Es war eher ein Wie-war-dein-Tag-mein-Tag-war-anstrengend-und-ich-bin-so-müde-Austausch. Ich fand einfach nicht den passenden Zeitpunkt. Und Amber hatte ich es noch nicht erzählt, weil sie mich vor Art gewarnt hatte. Aber … Gott. Ich wollte mit jemandem darüber reden.

»Musik«, sagte ich deshalb leise.

»Okay, okay, lass mich überlegen. Aus der Dreizehnten, Schwerpunkt Musik. Vince fällt schon mal raus, Art auch, weil …« Amber stoppte sich selbst. »Art fällt doch raus, oder?«

Ich zögerte und diese kleine Pause verriet mich. Unmittelbar rissen ihre dunklen Augen auf.

»Nein!«, rief sie. »Sag nicht, du schreibst mit ihm.«

Mit einem Mal wurde mir so warm, dass ich spürte, wie meine Wangen sich röteten. »W…wir haben Bücher getauscht.«

»Bücher getauscht?«

Ich holte tief Luft, bevor ich Amber alles erklärte. Zwischen Arthur und mir war nicht wirklich viel passiert, trotzdem schaffte ich es, für viel zu viele Momente nur über ihn zu reden.

»Mann.« Sie seufzte kapitulierend. »Ich muss zugeben, das klingt schon sehr süß.«

Ich hätte fast erleichtert ausgeatmet, da erinnerte ich mich an den ersten Tag, an das Konzert und Ambers Worte. Wir hatten nie wieder darüber geredet, dabei hatte mir diese eine Frage immerzu im Kopf gebrannt.

Was hat Art gemacht?

»Was …« In meinem Kopf war die Frage klar gewesen, in der Realität verhaspelte ich mich. »Was hat Art eigentlich gemacht? Also, dass er diesen schlechten Ruf hat?«

Amber blies die Wangen auf, nahm ihren Blick nicht von mir. Dabei blickte sie mich nicht einfach nur an. Es war, als würde sie wirklich in mich hineinsehen wollen.

»So genau weiß ich das auch nicht«, gab sie zu. »Zwischen ihm und seiner Ex-Freundin soll es nicht so gut geendet haben.«

»Geht sie auch hier zur Schule?«

»Sie hat im letzten Sommer ihr Abi gemacht. Sie war eine Stufe über Art und Vince. Art hat so ungefähr hundert Lieder über sie geschrieben.«

»Oh«, sagte ich und hasste dieses Gefühl, das sich in mir ausbreitete. Es fühlte sich heiß und schrecklich an.

Eifersucht.

Ich verstand mich selbst nicht. Art war zwei Jahre älter als ich. Durch Amber wusste ich von seinem Ruf. Und jetzt von einer Ex-Freundin. Natürlich hatte er bereits eine Freundin gehabt. Natürlich hatte er ihr Liebeslieder geschrieben, sie mit lyrischen Komplimenten und Gitarrensolos in seinem Bett überschüttet. Er hatte garantiert schon etliche erste Küsse erlebt, Sex gehabt, in einer Beziehung und einfach so, aus Spaß an der Freude. Sehr wahrscheinlich hatte er sogar bereits mehr als eine Freundin gehabt. Wie konnte ich Eifersucht verspüren? Wegen eines Jungen, mit dem ich seit ein paar Tagen schrieb? Auf gesichtslose Mädchen, die älter waren als ich?

»Aber was du erzählt hast, klingt echt schön.« Ambers Stimme durchschnitt meine Gedanken und ich zwang mich zu einem Lächeln. »Wollt ihr euch eigentlich auch treffen?« Meine Zimmergenossin musste mein unsicheres Lächeln durchschaut haben, denn sie versuchte nun, die Stimmung mit wackelnden Brauen aufzulockern. »Du weißt schon. Damit ihr die erste Stunde eures persönlichen Buchclubs abhalten könnt?«

»Haha«, machte ich trocken, wobei meine Mundwinkel ein kleines bisschen zuckten. »Nein, keine Ahnung. Aber er hat mich zu ihrem Gig morgen eingeladen.«

»Du meinst in der *Kajüte 57*?«

»Ja, genau«, flüsterte ich.

»Und? Gehst du?«

»Na ja.« Ich spielte nervös mit meinen Haarspitzen. »Würdest du mit mir gehen?«

»Um einen weiteren Abend dabei zuzusehen, wie die Hälfte des weibliches Publikums meinem Bruder verfällt und dabei keine Ahnung hat, dass er, sobald er auf dem Sofa liegt, seine Stinkesocken auszieht – und einfach liegen lässt?« Amber rollte belustigt mit den Augen. »Natürlich. Das könnte ich mir doch niemals entgehen lassen.«

12

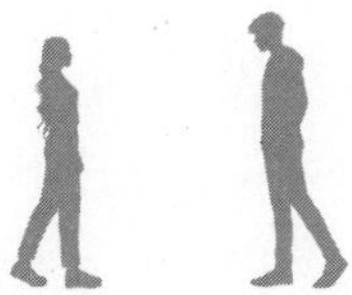

»Alles klar.« Der stämmige Türsteher nickte Amber und mich ins Innere, nachdem er unsere Ausweise kontrolliert hatte. Die *Kajüte 57* war eines der wenigen noch geöffneten Lokale auf der Halbinsel. Es war schummrig und eng, an den Wänden klebten etliche Poster und Fotos von Besuchern und Betreibern. Die Möbel waren aus Holz und wirkten nahezu antiquarisch, wie aus einem anderen Zeitalter.

Trotzdem war es mehr als gut besucht.

Ich entdeckte viele bekannte Gesichter vom Internatsgelände zwischen den Bänken, wobei das Publikum wild gemischt war. Neben Mitschülern machte ich auch Besucher mittleren Alters aus. Die Angestellten hinter der Theke wirkten gestresst und kamen kaum mit dem Bierzapfen hinterher. Am Ende des Raumes war die Bühne samt Instrumenten bereits aufgebaut. Amber und ich bunkerten uns einen Tisch mit guter Aussicht.

»Glaubst du, Vince schreibt dich nach dem Konzert wieder an?«, fragte ein Mädchen seine Freundin, während sie uns passierten.

Amber verzog das Gesicht. Nachdem sie aus unserer Hörweite verschwunden waren, räusperte ich mich.

»Ich würde sagen, dein Bruder ist ein Rockstar.«

»Sagt die, die auf einen Rockstar steht.«

»Art ist kein richtiger Rockstar.«

»Aber du stehst auf ihn. Dagegen hast du nicht protestiert.«

Ich wusste nicht, was ich antworten sollte, deshalb sagte ich nichts und wir wechselten das Thema. Unterhielten uns über Frau Krüger, die uns unterbrach, wenn wir unseren Satz mit »Ähm« begannen.

You do not begin a sentence like that. That speaks of insecurity. And you should be secure.

Die Referendarin war nämlich nicht nur die Leiterin der Schreibwerkstatt, sondern auch unsere Englischlehrerin. Das Ding war: Sie sagte es nicht bestimmend oder mit so fester Stimme, dass sich mir die Nackenhaare aus Angst aufstellten. Sie sagte es wohlwollend, mit einem so mitfühlenden Lächeln, dass ich mich nur noch mehr schämte, »Ähm« gesagt zu haben.

Amber ging es genauso.

»Und dann lächelt sie einen auch so an, als wüsste sie genau, wie wir uns …«

Ich brach mitten im Satz ab, als es plötzlich dunkler wurde. Anschließend verstummte die Musik, die bis eben noch aus den Lautsprechern geschallt hatte. Ersetzt wurde sie durch ein Kreischen, das durch die Menge ging, als die Jungs plötzlich auf die Bühne traten.

Mein Blick hing nur an Art.

Wie er lässig nach seiner Gitarre griff, während Felix hinter dem Schlagzeug den Takt vorgab. Sie begannen sofort zu spielen. Ihr Auftaktsong war schnell und heftig, brachte die ersten drei Reihen instinktiv dazu, sich zur Musik zu bewegen. Als Art dann zu singen begann, überzog Gänsehaut jeden Zentimeter meines Körpers.

Seine Stimme.

Gott.

Wie konnte man *so* eine Stimme haben?

Ich hatte sie schon gehört. Ich hatte sie mir bereits etliche Male in meinem Kopf vorgestellt. Ich wusste sogar, wie sie sich anhörte, wenn er *betty* von Taylor Swift sang. Nur er. Nur seine Stimme.

Trotzdem erwischte sie mich erneut aus dem Hinterhalt.

Ich konnte nichts tun als dazusitzen, ihm zuzuhören und ihn anzusehen.

Es machte so süchtig.

Nach dem Auftritt stöhnte Amber gespielt erleichtert, dass die fünfundvierzig Minuten Möchtegern-Indie-Musik endlich vorbei waren. Für mich hatte es sich gleichzeitig wie drei Minuten und drei Ewigkeiten angefühlt.

Mit pochendem Herzen beobachtete ich, wie *Bulletproof Disaster* von der Bühne abging, während Amber mich anstupste.

»Ich geh auf die Toilette. Kommst du mit?«

Keinen Moment später eilten wir in Richtung Waschräume. Gerade als wir eintraten, hörte ich das Schluchzen links aus einer Kabine. Amber musste so dringend, dass sie es wahrscheinlich gar nicht bemerkte. Sofort rauschte sie in eine Kabine, während ich vor den Waschbecken verharrte.

»Er ist es nicht wert«, tönte es von links. »Ich schwöre, er ist es nicht wert.«

Doch das Schluchzen verklang nicht. Es wurde nur lauter und heftiger, wobei ich meinen Blick nicht von der geschlossenen Tür abwenden konnte. Keine Ahnung, wie oft ich mich schon mit einer Freundin in eine Schultoilette, in die Waschräume einer Veranstaltung oder ins Badezimmer auf einer Hausparty gesperrt hatte. Es schien, als führten wir dort die wichtigsten Gespräche. Mit glitzernden Lidschatten über den Augen und rosa schimmernden Lippen, in unseren heiß diskutierten Outfits, weil wir so schön wie möglich aussehen wollten. Und wofür? Um am Ende mit beißendem Klosteingeruch eine unserer nächsten Krisen zu bewältigen. Eine Krise, eine Kabine. Ein ungeschriebenes Gesetz.

Plötzlich wurde die Spülung betätigt und ich drehte mich hastig weg, um nicht wie eine Stalkerin zu wirken, doch es war bloß Amber, die aus ihrer Kabine huschte. Während sie sich die Hände wusch, zuckte auch ihr Blick in Richtung Schluchzen.

»Er ist es nicht wert«, wiederholte die Stimme wieder und wieder. »Er ist nichts von alldem hier wert.«

Leise verschwanden wir aus den Waschräumen, bevor wir im Inneren von lauter Musik begrüßt wurden. Amber checkte die Uhrzeit auf ihrem Handy. Zwanzig Uhr zweiundvierzig.

»Wir sollten gehen, oder?«, rief ich.

Als Antwort reckte Amber den Daumen nach oben und wir schlängelten uns durch die Menge in Richtung Ausgang. Mein Herz fühlte sich so leer dabei an. Da war nämlich diese leise, trügerische Stimme in meinem Kopf, die mich fragte, ob das nun wirklich alles sei. Würde ich nicht mit Art sprechen? Vielleicht hatte ich mir in meiner dämlichen Tagträumerei eingeredet, Art würde mir indirekt einen Song auf der Bühne widmen. Doch eigentlich hatte ich gewusst, dass das nicht passieren würde.

Wir schrieben uns nur.

Aber ist schreiben in deiner Welt nicht alles?

Keine Ahnung. Und keine Ahnung.

Ich wusste nur, dass Amber und ich nach draußen stolperten. Statt frischer Luft blies uns Zigarettenqualm entgegen. Es schien, als hätte sich die Hälfte der Besucher nach draußen verzogen, wobei viele der männlichen Gäste bei knapp dreizehn Grad im T-Shirt ihr Bier tranken. Amber wollte gerade nach links abbiegen, da hörten wir ihren Namen.

»Hey, Amber«, ertönte es hinter uns. »Willst du wirklich gehen, ohne deinem Bruderherz wenigstens Hallo zu sagen?«

Augenrollend drehte sie sich um und nickte in Vince' Richtung. »Stört es dich, wenn ich kurz Hallo sage?«

Ich schüttelte den Kopf, bevor ich Amber folgte und ihn sofort erkannte. Er unterhielt sich gerade mit Felix, verstummte allerdings, als wir vor ihnen zum Stehen kamen. Aus den Augenwinkeln bemerkte ich, wie selbstverständlich Vince seine Schwester an sich drückte. Doch eigentlich hatte ich dafür keine Augen mehr.

Art sah mich an. Und ich sah nur noch ihn.

Aus der Nähe erkannte ich, dass seine Haarspitzen leicht nass vom Schweiß waren, während die Strähnen ihm verwuschelt vom Kopf abstanden. Art trug dasselbe Shirt, das er auf der Bühne angehabt hatte, bloß hatte er sich jetzt eine Lederjacke übergeworfen. Seine blauen Augen leuchteten mir in der Dunkelheit entgegen.

Er ist kein richtiger Rockstar.

Aber er sah durch und durch wie einer aus. Heiß und mysteriös, wie alles, von dem ich mich fernhalten sollte.

Schade, dass er mir genau da einen Schritt näher kam, sodass wir leicht abgeschottet von der Gruppe waren.

»Hi«, sagte er, wobei seine Stimme genauso tief und rau und wunderschön klang, wie als er *R U Mine* gesungen hatte. »Voll cool, dass du gekommen bist.«

Er lächelte. Es fuhr mir direkt unter die Haut. Ich spürte, wie alles in mir kribbelte und glühte.

Nur wegen eines Lächelns.

»K…klar«, stotterte ich vor mich hin. »Natürlich.«

Natürlich?

Wieso redete ich so? Warum war ich so überoffensichtlich mit allem, was ich tat und sagte und dachte? Meine innere Mila ließ mich wissen, dass ich so richtig am Arsch war. Doch ich konnte ihr nicht weiter zuhören, weil plötzlich jemand »Oh, oh« rief. Sofort wandten sich unsere Gesichter wieder der Gruppe zu, deren Blicke wiederum in Richtung Ausgang gingen. Zwei Freundinnen huschten aus der Tür, wobei alle das Mädchen ansahen, das einen Schritt weiter hinten lief. Dunkle Haare, todtrauriges Gesicht. Endlos lange Beine, ein eleganter Mantel. Sie war so schön, dass es keinen anderen Grund hätte geben müssen, damit jeder sie betrachtete.

Doch Arts Kiefer zuckte, während sein Blick auf ihr lag. Dabei warfen ihm die anderen nervöse Blicke zu. Erst als die beiden Mädchen um die Ecke verschwunden waren, nahmen die anderen langsam ihre Unterhaltungen wieder auf. Nur dieser Muskel in Arts Kiefer, der zuckte noch immer, selbst nachdem er mich lächelnd gefragt hatte, wo wir stehen geblieben waren.

Ich konnte nicht wissen, dass dieses Mädchen seine Ex-Freundin war. Ich kannte sie nicht, wusste nicht einmal ihren Namen. Dennoch spürte ich diesen Knoten in meinem Magen. Mein Bauchgefühl. Meine Intuition.

Ich wusste es.

Ich wusste einfach, dass Art dieses Mädchen einmal geliebt hatte.

Grund II

Nicht weinen.

Jetzt. Bloß. Nicht. Weinen.

Bestimmt blinzle ich meinem Laptop entgegen, als ich plötzlich erschrecke.

»Einmal die Fahrttickets, bitte.«

Zitternd krame ich nach meinem Handy und halte es dem Kontrolleur mit dem Ticket auf dem Display entgegen, während ich mich innerlich weiterhin ermahne. Jetzt. Bloß. Nicht. Zu. Weinen. Eigentlich bin ich die ganze Zeit über kurz davor. Es braucht keinen richtigen Auslöser, weil du alles in mir ausgelöst hast. Weißt du, Art, es ist nicht besonders schön, in der Öffentlichkeit zu weinen, mit all dem Schnodder und der Traurigkeit, die allen – selbst mir – viel zu viel ist.

»Lädt nicht«, sagt der Bahnangestellte. »Einen Moment, bitte.«

Doch ich habe keinen Moment.

Ich habe nur ein klaffendes Herz, das mich nicht am Leben hält, sondern vielmehr umbringt. Gott. Wie viel Schmerz kann ein Mensch ertragen, bevor er endgültig zusammenbricht? Der Kontrolleur seufzt, während nun auch meine Beine unkontrolliert zu zittern anfangen.

Und da halte ich es nicht mehr aus.

Ich denke an Isabella.

Wie du sie angesehen hast.

So wie du mich nie angesehen hast.

Der Gedanke gibt mir den Rest. Ich schnappe mir meine Sachen, stehe auf und renne los.

»Hey!«, ruft der Mann in Uniform. »Warten Sie, ich bin noch nicht …«

Art, ich springe auf und lasse den Kontrolleur einfach stehen. Sicherlich denkt er, ich fahre schwarz. Eigentlich würde ich mich das niemals trauen: aufstehen, wegrennen und damit eine Szene machen. Aber ich kann nicht anders. Ich will nicht vor den anderen weinen. Ich erreiche die versiffte Toilette und schließe mich ein. Setze mich auf den Klodeckel und starre meinem eigenen weinenden Gesicht entgegen.

Art, das Mädchen, das auf der Toilette geweint hat, war deine Ex-Freundin.

Heute bin ich dieses Mädchen.

13

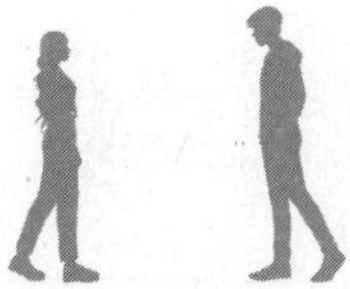

Ich bettelte so lange, bis Amber mir ihren Namen am nächsten Tag verriet.

Dabei ließ sie mich wissen, dass mein Vorhaben ihrer Meinung nach eine ganz schlechte Idee sei. Immerhin hätte Social-Media-Stalking noch niemandem jemals weitergeholfen.

Wenn ich genauer darüber nachdenke, ist es nicht sogar der Ursprung für diese ständige Unzufriedenheit mit uns selbst? Das behaupten doch die Psychologen in diesen Podcasts zu mentaler Gesundheit, oder nicht?

Natürlich hatte Amber höchstwahrscheinlich recht.

Natürlich hatte ich den Namen trotzdem sofort in die Suchleiste eingegeben, sobald ich ihn kannte.

@isabelladelaluna

Erst dachte ich, ihr Name sei ausgedacht. Dann erklärte mir Amber, dass sie wirklich so hieß, eigentlich Amerikanerin war (Vater Mexikaner, Mama New Yorkerin), aber in Deutschland lebte, weil ihre Mummy als Botschafterin arbeitete.

Zu behaupten, dass Isabella de la Luna wunderschön war, war die Untertreibung des Jahrhunderts. Das erkannte ich auf den ersten Blick, ohne mir ihre Bilder genauer anzusehen. Um nicht völlig die Fassung zu verlieren, begann ich strukturiert ganz oben. Zuerst nahm ich ihre Beschreibung unter die Lupe.

Isabella | 19 | 📍 BER | ☽○☾

Daraus konnte ich nicht besonders viel schließen. Wahrscheinlich war sie ein Nachtmensch, wobei die Emojis auch für ihren Nachnamen stehen könnten. Luna. Mond. Mystisch, mysteriös. Mit einem tiefen Atemzug scrollte ich weiter zu ihren Fotos, wobei ich Ambers intensiven Blick auf mir spürte. Innerhalb von Sekunden erkannte ich, dass es das Mädchen war, das alle gestern Abend angestarrt hatten. Das wunderschöne Mädchen mit dem verweinten Gesicht. Das Mädchen, das ich wahrscheinlich weinen gehört hatte.

Schon nach Isabellas drittem Beitrag legte ich mein Handy beiseite, weil es nicht auszuhalten war. Mir war bewusst, dass mein Leben kein ständiger Schönheitskonkurrenzkampf sein sollte. Trotzdem konnte mein Hirn nicht anders, als Isabella – ganz objektiv betrachtet – mit mir zu vergleichen. Sie hatte dünnere Beine (mit Lücke zwischen den Oberschenkeln), einen flacheren Bauch (mit diesen Muskeln an den Seiten, die ich immer haben wollte) und bessere Brüste (die, die in jedem Oberteil heiß aussahen).

»Was macht sie in Berlin?« Ich räusperte mich, bevor ich zu Amber aufsah, die mit einem mitfühlenden Blick auf ihrem Bett saß. »Modeln?«

Meine Zimmergenossin schüttelte den Kopf. »Sie ist Fotografin.«

»Tja, da steht sie definitiv auf der falschen Seite der Kamera.« Plötzlich wurde meine Stimme unendlich leise. »Ich meine, wie kann man in echt so schön sein? Trotz verschmiertem Make-up und verheulten Augen?«

Amber hörte mir geduldig zu, bis sie sich schließlich erhob und wir uns gemeinsam durch die Bilder scrollten.

»Ich verstehe, dass du dich eingeschüchtert fühlst, obwohl du das gar nicht müsstest, weil du genauso hübsch bist«, begann sie und wir wussten beide, dass das nicht stimmte, doch ich hätte ihr dasselbe gesagt, weil es in Momenten wie diesen der beste Trost war. »Aber sie sind nicht mehr zusammen.«

Kurz zögerte ich. Dann schaltete ich mein Handy endgültig in den Stand-by-Modus und sah sie schluckend an. »Und du weißt ihn wirklich nicht? Den Grund?«

»Ich weiß, dass Art Schluss gemacht hat und Isabella am Boden zerstört war.«

Und ich weiß, dass er etwas Schlimmes getan haben muss.

Das fügte Amber nicht hinzu, dabei wusste sie, dass ich es wiederum wusste. Weil sie es mir bereits am ersten Tag gesagt hatte.

Ihre Warnung hatte ich nicht vergessen.

Selbst wenn ich ständig vergaß, dass ich Art nicht immer sofort antworten sollte, wenn wir abends schrieben. Immerhin machte mich das nicht mysteriös und das war doch das, was alle Jungs wollten, nicht wahr?

Mysteriös wie Isabella.

De la fucking Luna.

REASONS WHY
Kapitel 13

Von @girlwritinglovestories

👁 140 ☆ 65 💬 9

Nachdem ich Adam die letzten drei Tage gemieden hatte, stand er nun vor meiner Tür. Um kurz vor elf. Nach Ausgangssperre. Keine Ahnung, womit er Mrs Hallburger bestochen hatte. Was ich sicher wusste, war bloß, dass meine Zimmergenossin Allegra sich ganz plötzlich auf die Toilette entschuldigte und Adam in unser Zimmer trat. Leise zog er die Tür hinter sich zu, dabei war in diesem Augenblick alles schrecklich laut. Ich spürte meinen Herzschlag bis in die Ohren. Selbst Atmen war zu viel. Der Raum lud sich förmlich mit all den ungesagten Worten zwischen uns auf. Und mit Adam. Er hatte eine Präsenz, dass alles nur noch er war. Selbst wenn er rein gar nichts sagte.

Vielleicht war das sein größtes Talent, ganz abgesehen von all der Musik, mit der er förmlich jede Woche einen neuen Rekord zu brechen schien.

»Wieso gehst du mir aus dem Weg?«, flüsterte er.

Gott.

Wieso musste seine Stimme so klingen? So traurig, so rau und aufgekratzt? Nicht weil er versuchte, irgendeine Emotion in seine Songzeilen zu legen, sondern weil er sie wirklich fühlte? In diesem Moment. Meinetwegen.

»T…tue ich nicht«, flüsterte ich.

»Lüg mich nicht an, Hailey.«

Dieser Muskel in seinem Kiefer zuckte. Wann immer das geschah, war es gleichzeitig Furcht einflößend und heiß, weil es so männlich wirkte. Eigentlich kannte ich diese Regung in seinem Gesicht nur von Fotos im Internet, wenn er von Paparazzi belagert wurde.

Jetzt war er wütend. Auch meinetwegen.

»Ich weiß, dass du mir aus dem Weg gehst, weil …«

Er verstummte. Doch das konnte er knicken. Wenn er sich schon extra nachts in mein Zimmer schlich, um mir vorzuwerfen, ich würde ihm aus dem Weg gehen, musste er es auch aussprechen.

»Weil *was*?«, schoss ich deshalb zurück.

Adam zögerte, fuhr sich durch das nachtschwarze Haar und schloss dann die Augen. Die Muskeln in seinem Kiefer arbeiteten noch immer, dabei wirkte alles an ihm angespannt bis zum Gehtnichtmehr. Die Luft zwischen uns war so dick, dass ich fast nicht mehr atmen konnte. Wenn ich Luft holte, war da nur er.

Nur Adam.

»Ich weiß, dass du die Bilder mit Indra gesehen hast.«

Indra, seine perfekte Ex-Freundin mit Beinen bis zum Mond und zurück. Sie war Schauspielerin, berühmt, erfolgreich und wunderwunderwunderschön. Im Internet wurde sogar gemunkelt, dass die Kardashians Bilder von Indras Gesicht zu ihrem Schönheitschirurgen mitnahmen.

Ich sagte nichts, obwohl sie tatsächlich der Grund dafür gewesen war, dass ich ihn gemieden hatte. Na ja, nicht wirklich sie. Sondern die Bilder von Indra und Adam, die vor drei Tagen veröffentlicht worden waren.

»Ich verstehe, dass du nicht erfreut darüber bist, weil sie

meine Ex-Freundin ist. Aber du *musst* mir glauben, dass die Bilder alt sind. Ich habe seit Monaten keinen Kontakt mehr zu ihr.«

»Du brauchst mir das nicht erklären.« Abwehrend hob ich die Hand. »Du bist mir nichts schuldig. Schließlich sind wir ja nicht zusammen oder so.«

»Ich weiß.«

Warum stand er dann immer noch hier? Wieso pochte mein Herz im Takt genau dieser Wörter: *Das kann nicht alles sein, das kann nicht alles sein, das kann nicht alles sein.* Und warum zur Hölle kam Adam plötzlich auf mich zu? Immer näher, sodass ich automatisch zurückging, bis ich mit dem Rücken gegen die Tür stieß.

»Ich will …«

Er stellte sich dicht vor mir auf.

»… trotzdem …«

Sein Gesicht näherte sich meinem.

»… dass du weißt …«

Seine großen Hände umrahmten mein Gesicht.

»… dass ich verdammt noch mal nur an dich denke …«

Seine Nasenspitze streifte meine.

»… und das, seitdem du mir am ersten Tag vor die Füße gelaufen bist.«

Dann küsste er mich.

Und es war alles.

14

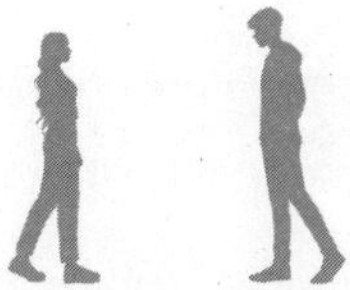

Art
Ich entschuldige mich schon mal im Voraus für die Frage, aber …

Kann ich dich auch was fragen? 🙈

Du kennst mich zu gut 🙈

Und jetzt musst du unbedingt fragen, was du fragen willst, weil ich sonst garantiert eine Herzattacke bekomme 😂

Keine Sorge

Es ist nicht schlimm oder so 😊

Mir ist nur aufgefallen, dass du heute bei Krügers Werkstatt irgendwie … so anders zu mir warst 🙈

Anders? 🤔

Ja, ich hatte das Gefühl, du konntest nicht schnell genug wegkommen, als ich dich nach der Stunde angesprochen habe

Habe ich irgendwas gemacht oder so?

Oh Gott

Tut mir leid

Natürlich nicht

Ich war wirklich nur im Stress

Sicher?

Ja

Gut

Ich wollte dich vorhin nämlich fragen, ob du übermorgen Abend Zeit hättest?

Ich zog das volle Programm ab.

Gleich nach dem Unterricht steuerte ich den einzigen Drogeriemarkt im Stadtzentrum an. Heute war der Himmel grau und die Innenstadt leer. Die Eisdiele in unmittelbarer

Nähe des Piers hatte geschlossen, während die Kellner des Fischrestaurants gelangweilt hinter dem Tresen auf ihren Handys scrollten. Doch auch hier roch es nach salziger Seeluft und Sand knirschte leise unter meinen Füßen.

Ich liebte es.

An meinem Ziel angekommen, deckte ich mich mit meiner Standardhaarfarbe, neuen Rasierklingen und Lipgloss ein.

»Achtzehn Euro dreiundvierzig«, sagte die Kassiererin und ich zuckte nicht einmal mit der Wimper.

Mein Aussehen war mir jeden Cent wert, wobei ich noch nicht herausgefunden hatte, wie ich dazu stand. Mila faselte ständig davon, dass wir alle gehirngewaschen wären und unser Aussehen das Uninteressanteste an uns Frauen sei. Manchmal schickte sie mir Posts von diesem Account auf Instagram, der vom Patriarchat erzählte und Feminismus predigte. Er hieß @thegirlnextdoor oder so und wurde von drei ihrer früheren Kommilitoninnen geführt. Laut deren Beiträgen hielt uns die Gesellschaft genau damit klein: mit der Sorge um die perfekte Farbe unserer Foundation, damit wir uns nicht mit den wirklich wichtigen Dingen aufhalten konnten wie etwa der Gender-Pay-Gap. Meine Schwester kannte alle diese englischen Wörter, die von intelligenten Leuten benutzt wurden. Mama fand das nervig. Papa hatte darüber ständig die Augen verdreht und gemeint, dass das ja alles schön und gut und vielleicht sogar berechtigt sei, unsere Probleme allerdings nichts im Vergleich mit zum Beispiel dem Welthunger seien. Da war Mila dann komplett ausgerastet und hatte geschrien, dass das *Whataboutism* sei.

Ich liebte die Leidenschaft meiner Schwester. War mir sogar sicher, dass sie recht hatte, selbst wenn unsere Eltern sie dafür belächelten. Und gleichzeitig wusste ich, dass sie genauso viel Zeit im Badezimmer vor einem Date verbrachte wie ich jetzt. Und sich selbst dafür ein wenig fertigmachte.

Na ja.

Ich befand mich nicht im Badezimmer. Stattdessen hatte ich ein Handtuch über meinem Bett sowie meinen Schultern ausgebreitet, während ich mir das Haar rot anpinselte.

»Krass«, sagte Amber, während sie mich dabei beobachtete. »Und ich dachte wirklich, das wäre deine Naturhaarfarbe.«

»Niemals«, erwiderte ich sofort. »Meine Haare haben dieses komische Straßenköterblond. Das sieht so langweilig aus.«

Nicht besonders eben.

»Was macht ihr eigentlich?« Amber wackelte mit den Brauen. »Du und Art, auf eurem *Date*?«

Ich hatte Amber nicht erklären müssen, was ich morgen vorhatte. Sie hatte mich sofort durchschaut.

»Ich habe keine Ahnung. Er hat es vage gehalten.«

»Er überrascht dich also?«

»Vielleicht.«

Meine Wangen glühten bei dieser Antwort, während auf meinem Handy ein brennendes Herz von ihm erschien. Wenn ich an morgen dachte, wollte ich mich gleichzeitig übergeben und nie wieder mit dem Lächeln aufhören. In der Nacht schwebte mein Daumen sogar über dem Chat mit Mila, weil ich mich darüber versichern wollte, ob diese ganzen Emotionen normal seien.

Immerhin wusste meine Schwester *alles*.

Letztendlich entschied ich mich allerdings dagegen. Schuld daran war die Erinnerung an ihre letzte Nachricht. Irgendein Dokument, das ich Mama weiterleiten sollte, damit Mila weiterhin bei ihrer Krankenkasse bleiben konnte. Wenn ich ihr jetzt schrieb, würde sie mich nach unseren Eltern ausfragen, anstatt sie einfach selbst zu kontaktieren. Oder noch schlimmer: Sie würde mich über Art ausfragen und wahrscheinlich würde sie mich vor ihm warnen, ohne ihn überhaupt zu kennen. Weil meine Schwester gut im Diskutieren und Dinge durchschauen war. Immerhin war ich so durchschaubar. Art hatte sofort erkannt, dass ich ihm aus dem Weg gegangen war. Und Mila hätte sofort erkannt, wieso ich es besser weiterhin tun sollte.

Also ließ ich es.

Am nächsten Morgen wachte ich mit Bauchschmerzen auf. Sie erinnerten mich an das Gefühl, am höchsten Punkt einer Achterbahn zu sein und Angst vor dem unvermeidbaren Fall zu haben, bloß um ihn am Ende zu lieben. Und das trotz Höhenangst.

15

»Hier.«

Art drückte mir das Ticket in die Hand, bevor er lächelnd nach oben nickte. Ehrlicherweise hatte ich mit allem gerechnet. Dass er mir seinen liebsten Geheimort der Insel zeigen würde. Oder dass er mich in eine versteckte Ecke im Schlossinternat führen würde. Art hingegen hatte etwas anderes geplant. Nervös legte ich den Kopf in den Nacken.

»In der Hochsaison ist er jeden Tag geöffnet«, erklärte er. »In der Nebensaison nur an ausgewählten Tagen. Eigentlich wollte ich dich letzte Woche schon fragen, aber … ja.«

Mit *er* meinte Art einen verflixten Baumwipfelpfad. Blinzelnd starrte ich die vielen, vielen Treppen der Touristenattraktion an.

Eigentlich war ich davon ausgegangen, den unangenehmsten Part des Dates hätten wir bereits mit der peinlich berührten Begrüßung hinter uns gebracht. Natürlich war mir nämlich nicht klar gewesen, ob wir uns umarmen sollten, weshalb ich nur gewinkt hatte, während er Anstalten gemacht hatte, mir näher zu kommen. Innerlich hatte ich mich verflucht, denn ich wollte nicht, dass er erneut dachte, ich würde auf Abstand gehen. Dem Himmel sei Dank hatte er gleich darauf in Richtung Ausgang des

Schlossinternats genickt. Fünfzehn Minuten später standen wir hier.

»Helena?«

Schluckend blickte ich Art wieder ins Gesicht. Er sah aus wie immer. Heiß und wunderschön, auf diese unbekümmerte Weise. In einem schlichten Pullover und einfachen Jeans, wobei er heute einen Rucksack über seiner geöffneten Jacke trug.

»Ja?«, brachte ich krächzend hervor.

»Ist alles okay?«

»Natürlich.« Ich lächelte hastig. »Wieso sollte es nicht so sein?«

»Sicher?« Er hob die Brauen. »Du siehst irgendwie unsicher aus.«

Wieder zuckte mein Blick nach oben, während meine Knie weich wurden. Alles in mir fühlte sich so an: weich und wacklig. Und warm. Denn ich spürte, wie mir Hitze in die Wangen schoss, als mein Blick erneut auf Arts Gesicht landete.

»Du darfst dich nicht darüber lustig machen, okay?«

»Okay?«, erwiderte er stirnrunzelnd.

»Ich …« *Reiß dich zusammen, Winkler.* »Ich habe Höhenangst.«

Meine Stimme war am Ende hoch und peinlich piepsig geworden, so wie immer, wenn ich über die Dinge sprach, die mir Angst machten. Doch Art schien sich daran nicht zu stören. Ganz im Gegenteil. Seine Lippen zogen sich zu einem seiner schiefen Lächeln auseinander, die ihre Wirkung nie verfehlten.

Mein Herz pochte und glühte.

»Puh«, machte er erleichtert.

Aber wieso war er über meine Höhenangst erleichtert? Sie war ein Problem, wenn er wirklich mit mir da hochwollte.

»Ich dachte schon, du fühlst dich unwohl bei mir.«

»Was?«, sagte ich sofort. »Nein.«

Meine Antwort kam zu schnell und zu energisch. Das war nicht mysteriös, sondern bloß wie üblich viel zu leicht zu durchschauen. Es hätte mich nicht gewundert, wenn Art sogar meinen wilden Herzschlag gehört hätte. Denn er lächelte ein Stückchen breiter, so als wüsste er es. Als wüsste er alles. Als wäre er eigentlich kein angehender Rockstar, sondern ein Superheld, der jedes Mädchen durchschauen konnte. Es war dieselbe Art von Superkraft, die alle gut aussehenden Typen ab ihrem siebzehnten Lebensjahr entwickelten.

»Ich habe gehört«, begann Art und nickte in Richtung Treppen, »dass man Angst nur überwinden kann, wenn man sich ihr stellt.«

»Glaubst du wirklich?«, fragte ich viel zu leise.

»Klar.«

Euphorisch griff Art nach meiner Hand und führte mich in Richtung Eingang. Ich war mir sicher, ich träumte. Das konnte nicht wirklich passieren. So einfach, so simpel sein. So unfassbar plötzlich. Innerlich explodierte alles in mir, als Art mit seinem Daumen sogar leicht über meinen Handrücken strich.

»Das wird richtig gut«, flüsterte er. »Ich zeige dir meinen Lieblingsaussichtspunkt.«

Seine hypnotisierende Stimme war seine geheimste Geheimwaffe. Wäre das hier eins meiner Bücher gewesen, hätte sie gereicht, um mich in eine Art herzrosafarbene Trance zu hüllen, in der es mir kinderleicht gefallen wäre, die Treppen zu besteigen. Ich hätte mich nur auf Arts Daumen an meiner Hand und seine Stimme in meinem Ohr konzentriert. Natürlich hätte mein Herz wie wild geschlagen, doch nicht wegen der Höhe, nicht wegen dieser verfluchten Metalltreppen mit ihren fiesen Löchern, durch die ich bis nach unten sehen konnte.

Das Herzpochen wäre nur seinetwegen da gewesen.

Und es war auch seinetwegen da, nachdem wir unser Ticket eingescannt und die Schranke passiert hatten, vorbei an den zwei einzigen verloren wirkenden Touristen, die gerade von der Toilette kamen. Aber es legte seinen Marathon auch deshalb hin, weil wir gerade die fünfunddreißigste Treppenstufe erklommen, die ich natürlich in meinem Kopf mitgezählt hatte. Mir war überall heiß, nicht auf die gute Weise, sondern auf diese leider echte Art, bei der meine Hände zu schwitzen begannen. Art spürte es.

Art *musste* es spüren.

Denn plötzlich blieb er mitten auf einer Stufe stehen und brachte mein Herz damit zum Aussetzen, weil ich dachte: *Bist du verrückt? Merkst du nicht, wie stark es windet? Stehen bleiben ist das Schlimmste, du könntest gleich weggepustet werden, und dann landest du mit deinem Hinterkopf auf dem Asphalt und ich kann nicht hinuntersehen, weil ich Höhenangst* und *Angst vor Blut habe.*

Doch natürlich sagte ich ihm das nicht. Stattdessen sah ich ihn bloß verwundert an, während ich meinen Handschweiß unabsichtlich weiter auf seiner Handinnenfläche verteilte.

»Fuck«, sagte er besorgt. »Wie heftig deine Beine zittern. Du hast wirklich ziemliche Höhenangst, oder?«

»Ja«, sagte ich unsicher. »Sorry.«

»Nein. Ich muss mich entschuldigen. Komm. Lass uns wieder runtergehen.«

Art lächelte mich schief an. *Art.* Derselbe Typ, der auf Bühnen von seinem Liebeskummer sang und dem man dabei all seine Gefühle ansehen konnte. Er war wunderschön. Und unerreichbar.

Jetzt war es anders.

Ich erkannte die ehrliche Sorge in seinem Gesicht, als er direkt vor mir stand und meine Hand hielt. Obwohl sie schwitzte. Obwohl ich immer noch nichts gesagt hatte und meine Beine weiterhin wie verrückt zitterten.

Er war da und ich war da, nicht getrennt von einem Publikum.

»N…nein«, brachte ich krächzend hervor. »Wir müssen nicht runtergehen.«

»Aber du hast Angst.«

»Man kann Angst nur überwinden, wenn man sich ihr stellt.« Meine Stimme zitterte genauso heftig wie meine Beine. Natürlich wollte ich eigentlich hier runter. Damit würde ich jedoch dieses Date zerstören, für das Art sich offensichtlich Gedanken gemacht hatte.

Ich wollte nichts zerstören.

Allerdings war Art nicht mehr zu überzeugen und wehrte jegliche Proteste meinerseits ab.

»Es ist nicht schlimm«, sagte er, bevor er mich wieder hinunterführte.

Seine Finger waren immer noch zwischen meinen.

Ich hatte noch nie so Händchen gehalten. Lars und ich hatten es heimlich getan. Meistens dann, wenn er mich abends von einem Treffen nach Hause gebracht hatte. Das hier war anders.

Wie selbstverständlich.

Manchmal presste Art seine Hand so dicht gegen meine, dass ich seinen Herzschlag durch die Haut spürte. So wie jetzt, als er mich in Richtung Strand lenkte und mir dabei zum zigsten Mal versicherte, dass *wirklich* alles okay sei. Ich hatte keine Ahnung, was ich darauf erwidern sollte. Also sagte ich nichts, während Sandkörner unter unseren Sohlen knirschten und weiter vorn die Wellen brachen. Der Himmel über uns war grau, wobei der Wind uns heftig ins Gesicht pustete. Strand im Sommer war großartig, das Meer im Winter war allerdings Furcht einflößend und spektakulär zugleich.

»Jeder hat übrigens vor etwas Angst«, flüsterte Art plötzlich. »Wenn ich schätzen müsste, wovor sich die meisten Menschen fürchten, würde ich sogar Höhe sagen. Das ist völlig normal.«

»Und wovor hast du Angst?«, fragte ich zögerlich.

Unvermittelt spürte ich, wie sein Griff um meine Finger sich festigte. Einen Moment lang schwieg er, den Blick zum Horizont gewandt. Schließlich blies er die Wangen auf.

»Zeit.«

»Zeit?«, fragte ich verwirrt.

»Ja, ich meine … Ach, egal.«

»Nein«, sagte ich sofort. »Erklär es ruhig.«

»Nah«, machte er und versuchte, dabei so unbekümmert wie möglich zu klingen. »Hinterher denkst du, ich bin komisch.«

»Tu ich nicht.« Ich hob meine Hand, während mir der Wind unter die Kleidung kroch. »Ich schwöre.«

Art schien noch einige Sekunden lang zu überlegen, bevor er schließlich nachgab. »Es ist … keine Ahnung. Ich will irgendwie so viel mit meinem Leben machen, verstehst du? Ich wäre gerne ein Rockstar und würde eine Arena nach der anderen füllen. Aber ich hätte auch nichts dagegen, mir meinen Rucksack zu schnappen, ein One-Way-Ticket zu kaufen und einfach irgendwohin zu fliegen. Oder eine coole Bar zu eröffnen, wo ich die Drinks nach meinen liebsten Songs benennen würde. Andererseits würde ich auch gerne in New York wohnen. Oder Bücher schreiben, damit sich die Schreibwerkstatt auch gelohnt hätte, natürlich. Oder mich für Tierschutz einsetzen und Delfine in Japan retten. Oder wie cool wäre es bitte, in Paris zu leben? Vielleicht könnte ich einer dieser mysteriösen Künstler sein, die rauchen und Bilder malen. Außerdem …« Als er stoppte, bemerkte ich, wie sein Adamsapfel ploppte. Kurz zögerte er. So wie ich zögerte, wenn ich ganz genau wusste, was ich sagen wollte, allerdings herumdruckste, weil ich mich davor fürchtete, es auszusprechen. Doch da lachte Art plötzlich. »Ganz abgesehen davon natürlich, dass ich superuntalentiert im Malen bin. Und rauchen hasse.«

Mein Bauchgefühl suggerierte mir, dass die Worte nicht die waren, die Art mir eigentlich hatte sagen wollen. Dafür war sein Blick zu dunkel gewesen und sein Stimmton viel zu gezwungen-belustigt.

»Aber wenn ich so darüber nachdenke«, fuhr er trotzdem fort. »Kann ich überhaupt ein Rockstar werden, wenn ich der nervige Typ bin, der allen sagt, rauchen sei krebserregend, wenn sie sich eine Kippe anzünden? Wohl eher nicht, oder?«

Sein Lachen verwandelte sich in ein schiefes Grinsen, das ich erwiderte. Alles, was Art von sich gegeben hatte, klang so unglaublich wichtig. So tiefgründig.

So nach Art.

16

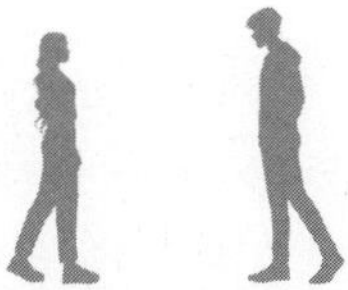

Wir blieben bis zur Ausgangssperre an seinem zweitliebsten Aussichtspunkt.

»Er ist nicht ganz so geheim«, sagte er. »Na ja. Eigentlich ist er gar nicht geheim. Aber ich schwöre, die Sicht ist der Hammer.«

Art hatte nicht gelogen.

Die Aussicht war großartig, selbst wenn wir bloß auf einer Metallbank, umgeben von Dünen, saßen. Unter uns war der Steg, der zum Strand führte. Keine hundert Meter entfernt registrierte ich ein weiteres Inselschild, das zur Orientierung für die Touris diente. Ringsum standen mehrere Münzfernrohre, die eine noch bessere Sicht versprachen.

Die brauchten wir jedoch gar nicht.

Von hier aus hatten wir den perfekten Blick auf die wilden Wellen, die sich auftürmten, bloß um dann wieder zu zerfallen. Art ließ meine Hand nur los, um in seinem Rucksack nach einer Thermosflasche zu kramen.

»Tee«, sagte er. »Himbeer-Vanille. Deine Lieblingssorte. Stimmt's?«

Ich blinzelte überrascht. »Woher weißt du das?«

»Hab ich letztens in der Mensa mitbekommen, als du mit Vince' kleiner Schwester in der Schlange standest. Und vielleicht habe ich dich ihn danach jedes Mal trinken sehen.«

Er lächelte schüchtern. »Sorry. Ich hoffe, das klang jetzt nicht zu stalkermäßig oder so. Aber ja, keine Ahnung. Ich sehe dich einfach so gerne an.«

Das schwache Sonnenlicht war kurz davor, endgültig hinter dem Horizont zu verschwinden. In diesem Moment spendete es gerade noch genügend Helligkeit, damit ich erkennen konnte, wie sich Arts Hals rot fleckte.

So als wäre er wirklich nervös.

Und das wirklich meinetwegen.

Ich sehe dich einfach so gerne an.

Während seine Worte noch in mir nachhallten, griff er wieder nach meiner Hand und blickte zu mir.

Ich sehe dich einfach so gerne an.

Ich hörte seine Worte nicht nur in meinem Kopf, jetzt spürte ich sie auch.

In

jeder

Zelle

meines

Körpers.

Es fühlte sich an, als würde ich fallen, obwohl ich sicher saß. Fallen, ohne jemals aufzukommen.

Wie fliegen.

Wie sich verlieben.

»Du und Amber wohnt zusammen, richtig?«

Arts Stimme riss mich aus meinen Gedanken, woraufhin wir uns eine ganze Zeit lang einfach nur unterhielten. Eigentlich unterschieden sich die Fragen, die wir einander stellten, nicht von denen, die ich in der zweiten Klasse in Freundebüchern beantwortet hatte. Schlicht gesagt lernten wir uns kennen. Ohne Smileys und Wartezeiten zwischen einzelnen Chatnachrichten. Wir redeten über unser Leben, über das Internat, über Musik und das Schreiben. Über seine größte Inspiration (die deutsche Indie-Musik-Szene) und mein liebstes Buch (*Wenn wir bleiben*).

»Aber darüber können wir nicht zu lange reden«, sagte er.

»Und wieso nicht?«, erwiderte ich neugierig.

»Das erfährst du noch.«

Art wackelte mit den dichten Brauen, bevor wir weiter über belangloses Zeug sprachen. Über unsere Heimat, unsere Familie (schwierig für mich) und ob wir Geschwister hatten (irgendwie schwierig für ihn).

»Meine Schwester heißt Mila, ist älter und wirklich das komplette Gegenteil von mir«, erklärte ich hastig, damit ich nicht auf meine Eltern zu sprechen kommen musste. »Und du? Hast du Geschwister?«

Noch ehe ich verstummte, festigte sich Arts Griff um meine Hand. Dabei schweifte sein Blick nach vorn, gen Horizont, wo wir inzwischen nur noch Dunkelheit erkannten.

»Ich habe einen Bruder. Er ist jünger als ich.« Arts Stimme wurde plötzlich unendlich rau. »Und eigentlich ist er mir viel zu ähnlich.«

Wie meinst du das?

Die Frage lag mir auf der Zunge, doch ich traute mich nicht, sie auszusprechen. Es lag an der Weise, wie seine gesamte Haltung sich veränderte. Wie sich plötzlich alles an seinem wunderschönen Körper versteifte. Selbst sein Griff. Für einen Moment umklammerte er meine Finger so fest, dass es beinahe wehtat. Als bräuchte er Halt, unumbedingt.

Glücklicherweise löste sich seine Anspannung genauso schnell, wie sie gekommen war, weil er eilig das Thema wechselte und alles wieder ganz leicht wurde. So leicht, dass ich das Gefühl hatte, ich würde schweben, mit seinen Fingern an meinen.

Dabei war unser Treffen eigentlich völlig normal. Wir saßen auf einer Bank, tranken Tee und starrten dabei in die Dunkelheit.

Es war *nicht* wie in meinen Büchern.

Dort gab es immer spektakuläre Dates und aufwendige Gesten, die bewiesen, wie sehr der männliche Protagonist die Protagonistin insgeheim vergötterte – selbst wenn sie sich gegenseitig eigentlich hassten. Und ich musste zugeben, dass ich sogar diese Dates beim Lesen manchmal langweilig fand. Ich wollte die Wendungen, die Überraschungen und all die Plot Twists. Ich wollte nicht *derart* genau wissen, worüber sie sprachen und wie oft er sie von der Seite ansah. Meistens wollte ich bloß, dass er sie gegen eine Wand drückte und leidenschaftlich küsste, weil das die Momente waren, in denen mein Herz laut pochte.

Aber jetzt pochte mein Herz auch, obwohl Art schwieg und einfach nur meine Hand hielt.

Das Gefühl war nicht wie in meinen Büchern.

Es war besser.

Es war echt.

Und dann wurde es noch besser, weil Art mich auf dem Rückweg nicht losließ, mich bis zur Tür meines Wohnkomplexes brachte und vor der Schwelle verharrte.

»Das …« Er lächelte schief. »Das war wirklich schön, Helena.«

Art trat mir diesen entscheidenden Schritt näher. Der kalte Wind brachte die Laubblätter zum Rascheln, während ich seinen Atem auf meinem Gesicht spürte.

Er war so warm.

Mir war so warm.

Langsam löste er seine Hand von meiner und mein Herz wollte schon pulsierend protestieren, da strich er mir eine Strähne aus der Stirn. Ich spürte die Wärme seiner Finger auf meinem Gesicht, während Gänsehaut sich unter meiner Kleidung ausbreitete. Als er mir noch diesen einen Zentimeter näher rückte, flatterten meine Lider.

Ich schaue dich so gerne an.

Art sah mich an, aber ich dachte nicht ans Anschauen.

Ich würde dich so gerne küssen.

Instinktiv schloss ich die Augen. Jedes meiner Härchen stellte sich auf und alles in mir war gespannt, bis in die Zehenspitzen.

Doch seine Lippen berührten meine nicht.

Ich spürte sie nämlich an meinem Ohr.

»Ich kann dich noch nicht küssen, Hel«, sagte er.

Seine Stimme.

Keine Ahnung, wie oft ich das schon gedacht hatte.

Trotzdem.

Wie konnte man bloß so eine Stimme haben?

Sie war eine melancholische Indie-Band-Sänger-Stimme. Eine Gänsehautstimme. Mein persönlicher Untergang.

»Es ist zu früh und ich möchte das hier unbedingt richtig machen«, flüsterte er. »Aber Gott. Ich möchte so sehr.«

Als er von mir abrückte, schlug ich die Lider wieder auf. Ich spürte mein Herzpochen überall, während er mich anlächelte.

Meine Gänsehaut hatte Gänsehaut. Schon wieder.

17

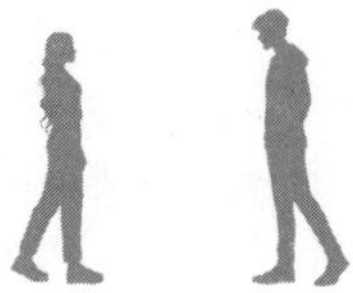

Das Beste? Ich musste mich nicht davor fürchten, dass wir nur ein gutes Treffen gehabt hatten, und darum bangen, ob er mir noch einmal schreiben würde.

Art schrieb mir, noch bevor ich mir in meinem Zimmer die Schuhe von den Füßen gestreift hatte.

Art
Scheiße

Ich wollte dich wirklich küssen

Du hast keine Ahnung, wie sehr

Ein Teil in mir verfluchte ihn dafür, dass er es nicht getan hatte. Der andere Teil in mir fand es aufregend, einfühlsam, gentlemanlike und schlichtweg perfekt. Vielleicht hätte ich ihm das genau so geschrieben, wenn Amber nicht direkt von ihrem Bett aufgesprungen und mich ausgequetscht hätte. *Ausgequetscht* auf ihre und meine Weise natürlich.

»Und?«, fragte sie aufgeregt. »Wie war es?« Ihre Augen weiteten sich. »Oh Gott, ich hoffe, ich habe dich nicht überfallen. Also, ähm, erzähl natürlich nur, wenn du möchtest.«

Natürlich wollte ich.

Ich musste einfach mit jemandem darüber reden und Amber war meine Zimmergenossin, Bezugsperson und einzige wirkliche Freundin hier. Meine einzige Freundin überhaupt, die von Art wusste. Die Sprachnachrichten von Chiara und Aylin wurden kürzer und kamen seltener – was ich ihnen nicht einmal vorhalten konnte, weil es bei mir nicht anders war. Manchmal fragte ich mich, ob es daran lag, dass ich unser FaceTime-Date verpasst hatte. Doch Amber hatte mich wirklich gebraucht. Und als ich ihr nun von dem Date erzählte, leuchteten ihre Augen genauso auf wie meine.

Sie verstand es.

Sie verstand *mich.*

Zwei Stunden später hörte ich, wie sie tief und gleichmäßig atmete, während ich immer noch wach war. Art und ich schrieben bis ein Uhr nachts, obwohl wir den ganzen Abend geredet hatten.

Art
Ich sollte wirklich schlafen

Aber ich kann nicht aufhören, dir zu schreiben

🙈🙈🙈

Ich lächelte gegen den Bildschirm an, da bemerkte ich diesen Lichtschein im Fenster. Wolken hatten sich beiseitegeschoben, sodass ich nun einen Teil des Monds erkennen konnte. Einen Moment lang starrte ich ihn einfach nur an. Dann schrieb ich das, was ich schon so lange hatte schreiben wollen. Weil es ein guter Tag gewesen war. Weil vielleicht nicht immer alles schlecht laufen musste.

Kann ich dich etwas fragen?

Natürlich

Und ich bekomme auch nur eine halbe Angstattacke bei der Frage, also alles gut 😉

😂

Ich hoffe, es kommt nicht komisch rüber

So komisch wie meine Gedanken vorhin kann es gar nicht sein 😂

Das war nicht komisch!!

Das war total nachvollziehbar 😊

Wenn duuu das sagst, muss es ja stimmen 😂

Aber zurück zu deiner Frage

Was willst du wissen? 😊

Du hast mich doch letztens nach der Schreibwerkstatt gefragt, ob irgendetwas ist

Erinnerst du dich? 😂

Klar

Wieso? 😊

Weil schon irgendwie etwas war 🙈

Ich möchte echt nicht, dass es komisch oder wirklich stalkermäßig rüberkommt, aber es war offensichtlich, dass dieses Mädchen mit dem Mantel letztens bei deinem Auftritt deine Ex-Freundin war

Und ich habe gehört, dass es zwischen euch nicht gut geendet ist

Und jetzt frage ich mich einfach, ob du noch irgendwie an ihr hängst oder so 🙈

Was natürlich voll verständlich wäre!! 😊

Ich meine, du hast ja auch bestimmt total viele Lieder über sie geschrieben und so

Oh Gott

Ich hoffe, es klingt WIRKLICH nicht komisch 🙈🙈🙈

Art schreibt …

Nichts.

Art schreibt …

Nichts.

Art schreibt …

Ich würde mir wahrscheinlich dieselben Gedanken machen wie du

Aber du musst dir keine Sorgen machen

Ich hoffe, das klingt jetzt auch nicht komisch

Aber ich denke die meiste Zeit nur an dich

Du hast mich an Dinge glauben lassen, die gar nicht existieren.

Grund III

Mein Bauchgefühl schlug nach dieser Nachricht Alarm. Es spürte einfach, dass irgendetwas nicht stimmte. Aber weißt du, was noch viel lauter war?

Mein Herzpochen.

Deinetwegen.

Gott, du hättest mein Gesicht nach unserem ersten Date sehen sollen. Wie verstrahlt ich in meinem Bett lag und mein Handy angelächelt habe.

Deinetwegen.

Und dann solltest du mich jetzt ansehen. Wie ich in einem anderen Vierer hocke und so schnell schreibe, dass meine Finger brennen. Denn wenn ich langsamer werde, besteht die Gefahr, dass ich wieder einfach so in Tränen ausbreche und mich für fünfzehn Minuten in die stinkende Toilette einsperren muss.

Deinetwegen.

Art, du hast etwas in mir getötet und ich bin noch immer so verwirrt und so weit entfernt von mir selbst, dass ich nicht einmal weiß, was genau in mir gestorben ist. Meine Naivität? Der Glaube an die Liebe? Hoffnung?

Keine Ahnung.

Ich weiß nur, dass ich mich jetzt in dieser Zugscheibe ansehe und rein logisch betrachtet weiß, dass ich das bin. Aber ich bin mir so fremd. Ich erkenne mich nicht wieder. Wo habe ich mich verlassen?

Ich weiß es nicht.

Ich weiß so vieles nicht mehr.

Art, du hast mir damals gesagt, dass du mich so gerne ansiehst, und danach hat der Satz mietfrei in meinem Kopf gelebt. Doch wenn ich mich jetzt selbst ansehe, will ich immer ganz schnell wieder wegschauen.

Deinetwegen.

18

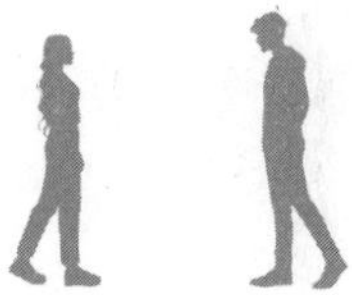

»Ganz links«, flüsterte Amber. »Er sieht dich wirklich die ganze Zeit an. Aber schau nicht so auffällig.«

Ich wartete einige Sekunden, bevor ich mich umdrehte. Und tatsächlich – sein Blick lag nur auf mir. Bis er ihn hastig abwandte, als hätte ich ihn auf frischer Tat erwischt.

Doch mein Herz pochte nicht.

Natürlich pochte es nicht.

Denn es war nicht Art, der mir verstohlene Blicke vom anderen Ende der Mensa zugeworfen hatte. Es war Luca aus unserer Klasse. Dunkles Haar, drahtige Muskeln. Seit unserem ersten Tag wusste ich nicht nur, dass er furchtbar nett war, sondern hatte beiläufig noch weitere Dinge über ihn herausgefunden: Er war der Beste in Mathe, allerdings der Schlechteste in Deutsch, wenn Herr Gallus ihn nach einer Interpretation eines Kafka-Gedichts fragte. Er spielte Klavier, doch er spielte nicht nur ein Instrument, sondern auch in der Handballmannschaft als außerschulische Aktivität. Und es war nicht das erste Mal, dass er mich so ansah.

In der ersten Woche war er mir immer wieder aufgefallen – nicht weil er groß und irgendwie attraktiv war, auf diese leicht schlaksige und jungenhafte Weise. Sondern weil er einfach so nett war. Dabei war mir bewusst, wie seltsam das klang. Wie konnte dir jemand auffallen, weil er nett war?

Aber Luca hielt jedem die Tür auf, auch wenn er eigentlich zuerst dran war. Er ließ die Leute ins Hauptgebäude gehen, bevor er selbst rausging. Wenn er in den Fünf-Minuten-Pausen etwas zu essen hervorkramte, fragte er seine Sitznachbarn, ob jemand von ihnen auch etwas wolle.

Luca war diese Art von Person, die *einfach nett* war.

Jetzt spießte Amber ein Salatblatt auf, während es ringsum klirrte und zischte. Mitschüler öffneten Dosen mit süßen Getränken, andere stellten ihr schmutziges Geschirr in den Wagen. Ich hingegen widerstand dem Drang, mein Handy aus der Tasche zu holen.

Ich wusste, dass Art mir geschrieben hatte. Ein Teil in mir wollte ihm antworten. Der andere Teil fürchtete sich trotz unseres perfekten Treffens, dass ich es versauen könnte. Dabei ermahnte ich mich innerlich minütlich selbst, mich nicht hineinzusteigern. Wir hatten ein gutes Treffen gehabt. Art war nicht mein Freund. Ich war nicht seine Freundin. Wir standen noch ganz am Anfang – von etwas, von dem ich hoffte, dass es überhaupt beginnen konnte.

»Du solltest Luca unterschwellig klarmachen, dass er keine Chance bei dir hat«, unterbrach Amber meine Gedanken.

Ich hob die Brauen. »Wir haben noch kein einziges Mal miteinander geredet.«

»Müsst ihr auch nicht. Seine Blicke sagen alles. Schon seit der ersten Woche.«

»Du übertreibst.«

»Nur die Wahrheit.« Abwehrend hob sie die freie Hand. »Aber na ja, reden wir nicht darüber. Du hast dein Herz sowieso schon an Mister Melancholische Stimme verloren.«

»Hey.« Ich stieß spielerisch gegen ihren Ellbogen. »Ich dachte, du wärst jetzt auch Team Art.«

»Nein, nein. Das hast du ganz falsch verstanden.« Sie lächelte schüchtern. »Ich bin Team Helena.«

Instinktiv grinste ich zurück, kam jedoch nicht dazu, etwas zu erwidern.

»Naaaa?«, hörte ich eine bekannte Stimme fragen.

Sofort wandten Amber und ich die Gesichter nach rechts, von wo aus meine Tutorin Marie uns zuwinkte. Wieder blitzten zwischen ihren schulterlangen Strähnen die Sonnenohrringe hervor. Heute steckten ihre Beine in schwarzen Strumpfhosen, darüber trug sie ein langes Strickwollkleid, das sie mit klobigen Boots kombiniert hatte.

»Alles gut bei euch?«, wollte sie wissen, woraufhin Amber und ich nickten. »Suuuper«, fuhr Marie fort. »Diesen Freitag. Halloweenparty. Wird großartig. Ich zähl auf euch.«

In einer fließenden Bewegung zückte sie zwei Flyer aus ihrer Tasche und ließ sie auf der Tischplatte vor uns liegen. Amber schnappte sich einen, wobei ihre pastellfarben lackierten Nägel einen starken Kontrast zu der Neonschrift auf dem schwarzen Stück Papier bildeten. Die Feier wurde vom ältesten Jahrgang organisiert, der sich dadurch zusätzliche Einnahmen für den Abschlussball erhoffte.

Neben den obligatorischen Informationen wie Ort und Zeit stand auch der Hauptact auf dem Flyer.

Bulletproof Disaster.

Es gab eine Sache, die ich noch mehr verabscheute als die sechste Stunde an einem Freitag. Die sechste Stunde an einem Freitag, wenn Chemie auf dem Stundenplan stand.

Ich war so schlecht mit dem Periodensystem und all den

chemischen Formeln. Eigentlich hatte ich eine ausgeklügelte Taktik für die Fächer entwickelt, die nicht zu meinen Stärken gehörten. Ich erlaubte mir im Unterricht keinen einzigen Fehler, was ich dadurch erreichte, dass ich mich nicht zu Wort meldete.

Wenn ich nichts riskierte, konnte ich auch nichts verlieren.

Meine innere Mila wollte protestieren, dass ich so auch nichts gewann. Allerdings rechnete sie wohl nicht damit, dass ich penibel darauf achtete, jede meiner Hausaufgaben korrekt zu erfüllen. Und gefühlt viereinhalb Zusammenbrüche kurz vor einer Klausur, einem Test oder Referat erlitt, weil ich mich bereits seit der Ankündigung verrückt machte. Sogar während einer Gruppenarbeit funktionierte meine Taktik, weil ich dann lediglich zuhören und hoffentlich an den richtigen Stellen nicken konnte.

Mein Plan war schusssicher.

Vorausgesetzt, Frau Demir würde uns gerade nicht für ein Experiment, das ich ebenfalls nicht verstand, in Pärchen aufteilen. Amber warf mir einen panischen Seitenblick zu. Ihre Liebe zu Chemie war ungefähr auf demselben Level wie meine.

»Jaaaa«, sagte Frau Demir gedehnt, während sie sich eine helle Strähne ihrer Kurzhaarfrisur aus der Stirn pustete. »Ich weiß schon, es ist förmlich eine Katastrophe, wenn ihr für dreißig Minuten mal nicht neben eurem eigentlichen Sitzpartner hocken könnt. Aber ich bin mir sicher, dass ihr es überleben werdet. Also, fangen wir an.«

Unsere Lehrerin rief Ambers Namen zuerst auf, bevor Letztere erleichtert ausatmete. Sie würde mit Yules zusammenarbeiten, mit der wir manchmal in der Mensa aßen.

Anschließend wurden fünf weitere Pärchen aufgerufen, bis ich meinen Namen hörte.

»Helena und Luca.«

Wieder blickte Amber mich von der Seite an. Diesmal nicht panisch, sondern wissend. Fünf Minuten später trug ich eine klobige Schutzbrille und einen unförmigen Laborkittel, womit ich langsam den Tisch links hinten in der Ecke ansteuerte. Dort wartete Luca bereits in identischer Montur auf mich, breit grinsend.

»Hey«, sagte er.

»Hi«, gab ich unsicher zurück.

»Also …« Räuspernd griff er nach unserem Lehrbuch, bevor er die Aufgabenstellung vorlas. »Hast du das verstanden?«

»Ähm.« Nervös strich ich mir eine Strähne hinter das Ohr. »Geht so. Du?«

»Nein.« Luca lachte kurz auf. Als wäre es okay, wenn man gewisse Sachen nicht gleich verstand.

Keine Ahnung, wie oft wir uns die Aufgabenstellung durchlasen, bevor wir schließlich nach einem Reagenzglas griffen.

Seine Blicke sagen alles.

Während wir an der Aufgabe arbeiteten, echote Ambers Stimme in meinem Kopf. Ich war der Meinung, dass sie übertrieb. Trotzdem spürte ich, wie Lucas Blick tatsächlich immer einen Tick zu lange auf mir verharrte. Das Kurioseste war, dass er jetzt nicht mehr schnell wegsah wie in der Mensa. Stattdessen hielt er den Blickkontakt und grinste mir zu. Sein Lächeln war das Gegenteil von Arts. Es war klar, gerade und breit. Irgendwie so ehrlich. Ich konnte nicht anders, als es zu erwidern. Nicht weil ich Herzklopfen hatte, mein gesamter Körper kribbelte oder ich Luca so mochte, wie ich Art mochte. Es passierte ganz automatisch.

Kurze Zeit später beobachteten wir, wie Rauch aus dem Reagenzglas aufstieg. Ich war mir sicher, dass es sich dabei um einen Erfolg handelte. Immerhin ging es hier um Chemie. Dass etwas rauchte oder kochte oder explodierte, war die Absicht, nicht wahr?

»Was macht ihr da?«, rief Frau Demir jedoch panisch und rannte mit klackernden Absätzen auf uns zu. Alle starrten uns an, als sie Luca das Glas aus der Hand schnappte. Keinen halben Augenblick später beförderte sie den Inhalt in den chemischen Abfluss hinter ihrem Pult. Anschließend kam sie wieder auf uns zu und ging die Aufgabe gemeinsam mit uns durch. Erneut verstand ich nur die Hälfte, doch diesmal nickte unsere Lehrerin zufrieden, weil die Flüssigkeit im Glas sich grünlich verfärbte.

»Ich glaube, sie dachte echt, dass ihr den ganzen Raum abfackelt«, sagte Amber nach der Stunde in demselben Moment, in dem mein Handy vibrierte. Blinzelnd starrten wir auf das Display.

Luca (10b)
Ich würde mal behaupten, unsere Chemie ist sehr explosiv 🧪😂

Spaß beiseite 😂

Kommst du nachher eigentlich auch zur Halloweenparty? 😊

REASONS WHY
Kapitel 18

Von @girlwritinglovestories

484 ☆ 189 23

Ich wollte Adam glauben.

Wirklich.

Aber all die Bilder. All die Gerüchte. All die Dunkelheit, die ihn umgab. Waren wir alleine, dann schwebte mein Herz, selbst wenn all die Probleme uns nach unten drücken wollten.

Ich will nur dich.

Seine Worte echoten in mir nach, während ich bereute, nicht nachgehakt zu haben. Was genau bedeutete es, wenn wir uns nachts in das Zimmer des anderen schlichen, er außerhalb unserer kleinen Blase jedoch nicht mit mir reden konnte?

Ehrlicherweise zerbrach ich mir über diese Frage viel zu oft den Kopf.

Es war ein Desaster.

Ein Desaster, das sich wunderschön anfühlte.

Genau deshalb hatte ich letztendlich doch zugestimmt, als Allegra vorgeschlagen hatte, die Halloweenparty zu besuchen. Dabei hatte ich keine Ahnung, wo Adam sich gerade aufhielt, auf welcher extravaganten Rockstarparty er tanzte oder wieso er mir seit zwei Tagen nicht auf meine Nachrichten geantwortet hatte.

Es war mir egal.

Alles war in diesem Moment egal, als der Bass meinen Puls bestimmte. Mit geschlossenen Augen tanzten meine Freundin und ich, umgeben von etlichen anderen Mitschülern. Es spielte keine Rolle, wie wir dabei aussahen oder wer uns beobachtete.

Tanzen, als ob keiner zusieht.

Gegen zehn waren wir so durstig, dass wir uns an der Bar für Getränke anstellten. Allegra musste dringend auf Toilette, deshalb steuerte sie die Waschräume an, während ich auf unsere Bestellung wartete. Dabei war ich so fokussiert auf den Barkeeper, der unsere Cocktails zubereitete, dass ich heftig zusammenzuckte, als mich plötzlich jemand ansprach.

Ich erkannte die Stimme sofort.

Es war Jackson Miller aus der Zwölften, Star des Footballteams, Schwarm aller Mädchen. Ich konnte es verstehen. Er sah wirklich gut aus. Breite Schultern, süßes Lächeln. Mit seiner letzten Freundin war er zweieinhalb Jahre zusammen gewesen, bevor sie sich im Guten getrennt hatten. Jackson war der Golden Boy unserer Schule, hatte chronisch gute Laune, gute Noten und eine glänzende Zukunft mit Unmengen an goldenen Pokalen vor sich.

»Wow«, sagte er jetzt. »Du siehst großartig aus, Hailey.«

»Danke«, flüsterte ich schüchtern, obwohl mein Herz in Jacksons Gegenwart nicht raste.

Ein Teil von mir verfluchte mich selbst. Wenn ich jemanden wie Jackson mögen würde, wäre alles so leicht. Sicherlich wären da keine Fragezeichen in meinem Kopf. Er würde mich nicht versetzen. Er würde der Welt aus PR-Gründen nicht weismachen, dass er mit einer anderen Frau zusammen sei, und mir dabei heimlich zuraunen, dass er nur mich wollte. Jackson war ein Traummann.

Aber er war nicht mein Traum.

Vielleicht war er mir zu perfekt. Zu glatt. Nicht mit dunklen Ecken und Kanten bestückt, die mich in den Wahnsinn trieben.

Er war nicht nur nicht wie Adam.

Er war einfach nicht Adam.

Mein Puls war kein einziges Mal in seiner Gegenwart gerast. Mein Herz randalierte nicht bei der Erwähnung seines Namens. Zwischen uns sprühten keine Funken.

Es fehlte schlicht dieses unbeschreibliche, aufregende, nervenzerreißende und trotzdem so wunderwunderschöne Etwas, was bei Adam von Anfang an da gewesen war.

»Oh, warte«, sagte Jackson plötzlich und kam mir dabei näher, streckte seine Hand nach mir aus. »Halt mal still.«

Ehe ich mich's versah, strich er mir eine Haarsträhne hinter das Ohr und verharrte dort mit seinem Finger. Sein Blick verhakte sich mit meinem. Doch obwohl wir uns so nah waren und mich dieser äußerst attraktive Typ berührt hatte, berührte mich nichts an dieser Situation.

»Sorry. Du hattest da einen Fussel.« Mit einem Mal klang seine Stimme so unendlich rau. »Hailey«, begann er. »Ich …«

Ich würde nie erfahren, was er mir sagen wollte. Er verstummte nämlich mitten im Satz, als sich eine weitere Person zu uns gesellte und wie selbstverständlich ihren Arm um meine Taille schlang.

Ich musste Adam nicht sehen, um zu wissen, dass er es war. Ich spürte die Hitze, die von seinem Körper ausging, sofort.

»Miller«, sagte Adam. »Alles klar?«

Jacksons Stimme hatte rau geklungen, doch Adams Stimme war immer rauer. Nun schwang in ihr gleichzeitig diese bedrohliche Kälte mit. Diese in Kombination mit seinem Blick reichte, dass sich Jackson räuspernd von uns verabschiedete. Er stellte keine Fragen, das musste er auch nicht. Wahrscheinlich war es für ihn genauso offensichtlich, wie es sich für mich anfühlte. Erst als er aus unserer Sichtweite verschwunden war, wandte ich mich Adam zu.

Automatisch presste ich die Lippen aufeinander. Innerlich brodelte es in mir. Er konnte mich nicht dauernd mit diesen Fragezeichen im Kopf stehen lassen und dann einfach meine Unterhaltung mit einem netten und gut aussehenden Typen platzen lassen. Selbst wenn da dieser winzige Teil in mir war, der Adams leicht gequälten Gesichtsausdruck nun genoss. Der es mochte, wie machomäßig er Jackson klargemacht hatte, dass ich zu ihm gehörte. Der, der Adams Eifersucht heiß fand.

Doch der größere Teil in mir war sauer.

Wirklich.

Genau deshalb war ich auch diejenige, die die Stille brach.

»Was sollte das, *Backwood*?«

Ehrlicherweise rechnete ich mit einer kalten einsilbigen Antwort. Wider Erwarten strich er mir jedoch bloß weiter zärtlich über die Taille. Es war so eine unschuldige Berührung, trotzdem legte sich Gänsehaut über jeden Zentimeter meiner Glieder.

»Es tut mir leid«, sagte er. »Ich wollte dich und … Miller nicht stören. Ich habe euch bloß gesehen und … keine Ahnung. Tut mir leid. Vergiss es. Ich gehe einfach.«

Nichts an ihm war wütend.

Alles klang nur gequält und traurig.

So als bereite ihm die Vorstellung, dass ich jemand anderen mögen könnte, körperliche Schmerzen. Genauso wie es das umgekehrt bei mir tat.

»Warte«, murmelte ich und bekam ihn im letzten Moment am Handgelenk zu fassen.

19

@l.lena.2908: Ey, ich bin drei Tage auf Wattpad und will mich schon wieder abmelden. Gibt es eigentlich irgendeine Geschichte hier, die nicht purer Smut ist? Oder total toxisch? Alle Männer sind immer so furchtbar dominant und die Protagonistinnen natürlich süß und klein und zierlich und so zerbrechlich. Btw dieser Adam ist eine wandelnde Red Flag 🤮

Mein Bauchgefühl hatte mir gesagt, dass ich das Handy aus der Hand legen solle, weil es keine gute Idee war, die Kommentare auf Wattpad zu checken. Eigentlich tat ich das nur selten. Ich schrieb, um zu schreiben. Aber es war kurz nach acht, ich war schon fertig für die Halloweenparty und hatte nichts mehr zu tun. Meine Frisur und mein Make-up saßen. Ich hatte mich als irgendetwas zwischen Hexe und Zombie verkleidet. Mit viel dunkler Schminke und Volumen in den Haaren. Jetzt wartete ich bloß noch auf Amber, die gerade zu den Waschräumen verschwunden war. Wenn sie wiederkam, würden wir uns in Richtung Aula aufmachen, wo die Party stattfand. Von unseren Zimmernachbarinnen schallte laute Musik herüber. Sicherlich machten sie sich gerade auch für die Party fertig. Doch eigentlich erreichte mich die Musik gar nicht wirklich.

Nichts erreichte mich, seit dieser Kommentar mich erreicht hatte.

Furchtbar dominant.

Total toxisch.

Red Flag.

Die Worte echoten in meinem Kopf, während ich krampfhaft gegen mein Display anblinzelte. Dabei versuchte ich, mich an das Positive zu klammern. Wenigstens hatte sie nicht kommentiert, dass ich schlecht schrieb. Das war doch etwas Gutes.

Oder?

Trotzdem kroch mir Magensäure die Kehle hoch, weil ich keine Ahnung hatte, was ich mit diesem Kommentar machen sollte.

Furchtbar dominant.

Total toxisch.

Red Flag.

Ich las schon seit zwei Jahren Liebesromane und kannte mich daher bestens mit abfälligen Kommentaren wie diesen aus. Meine Lieblingsbücher wurden ständig von Möchtegernkritikerinnen schlechtgemacht. Sie sagten dann so etwas wie, dass wir zu jung seien, um diese Art von Geschichten zu lesen, dass sie die falschen Werte vermittelten.

Aber es waren doch nur Liebesromane mit erotischen Szenen.

Ich verstand das nicht. Wieso involvierten sich Fremde in meine Lesegewohnheiten?

Instinktiv begann ich, den Kopf zu schütteln. Klar, ich hätte etwas auf diesen Kommentar erwidern und mich damit verteidigen können. Allerdings war ich nicht gut im Diskutieren, sondern ging Konflikten lieber aus dem Weg.

Also beschloss ich, den Kommentar zu löschen. Ich wollte diese Art von Negativität nicht unter meiner Geschichte, die ich mit Herzblut schrieb, weil es mir Spaß machte. Weil es meine Art war, der wirklichen Welt zu entfliehen und mich gleichzeitig intensiver mit ihr zu beschäftigen.

Das Timing hätte nicht besser sein können. Denn gerade als ich den Button betätigt hatte, erschien Amber im Türrahmen.

Meine Zimmergenossin sah großartig aus.

Heute hatte sie ihre rosa- und lilafarbenen Kleidungsstücke gegen ein schwarzes Kleid eingetauscht, welches mit Pailletten bestickt war. Dazu trug sie Plateauschuhe und natürlich die obligatorische Schleife in ihren gewellten Haaren. Letztere ausnahmsweise ebenfalls in Schwarz.

»Ich bin bereit«, erklärte sie, woraufhin ich ihr hastig zulächelte, um mir meine Verwunderung nicht anmerken zu lassen. Denn als Amber mit der Kulturtasche in die Waschräume gehuscht war, hatte sie nur das Kleid getragen. Jetzt schimmerte darunter ein hochgeschlossenes, langärmliges Shirt mit feinen Glitzerpartikeln.

Amber sah in beiden Varianten des Outfits großartig aus, doch ihre Stimme ging mir nicht aus dem Kopf.

Sicher, dass ich das so anziehen kann? Ich will wirklich nicht zu nackt oder so aussehen.

Natürlich hatte ich ihr versichert, dass der kleine Ausschnitt des Kleids nicht zu viel war. Dabei ging es mir gar nicht um die Outfitwahl, sondern bloß darum, wie prüfend sie sich selbst angesehen hatte. Und wie leise und unsicher sie ihre Frage gestellt hatte.

Ein Teil in mir zögerte, aufzustehen und die Aula anzusteuern. Denn eigentlich wollte ich sie auf alles ansprechen und ihr versichern, dass sie mit mir über den Grund für ihre gelegentlichen Malattacken reden könne. Oder wieso sie manchmal Kommentare wie diese machte. Allerdings wollte ich noch immer keine Grenzen überschreiten. Und Amber schien so aufgeregt und glücklich, als wir die Party endlich betraten.

Irgendwann musst du sie trotzdem darauf ansprechen.

»Oh mein Gott«, flüsterte sie. »Ich weiß, ich bin kein Kind mehr, aber ich liebe diese Gummifrösche mit dem weißen Schaumstoff darunter. Siehst du die? Die gibt's als Spieße zu den Mocktails dazu.«

Der Abschlussjahrgang hatte sich nicht nur mit den Getränken Mühe gegeben. Chartlieder, unterlegt mit tiefen Bässen, schallten von den Wänden wider. Spinnweben hingen von den Decken, während der gesamte Raum mit Kürbissen und Totenköpfen übersät war. Der Boden unter mir bebte, die Luft roch nach süßen Getränken und starken Parfums. Das Highlight waren die Verkleidungen der Gäste. Ich erkannte dunkle Engel mit scharf gezogenen Eyelinern, Zombies, Joker und Teufel. Wir alle erhielten am Eingang Leuchtarmbänder in Neonfarben.

Wir wurden von unseren Mitschülern begrüßt, machten Fotos und Selfies, die in den Sozialen Medien landeten. Gegen neun schlürften Amber und ich bereits an unserem zweiten Mocktail und richteten unsere Blicke dabei gespannt auf die Bühne. Auch sie war mit Spinnweben und zusätzlich mit Neonlichtern ausgestattet.

Vor zwei Stunden hatte ich Art auf WhatsApp gefragt, ob er nervös sei – was er natürlich war. Aber es war nicht diese Nachricht, an die ich jetzt dachte, als er unter dröhnenden Gitarrenriffen die Bühne betrat.

Art

Aber ich freue mich gar nicht am meisten auf den Auftritt

Sondern nur auf dich 🩶

Mein Herz hatte beim Lesen geglüht wie das pinkfarbene Armband um mein Handgelenk jetzt. Hell und knallig und glücklich. *Bulletproof Disaster* brachte die Menge zum Toben. Heute spielte die Band nur zwei ihrer eigenen Songs, die ich bereits kannte. Der Rest des Sets waren gecoverte Lieder, die unsere Herzschläge bestimmten und alle zum Tanzen brachten. *The Killers*, *The Wombats*, *Catfish and the Bottlemen*. Alles war laut und wunderschön. Dabei standen Amber und ich nicht einmal ganz vorn, so wie viele anderer unser Mitschüler und insbesondere Mitschülerinnen.

»Mein Bruder denkt so auf Rockstar, ey.« Amber schüttelte den Kopf, ließ ihren Fuß allerdings trotzdem zum Beat wippen.

Es war unvermeidbar.

Die Beats waren zu einnehmend.

Arts Stimme war viel, viel, viel zu hypnotisierend.

Insbesondere bei einem der letzten Songs, den er allein auf seiner E-Gitarre spielte. Noch bevor er den ersten Ton anschlug, schweifte sein Blick durch die Menge. Erst dachte ich mir, ich bildete es mir ein. Doch dann blieb er an meinem Gesicht hängen. So als hätte Art nach mir gesucht. So als wäre alles, was er gesagt und geschrieben hatte, wahr.

»Der Song …« Er räusperte sich, wobei seine Stimme so unendlich kratzig klang. Sie war keine warme Decke. Sie war ein tiefer Ozean, in dem ich ertrank, ohne wirklich zu ertrinken. »Der Song ist für jemand ganz Besonderen.«

In meinem Augenwinkel beobachtete ich, wie Ambers Kinnlade nach unten klappte. Doch ich konnte mich nicht daran aufhalten. Ich wollte nicht einmal, dass mich jemand kniff, weil ich annahm, ich würde träumen.

Weil so etwas doch nicht im echten Leben passierte.

Nienienieniemals.

Aber da war Art und er begann zu singen und sah dabei nur mich an. Ich hörte ihm zu und fühlte alles. Ich spürte meinen Herzschlag. Die Gänsehaut auf meinen Armen. Wie meine Kehle sich zuschnürte. Wie meine Augen glasig wurden.

Das hier war echt.

Selbst wenn mein Gehirn alles andere ausblendete, sodass ich nur Art auf der Bühne sah. Als wäre es ein Film. Die Bühne seine Leinwand, er das Spektakel.

Das ist mein Leben, dachte ich.

Mein Leben, in dem Art ein langsames, tiefes – so, so, so tiefes – Liebeslied sang. Und allen gesagt hatte, es sei für mich.

Ich wusste nicht, wieso ich nicht umkippte, wie ich es schaffte, weiter zu atmen, wie ich einfach bloß dastehen und zuhören konnte.

Obwohl … Das stimmte nicht.

Eigentlich fühlte ich nur.

Bis zum letzten Ton, bis zum letzten Anschlag seiner Gitarre.

Und es reichte nicht.

Ich wollte mehr.

Mehr von ihm.

Mehr Art.

Gott.

Ich wusste nicht, was mit mir los war. Hatte mich noch nie so gefühlt. Auch nicht mit Lars. Und vielleicht, aber wirklich nur vielleicht, empfand Art sogar ähnlich für mich.

Ich habe so, so, so unfassbares Glück, dachte ich. *Ich …*

»Sie sind ziemlich gut, oder?«

Eine Stimme holte mich aus meiner Art-Trance. Kurz war ich versucht, ihren Besitzer zu ignorieren, doch das Lied, das Art mir gewidmet hatte, war verklungen. Es folgten schnelle Beats, zu denen die Menge randalierte. Langsam wandte ich den Kopf nach links, um zu erkennen, wie Luca mir zulächelte. Auch er hatte sich verkleidet, trug eine schwarze Hose und ein gestreiftes Shirt, womit er sicherlich einen Gefangenen darstellen sollte. Luca, der größer war als ich. Luca, der rein objektiv betrachtet attraktiv war. Luca, der witzig war.

Luca, der mich leider rein gar nicht berührte.

Selbst als er diesen schüchternen Schritt auf mich zumachte, sodass sein Ellbogen beinahe meinen berührte. Ich fragte mich, ob er dachte, ich würde nicht bemerken, wie nervös er dabei von einem Fuß auf den anderen trat.

»Stell dir vor«, rief er laut über die Musik hinweg. »Wir hätten in der Chemiestunde wirklich alles in die Luft gejagt. Dann hätten wir nie wieder *Bulletproof Disaster* spielen sehen. Was für ein *Desaster*, was?«

Selbst durch das schummrige Licht erkannte ich, dass Luca breit über seinen Wortwitz grinste. Es war, als strahle sein Grinsen mit dem Leuchtarmband um sein Handgelenk um die Wette. Ich konnte nicht anders, als es zu erwidern. Luca war wirklich lustig. Und nett. Denn er bezog Amber, die neben mir immer noch mit dem Fuß wippte, sofort in unser Gespräch mit ein.

Ein Teil in mir wollte ihm erklären, dass ich gerade nicht mit ihm reden könne, weil *Art auf der Bühne.* Stattdessen unterhielten wir drei uns, bis der Auftritt zu Ende war. Wir applaudierten genauso wild wie die anderen. Amber, ich. Und Luca.

»Hey«, sagte er dann. »Sind eure Becher auch leer? Ich spendiere die nächste Runde.«

»Ich will nicht sagen, dass ich es dir gesagt habe«, begann Amber, während Luca in der Menge verschwand. »Aber …«

Mein Handy vibrierte und ich hörte ihr nicht mehr zu. Eigentlich hasste ich es, an meinem Smartphone herumzuspielen und mich gleichzeitig zu unterhalten. Doch mein Bauchgefühl zog und ich wusste – *wusste* – einfach, dass die Nachricht von Art war.

> **Art**
> Wusste gar nicht, dass du mit einem Date hier bist 🤔

»Ohoh«, flüsterte Amber und sog dabei scharf die Luft ein. Ihr Blick lag auf meinem Display. »Ich glaube, da ist jemand eifersüchtig.«

Es hätte mir nicht gefallen dürfen. Wirklich nicht. Aber was sollte ich sagen? Ich war ein unsicheres Mädchen, das eine Schwäche für den Jungen mit der kratzigen Stimme hatte. Der, der jede hätte haben können. Und der, der eifersüchtig war, weil ein anderer Typ sich mit mir unterhielt. Ich fühlte mich gesehen und gewollt und irgendwie besonders.

Es fühlte sich leider großartig an.

Trotzdem tippte ich hastig eine erklärende Nachricht, bevor Luca uns mit der nächsten Runde Getränke erreichte.

Er ist nicht mein Date

Er war heute nur in Chemie mein Partner 🙈

»Hier«, sagte Luca, als er uns die Getränke reichte. »Für euch. Sagt mal, bin ich der Einzige, der es krass findet, wie sehr wir Halloween mittlerweile feiern, obwohl es eigentlich aus Amerika kommt?«

Amber antwortete für uns beide, weil ich heimlich mein Handy checkte und dann heimlich zurückschrieb.

Art
Sicher?

Ja 😊

Wieso?

Na ja, von hier aus sieht es nicht so aus, als wäre er nur dein Chemiepartner 🙈

Ruckartig schoss mein Blick hoch. Art beobachtete mich? Ich sah mich im Raum um, während Amber und Luca das Thema wechselten und sich nun über ihre Schwerpunkte unterhielten.

»Aber du spielst auch im Handballteam, oder?«, fragte Amber.

»Genau, ich …« Lucas Stimme verstummte in meinen Ohren. Eigentlich verstummte alles ringsum, als mein Blick endlich auf Arts traf.

Er hatte sich mittlerweile unter die Menge gemischt und stand mit seinen Bandkollegen links in unmittelbarer Nähe der Bühne. Sie hielten wie wir die roten Einwegbecher in der Hand, hatten sich allerdings nicht verkleidet. Art benötigte keinen dunklen Umhang oder irgendeine mit falschem Blut versehene Maske.

Er wirkte auch so irgendwie Furcht einflößend.

Alles an ihm schien hart. Selbst sein Kiefer zuckte heftig, das erkannte ich sogar aus der Entfernung. Vielleicht lag es an dem Handylicht, wie es sein Gesicht grell und hell beschien.

Eifersucht.

Jetzt sah ich sie sogar in seinem Gesicht. Ehrlicherweise hatte ich keine Ahnung, was Handbücher mit Titeln wie *So bleibst du für immer interessant* mir in dieser Situation geraten hätten. Wahrscheinlich sollte ich ihn zappeln lassen, mit Luca spielen, um so mit Art zu spielen.

Aber das wollte ich nicht.

Vielleicht war ich nicht cool und mysteriös.

Vielleicht war ich einfach nur ein Mädchen mit Herzpochen.

Furchtbar dominant.

Total toxisch.

Red Flag.

Keine Ahnung, wieso die Worte ausgerechnet jetzt erneut in mir widerschallten. Ich wollte nicht, dass sie stimmten.

Genau deshalb sah ich Art noch einen letzten Moment an, bevor ich meine Nachricht tippte.

Können wir reden? 😊

Sein Blick schoss zu seinem Handy, dann wieder zu mir. Ich bemerkte, wie er die Stirn furchte, während die anderen um ihn herum anstießen.

Art
Jetzt? 🤔

Ja 😊

Und was ist mit deinem
Chemiepartner?

Es war ein bisschen lächerlich. Das hätte auch Art zugegeben, wenn er gewusst hätte, wie es in mir aussah. Dass alle meine Kopfwände mit seinem Gesicht tapeziert waren. Dass seine Stimme von ihnen widerhallte. Und dass allein die Erinnerung an ihn meiner Gänsehaut Gänsehaut verpasste.

Aber natürlich sagte ich ihm das so nicht.

Können wir denn
reden oder nicht? 😊

Ich bemerkte, wie Art meine Nachricht musterte, an seinem Becher nippte, tippte, wieder aufhörte, nur um mir dann doch eine knappe Antwort zu schicken.

Ja

In der zweiten Etage, im Lesezimmer

Okay 😊

»Tut mir leid, Leute«, sagte ich plötzlich und unterbrach damit die Unterhaltung zwischen Amber und Luca. »Ich muss kurz was mit jemandem klären.«

»Oh«, sagte Luca verwirrt, doch ich konnte mich nicht daran aufhalten, ihm die Sache zu erklären. Stattdessen flitzte ich aus dem Raum, ließ die Beats und die Menge hinter mir. Ich flog förmlich über die Treppen. Meine Füße gingen schnell, doch mein Herz stolperte heftig. Es war verwirrt, denn es war gleichzeitig wütend und seltsamerweise stolz, weil Art mich so zu wollen schien, wie ich ihn wollte.

Zuerst hörte ich nur Schritte, die schwer klangen, als ich unseren vereinbarten Treffpunkt erreichte. Anschließend sah ich die Schwere in seinem Gesicht, als er um die Ecke bog. Sein Haar war zerzaust und seine Jeans am Knie zerrissen, sein Blick wirkte trüb und betroffen. Er sah aus wie ein Rockstar in der traurigen Version. Wie ein Indie-Band-Sänger, der Lieder nach den Namen seiner großen Liebe benannte, die nie gut endete.

Aber das hier könnte gut werden.

Sah er das nicht?

»Hi, Hel«, flüsterte er, doch es klang anders als sonst.

Noch kratziger.

Noch tiefer.

Noch rauer.

Art blieb zwei Schritte vor mir stehen, als bräuchte er Sicherheitsabstand. Er kommentierte weder mein Kostüm noch führte er Small Talk. Er räusperte sich bloß, während alles noch tiefer wurde und mein Herz mir in die Knie sackte. »Du wolltest mit mir reden?«

Und ja, ja, ich glaubte, ich hätte Stunden mit Art reden können. Aber das war nicht das, was ich eigentlich tun wollte. Deshalb schüttelte ich den Kopf, bevor ich ihm einen Schritt näher kam.

Furchtbar dominant.

Total toxisch.

Red Flag.

Erneut schallten die Worte in mir wider, doch ich wusste, dass sie nicht stimmten. Sie *konnten* gar nicht stimmen, nicht bezogen auf Art und mich. Immerhin küssten die Männer in meinen Liebesromanen die Protagonistin immer zuerst. Es war wie ein ungeschriebenes Gesetz.

Unsere Geschichte war nicht so.

Alles in mir zitterte, als ich mich auf die Zehenspitzen stellte und meine Arme um Arts Nacken legte.

»Mein Chemiepartner ist mir egal«, flüsterte ich. »Alle sind mir egal. Außer du. Ich will, dass du das weißt.«

Dann streifte mein Mund seinen, weil ich so viel fühlte, dass Worte nicht reichten. Weil ich wollte, dass Art alles fühlte, was ich fühlte. Weil ich nicht wusste, wie ich ihm das sonst sagen könnte.

Seine Lippen teilten sich automatisch, und als wir uns küssten, war alles so unendlich warm. Ich verglühte.

Es war das beste Gefühl der Welt.

Grund IV

Es war wirklich wie fliegen, Art. Als ich dich zum ersten Mal geküsst habe, aber du mich noch viel heftiger zurückgeküsst hast. Eigentlich will ich jede Erinnerung an dich aus meinem Kopf verbannen, trotzdem wünschte ich, jemand hätte ein Bild von uns gemacht, weil ich dann hätte beweisen können, wie wir geschwebt haben. An diesem Abend haben wir uns so lange geküsst, bis sich alles taub angefühlt hat, ich eigentlich nichts mehr und dennoch so unendlich viel gespürt habe. So viel wie noch nie zuvor in meinem Leben. Die Küsse mit Lars waren nichts im Vergleich dazu gewesen. *Gar nichts.* Und ganz ehrlich? Es überrascht mich nicht einmal. Immer wenn du und ich zusammen waren, waren wir nicht auf dieser Welt. Wir waren irgendwo anders, in meiner Fantasiewelt, in einem Traumleben.

Aber es war nicht echt.

Es war nie echt, nicht wahr?

Mein Gehirn hat mich angelogen – obwohl, war es nicht eigentlich mein Herz? So oder so hätte Herr Gallus angemerkt, dass weder mein Herz noch mein Gehirn mich anlügen könnten. Dass das eine Personifikation sei und ich davon wegkommen müsse, meine lebenswichtigen Organe für meine eigenen lebensverschlechternden Entscheidungen verantwortlich zu machen. Aber … keine Ahnung. Jetzt steigen Gäste ein und aus. Mein Handy vibriert und ein Teil in mir hofft trotz allem, dass du es bist.

Ich weiß, ich muss dich blockieren, dich deabonnieren,

dich wirklich aus meinem Leben entfernen, selbst im Zuletzt-gelöscht-Ordner. Allerdings weiß ich nicht, wie ich unsere Unterhaltung öffnen soll, ohne mir all unsere Nachrichten durchzulesen, als wären sie nicht meine liebste Geschichte. So wie früher.

Denn bevor es hässlich wurde, wurde es noch so unglaublich schön, dass ich nun wieder auf meinem neuen beschissenen Vierer weinen will. Diesmal nicht, weil du mir das Herz rausgerissen hast – was du definitiv hast –, sondern weil es SO UNGLAUBLICH SCHÖN war. Aber eigentlich liegt die Betonung nicht auf *schön*, sondern auf *unglaublich*, weil ich dir in erster Linie niemals hätte glauben dürfen.

Art, ich habe gerade auf mein Handy geschaut. Du hast mir nicht geschrieben. Dafür Luca in unsere Klassengruppe. Ich habe keine Ahnung, worüber meine Mitschüler gerade schreiben, aber ich weiß, wie es sich angefühlt hat, Lucas Lächeln in den Schulfluren jedes Mal zu erwidern, den Blickkontakt jedoch kurz darauf wieder hastig abzubrechen. Luca hat mir den Abgang auf der Party nie übel genommen. Er hat mich weiterhin begrüßt, mir zugegrinst, so getan, als wäre rein gar nichts passiert. Nur geschrieben hat er mir nicht mehr. Und später hat mein Herz bei jedem seiner unverbindlichen Lächeln ein bisschen geschrien, weil mein Hirn sich gefragt hat, wie alles wohl ausgegangen wäre, hätte ich ihn gemocht.

20

Art
Ich kann nicht aufhören, an unseren Kuss zu denken 🙈

Ich auch nicht 🙈

Nein, ich meine das ernst

Ich. Denke. Die. Ganze. Zeit. Daran

Und jetzt weiß ich, dass du für Luca nichts empfindest

Du treibst mich noch in den Wahnsinn

Art hat ein Foto gesendet

Es gibt viele solcher Szenen in *Wenn wir bleiben*, richtig? 😏

Musst du selbst herausfinden 🙈

Das Internet nennt sie übrigens *spicy Szenen*

Oder du ersetzt sie durch die Chili-Schote

Dann weiß auch jeder, was du meinst 😂

Danke für die Aufklärung 😂

...

Das klang ein wenig zweideutig

😂😂😂

Hey

Du bist diejenige, die mir das Buch empfohlen hat! 😂

Magst du es denn? 😊

Ganz ehrlich? Ich liebe es

Ich will, dass Fiona und Liam endlich zusammenkommen

Bitte sag mir, die beiden haben ein Happy End 🤤

Das ist das Gute an Liebesromanen

Man weiß immer, was man bekommt 🙈

Art hat ein Foto gesendet

Hier ist schon wieder eine 😏

Du kannst die Szenen auch einfach überspringen 🙈

Überspringst du sie denn? 🤔

Nein 🙈

Willst du sie überspringen?

Siehst du dann 😏

Sehe ich dann?

Wie meinst du das? 🤔

21

»Hey«, sagte Marie. »Ich würde euch gerne einen Text vortragen. Es geht um Taylor Swift. Und um die Liebe.«

Der ganze Raum wurde still.

Wir hörten Marie ins Mikro atmen, wobei ihr Luftholen weder angestrengt noch schwer klang. Während meine Tutorin ihren Blick durchs Publikum schweifen ließ, wirkte alles an ihr so ruhig. So geerdet. Als gehöre sie genau auf diese Bühne im Hoftheater, umgeben von etlichen bunten Plakaten, die für die noch verbleibenden Veranstaltungen dieses Jahr warben. Die Decke war hoch und gewölbt. Die roten Klappstühle, auf denen wir saßen, waren sogar gepolstert. Knapp fünfzig Schüler hatten sich im Hoftheater für den anstehenden Open-Mic-Abend versammelt. Jetzt hielt das Publikum CLUB-MATES und fritz-kolas in den Händen, während es erwartungsvoll nach vorn blickte. Amber neben mir richtete sich gespannt auf, ohne dabei den Blick von Marie zu nehmen. Das schafften nur wenige. Vielleicht wirkte Marie etwas unscheinbar, mit ihrer schlichten, gerade geschnittenen Jeans und dem burgunderfarbenen Pullover, dessen Ärmel absichtlich zu lang waren. Doch ihre Bühnenpräsenz war nicht von dieser Welt. Kurz fragte ich mich, wieso ihr Schwerpunkt nicht Schauspiel war. Mit dieser Ausstrahlung hätte sie wahrscheinlich sogar ins Ausland gehen können. Doch dann begann sie, ihren Text vorzutragen.

Und ich verstand.

Habt ihr schon gehört?
Taylor Swift hat sich getrennt.
Alle munkeln, aber niemand weiß etwas Genaues.
Vielleicht im Dezember 2021.
Als sie in der Küche von Jack Antonoff
in einem übergroßen Pullover –
so wie du und ich –
eine Handvoll Rosinen gegessen hat.
Eher nicht so wie ich.
Das Internet beschloss zu trauern,
daran zu glauben, dass die wahre Liebe gestorben sei.
Das ergab für alle Sinn,
immerhin singt Taylor doch selbst davon,
dass alle großen Liebesgeschichten
sowieso schon passiert sind.
Sie singt,
dass sie sich selbst auch nicht geheiratet hätte,
weil sie eine pathologische People Pleaserin ist.
Wahrscheinlich wirklich so wie ich.
Irgendwann wurde die eine Hälfte des Internets sauer.
Sie hasste Joe Alwyn jetzt.
Er war ein Arschloch.
Tolerate
Happiness
Peace
Alles Anzeichen ihrer schlecht laufenden Beziehung.
Die andere Hälfte trauerte weiter.

Klammerte sich an das Album Lover
und fragte sich:
Wie kann Liebe existieren,
wenn man jemandem das Lied Lover *widmet*
und sich dann trennt?

Marie holte tief Luft, wobei sie eine Pause einlegte. Dabei ließ sie ihren Blick nicht durch den Raum schweifen, sondern fokussierte sich auf diese eine Stelle in der Luft, die nur sie zu sehen schien. Dann verzogen sich ihre Lippen zu einem leichten Lächeln. Als sie weitersprach, hörten wir es sogar in ihrer Stimme.

Habt ihr schon gehört?
Taylor Swift datet jetzt
Travis Kelce.
Einen Star.
Einen Footballspieler.
Jemanden, der ihr Freundschaftsarmbänder
mit seiner Nummer geknüpft hat,
weil Romantik vielleicht doch noch nicht
ausgestorben ist.
Das Internet ist begeistert,
Mädchen wollen Bücher darüber lesen:
die erfolgreichste Sängerin unserer Zeit
und der heiße und ebenso erfolgreiche Sportler.
Es ist die perfekte Liebesgeschichte,
nicht wahr?
Ich gebe zu: Das ist schon ziemlich schön.
Diese zwei perfekten Menschen auf all diesen Bildern.
Sogar mich macht es glücklich.

Nicht weil ich es liebe, Taylor Swift
in diesen riesigen Stadien applaudieren zu sehen
in einem Trikot,
das dieselbe Farbe hat wie ihr Lippenstift.
Nein.
Ich denke daran, dass es vielleicht Hoffnung gibt.
Denn wenn Taylor Swift die Liebeshymnen unserer Zeit
über jemanden schreiben konnte, der am Ende
gar nicht für sie bestimmt war
und nie sein wird,
vielleicht kann ich dann irgendwann
aufhören,
Liebesgeschichten zu schreiben,
die sich alle nach dir anhören.

Sobald Marie verstummte, wurde sie in wildem Applaus gebadet. Ihre Augen glänzten, während die Menge klatschte und jubelte. Sie bedankte sich strahlend, bevor sie die Bühne verließ.

»Glaubst du, er ist als Nächster an der Reihe?«, flüsterte Amber mir zu.

Schulterzuckend blickte ich mich um. Ich liebte die Atmosphäre hier. Wie die leicht introvertierten Schreiber und Schreiberinnen sich trotz ihrer Nervosität trauten, ihre Texte vorzulesen. Weil die Leidenschaft größer als die Angst war. Und dann besagte Texte. Wie großartig und inspirierend sie waren. Die nächsten vierzig Minuten saß ich wie ein Schwamm auf meinem Platz und versuchte, jede Kleinigkeit in mich aufzusaugen. Jedes Wortspiel, jede dramatische Pause.

Ich wünschte, ich könnte auch so schreiben.

Unglücklicherweise huschte dieser Satz viel zu oft durch

meinen Kopf. Denn alles, was meine – zugegeben älteren Mitschüler – präsentierten, klang so unfassbar intelligent. Als würden sie nicht in der Oberstufe ihr Abitur machen, sondern bereits in Berlin an irgendeiner Kunsthochschule studieren, die jedes Jahr lediglich fünfzehn Bewerber annahm. Es war nicht bloß die Art, wie sie etwas sagten, mit ihren wunderschönen Alliterationen und dem immer wechselnden Sprechtempo, das sie gekonnt einsetzten. Ich achtete vor allen Dingen darauf, worüber sie schrieben, und verglich es mit meinen Geschichten. Sie erzählten von Weltproblemen. In unterhaltender und gleichzeitig berührender Art davon, wie das Eis am Nordpol schmolz. Dass deine Herkunft manchmal über Tod und Leben entschied. Und was tat ich? Ich schrieb süße, wenig anspruchsvolle und ausgedachte Liebesgeschichten.

Aber viele der Poetry-Slams handeln ebenfalls von Liebe.

Ja, im Grunde hatte Marie von Liebe erzählt, aber es war nicht dieselbe Liebe, über die ich fantasierte. Wann immer meine Mitschüler über Beziehungen, Liebe – und sogar Sex – schrieben, wirkte alles unbeschreiblich ernst und melancholisch. Als wäre es ein ungeschriebenes Gesetz, dass ihre Liebesgeschichten niemals gut ausgehen dürften. Womöglich deshalb, weil sie dann zu glücklich geklungen hätten. Und Alles-ist-so-unfassbar-schön-Geschichten nicht so wirkten, als wären sie bahnbrechend und weltverändernd.

Ich hörte erst mit dem Grübeln auf, als der Begrüßungsapplaus ein wenig lauter als die Male davor klang. Von hinten links wurde sogar gepfiffen, ohne dass der Sprecher seinen ersten Satz vorgetragen hatte. Aber das brauchte Art auch gar nicht. Die Scheinwerfer beschienen sein Gesicht und ließen seine Wangenknochen noch ausgeprägter als sonst erscheinen. Wenn ich Arts Stimme hörte, überkam mich jedes Mal aufs Neue Gänsehaut. So überraschend, als hätte ich vergessen, dass seine Stimme das mit mir machte. Und wenn ich ihn dann ansah … Tja. Dann raubte es mir den Atem.

Er war so schön.

Er hatte eine Stimme wie ein Rockstar und sah aus wie ein Model auf Werbeplakaten.

Ich hätte ihn für immer ansehen und ihm für immer zuhören können.

Wahrscheinlich war das die gefährlichste Kombination von allen. Doch ich hielt mich nicht an diesem Gedanken auf, weil es im gesamten Saal ganz still wurde. Es kam mir so vor, als intensivierte sich alles. Klatschen wurde lauter, Stille wurde stiller.

Das machte Art.

Er war wie Manuel in Mathe, der immer das richtige Ergebnis nannte. Wenn Art etwas sagte, war es so wichtig, dass einfach jeder zuhören *musste.*

Art sparte sich die kurze Vorstellung über sich selbst oder von seinem Text. Er räusperte sich bloß, so tief, dass der Laut überall in mir Wellen schlug. Dann begann er.

Die Welt ist zum ersten Mal untergegangen,
als ich siebzehn war.
Ich weiß, es klingt dramatisch,
dabei habe ich gar keine Ahnung von Shakespeare und Co. –
sorry dafür an Mister Hendricks –
Aber ich sage die Wahrheit.
Ich meine:
Wie hätte meine Welt nicht enden können,

wenn mein kleiner Bruder aufgehört hat,
mich zu fragen, ob sich zwölf Euro neunundneunzig
für eine dieser Meditationsapps lohnen?
Sein Arzt hat sie ihm empfohlen,
hat ihm ein unsichtbares Rezept übergeben,
auf dem stand:
Mehr rausgehen
Die Natur erkunden
Meditieren
Als hätte er das noch nie probiert.
Therapie sei nicht schlecht, das gibt der Doktor zu.
Aber er lacht nervös, als er sagt:
Rechnen Sie mit mindestens sechs Monaten Wartezeit.
Mein Bruder wartet nicht.
Und ich habe gelernt,
dass meine Welt untergehen kann,
ohne dass es einen Knall gibt.
Dass es leise passiert.
Und seitdem alles einfach leise bleibt.

Art hatte sich verbeugt und ein kurzes »Danke« in das Mikro geflüstert, bevor er von der Bühne gegangen war. Er hatte nicht wie üblich dort verharrt, seinen Blick durch die Menge schweifen lassen und den Moment in sich aufgesaugt. Art war bloß so schnell aus dem Scheinwerferlicht verschwunden wie jemand, der zu viel gesagt hatte, weil er die Worte nicht mehr für sich hatte behalten können. Und der jetzt nicht wusste, ob er seinen lyrischen Ausbruch bereuen sollte oder nicht.

Auch diesmal hatte meine Gänsehaut Gänsehaut gehabt, schuld daran war allerdings nicht seine Stimme gewesen.

Sondern das, was er gesagt hatte.

Über seinen Bruder.

Sein Bruder, von dem er bei unserem Date nicht hatte erzählen wollen.

»Das war ja mal richtig gut«, flüsterte Amber jetzt neben mir, wobei ich dem Drang widerstand, sie zu fragen, ob sie mehr über Arts Bruder wusste.

Ich wollte warten, bis wir wieder in unserem Zimmer waren. Immerhin waren hier viel zu viele Leute, die mithören konnten. Also blieben Amber und ich noch so lange, bis unsere Kolas leer waren. Chartmusik plätscherte dabei aus den Lautsprechern, wurde jedoch von den vielen Unterhaltungen übertönt. Links in der Ecke meinte ich sogar, Luca mit ein paar anderen aus unserer Klasse zu erkennen, war mir allerdings nicht ganz sicher. Gegen neun bahnten Amber und ich uns einen Weg aus dem Saal. Draußen stieg mein Atem als kleine Rauchwölkchen in den Himmel und ich versicherte mich, dass der Reißverschluss meiner Jacke bis nach ganz oben zugezogen war.

Gott, ich hasste den Novemberherbst.

Alles war kalt und kahl statt gemütlich und laubblättergolden. »Und was ist mit dir?« Amber hakte sich zitternd bei mir unter. »Würdest du auch einen Poetry Slam vortragen?«

»Niemals«, erwiderte ich lachend. »Erstens würde ich da oben auf der Bühne sterben. Und zweitens schreibe ich nur Liebesgeschichten.«

»Du hast also noch nie etwas anderes ausprobiert?«

Ich schüttelte den Kopf. »Es ist einfach das, wofür ich brenne, verstehst du?«

»Natürlich.«

Sie lächelte mir freundschaftlich zu, während ich sie gerade fragen wollte, ob sie das Novemberwetter genauso sehr verabscheute wie ich. Da hörte ich plötzlich meinen Namen.

»Helena.«

Instinktiv stoppte ich und drehte mich um, wobei ich nicht wusste, ob sich die Gänsehaut nun wieder über meine Glieder legte oder überhaupt nicht verschwunden war. Neben Amber beobachtete ich, wie Art in seinem Kapuzenpullover auf uns zulief. Selbst im schummrigen Licht erkannte ich, dass er etwas in seiner linken Hand umklammert hielt. Als er keinen Moment später vor mir verharrte, sah er nur mich an. Und alles verschwand, verblasste und löste sich auf.

Nur Art. Nur ich.

Wir teilten keinen Filmzauber. Wir waren echte Magie.

»Du bist gekommen«, sagte er.

»Klar«, erwiderte ich, darum bemüht, so lässig wie möglich zu wirken. Einen Moment lang war ich unschlüssig, ob wir uns zur Begrüßung umarmen oder sogar küssen sollten. Doch Art machte keinen weiteren Schritt auf mich zu, also räusperte ich mich hastig. »Dein Poetry Slam war … superschön.«

»Danke.« Art schluckte und kurz wirkte es so, als wolle er noch mehr dazu sagen, doch er hielt sich im letzten Moment davon ab. Stattdessen hielt er mir das Buch zwischen seinen Fingern entgegen. Und dann noch eins. »Hier, für dich. Ich wollte sie dir schon vorhin in der Schreibwerkstatt geben, aber du warst so schnell weg. Sie lagen noch in meinem Rucksack. Ich habe dich im Publikum gesehen, deshalb dachte ich mir, ich gebe sie dir jetzt gleich.«

»Ist das etwa …?« Meine Stirn runzelte sich. »*Wenn wir bleiben*? Zweimal?«

»Das eine ist deins. Die zweite Version ist etwas … anders.«

»Und wieso?«, fragte ich neugierig.

»Tja.« In seinen Augen begann es, verschwörerisch zu funkeln. »Das musst du wohl selbst herausfinden.«

Wie in Zeitlupe verzogen sich seine Lippen dann zu einem Lächeln und ich verstand nicht. Alles an seinem Text war unendlich schwer gewesen. Allein die Erwähnung davon hatte seine Miene verändert, seine Augen dunkler werden lassen.

Trotzdem war alles plötzlich so leicht.

Als Arts Lächeln dieses Stückchen schiefer wurde und er nicht aufhörte, mich anzusehen, begann mein Herz, noch schneller zu schlagen. Ich spürte Hitze unter jedem Zentimeter meiner Haut, mitten in Novemberdeutschland. Erst als ich sicher war, dass jede Stelle meines Körpers gerötet war und ich gleich vor lauter Wärme verpuffen würde, verabschiedete sich Art mit einem Winken.

»Das zwischen euch ist echt besonders.«

Ich musste mehrere Male blinzeln, um zu realisieren, dass Amber mit mir gesprochen hatte. Dass Art und ich natürlich nicht allein gewesen waren, selbst wenn es sich so angefühlt hatte, weil es sich mit ihm immer so anfühlte, als gäbe es nur uns. Nur ihn.

Ich beobachtete, wie Art wieder in Richtung des Theatergebäudes ging, doch sich auf halber Strecke noch einmal umdrehte.

Meinetwegen.

22

Ich konnte nicht warten.

Eigentlich putzten Amber und ich uns immer zusammen die Zähne im Waschraum, doch als sie sich jetzt ihre Kulturtasche schnappte, tat ich es ihr nicht gleich. Stattdessen versicherte ich ihr, dass ich sofort nachkommen würde. Sobald sie aus der Tür verschwunden war, griff ich mir Arts Ausgabe von *Wenn wir bleiben*. Es war nicht ungewöhnlich, dass ich einen Roman durchblätterte und meine Nase darin vergrub, den Duft einatmete. Doch dieses Buch roch nicht nach Tinte, Seiten und Tagträumerei, sondern herber, schwerer, Art-iger.

Als ich das erste Kapitel aufschlug, verstand ich sofort, wieso diese Version anders war als meine. Leicht zitternd fuhr mein Finger über die Wörter und Smileys, die Art mit schwarzem Filzstift am Rand verteilt hatte.

»Oh mein Gott«, flüsterte ich mir zu und erschrak im selben Moment.

»Oh mein Gott?« Gähnend schlurfte Amber zurück ins Zimmer. »Seit wann redest du mit dir selbst?«

Statt ihr zu antworten, hielt ich das aufgeschlagene Buch in ihre Richtung. Ruckartig trat Amber in ihrem langen und mit kleinen Herzen verzierten Pyjama an mein Bett.

Ihre dunklen Augen weiteten sich. »Hat er ernsthaft dein

Lieblingsbuch gelesen und es mit seinen Gedanken kommentiert?«

Ich nickte. »Verrückt, oder?«

Keine Ahnung, wieso ich *verrückt* sagte. Denn eigentlich war es nicht das, was ich dachte.

Das ist so romantisch und durchdacht und liebevoll und einfach perfekt.

»Das ist fast zu schön, um wahr zu sein«, flüsterte Amber.

Ich widersprach meiner Freundin nicht, obwohl sie unrecht hatte. Es war nicht *zu schön*, um *wahr* zu sein. Es war schön und es war wahr.

An diesem Abend verkniff ich mir, Amber nach Arts Bruder zu fragen. Wenige Minuten später legte sie ihr Handy nämlich auf ihrem Nachttisch ab. Auch ich war müde, allerdings konnte ich nicht einschlafen.

Nicht, wenn meine Realität besser war als alles in meinen Träumen.

Also knipste ich das Nachtlicht an und las mein Lieblingsbuch zum siebten Mal. Dabei spielte die Geschichte keine Rolle mehr. Es war mir egal, wie Fiona ihr neues Leben meisterte. Wie heftig ihr Körper auf Liam reagierte, obwohl sie ihn gar nicht kannte. Wie sehr Liam Fiona wollte. Wie er sie zum ersten Mal küsste, nachdem sie ihm gesagt hatte, dass das zwischen ihr und ihm wirklich nicht ginge, obwohl sie es eigentlich so sehr wollte.

Arts Kommentare waren die eigentliche Geschichte.

WHAT?

ICH BIN IN LOVE

HAT ER NICHT GESAGT?!

Zu verfolgen, wie er die Geschichte gelesen und was er dabei gedacht hatte, war unbeschreiblich. Ich glaubte, noch nie hatte sich jemand in meinem Leben derart um mich bemüht. Das konnte gar nicht toxisch und dominant sein. Es war einfach nur gut. Art war keine rote Flagge, sondern eine grüne. Ich konnte nicht genug bekommen, inhalierte die Seiten förmlich, überflog die Szenen, immer auf der Suche nach Arts Kommentaren.

Ich liebte jedes seiner schnörkeligen Wörter. Sie waren tiefschwarz und simpel, mit dem vertrauten Linkseinschlag. Art hatte keine Männerhandschrift. Art hatte eine Künstlerhandschrift. Trotzdem waren die Stellen, die mein Herz zum Stillstand brachten, die, die er nicht kommentiert hatte. Stattdessen hatte er sie unterstrichen. Seine Linien waren wie sein Lächeln. Nie gerade, immer schief.

Ich denke über jedes Wort nach, das sie zu mir gesagt hat. Ich weiß nicht, wie ich sie jemals vergessen könnte. Ich weiß nur, dass ich das gar nicht will.

Ich hätte sie für immer ansehen können. Nicht wie man ein Bild oder ein Foto ansieht. Eher so, wie man einen spektakulären Sonnenuntergang beobachtet und er so verdammt schön ist, dass man sich wünscht, er würde für immer bleiben.

Fuck, sie war so heiß.

Beim letzten Satz musste ich schlucken. Meine Augen huschten zur Seitenzahl rechts unten. Seite einhundertfünfundsiebzig. Ich wusste, was jetzt kam. Bei dem Gedanken an die Szene begannen meine Hände, derart zu schwitzen, dass ich sie an der Stoffhose rieb. Meine dämlichen Hände. Sie waren nicht nur nicht schön, sondern auch dauernd schwitzig. Dem

Himmel sei Dank hatte Art sie noch nicht genauer gemustert. Gerade als ich das dachte, vibrierte mein Handy.

Natürlich war es Art.

Ich las das Buch, das er mir geschenkt hatte, während er mir schrieb. Das zwischen uns waren keine Zufälle. Es war Schicksal.

Art
War voll schön, dich vorhin zu sehen 🥰

Finde ich auch 🥰

Dein Poetry Slam war wirklich großartig!! 😊

Danke

Ich schrieb, brach allerdings gleich wieder ab, bloß um die gleiche Nachricht ein weiteres Mal zu tippen. Und sie dieses Mal abzuschicken.

Der Text war über deinen eigenen Bruder, oder?

Ja

Das klang alles ganz schön heftig

Wenn du jemanden zum Reden brauchst, bin ich gerne für dich da 😊

Das ist so süß von dir

Ich danke dir 🥰

Kein Problem 🥰

Art schreibt …

Nichts.

Art schreibt …

Nichts.

Art schreibt …

Was machst du? 😊

Du hast ein Foto gesendet

Ich lese 😊

Gleich kommt meine Lieblingsstelle 😏

Das ist deine Lieblingsstelle? 😂

Und die anderen zwei weiter hinten 😏

Und wieso? 🙈

Finde es heraus 😏

Art hatte nichts Anzügliches oder Zweideutiges geschrieben. Trotzdem breitete sich Wärme in meinem gesamten Körper aus. Es fühlte sich aufregend und verrucht an.

Ich legte das Smartphone zur Seite und nahm das Buch wieder in die Hand. Auf der nächsten Seite fand ich keine von Arts Worten, nur seine schiefen Linien.

Meine Augen flogen über all die Sätze, bis sie sich am Kapitelende weiteten.

Das will ich auch mit dir.

Abgesehen von dem Schein meiner Nachttischlampe war es dunkel, doch ich fürchtete, Amber könnte jeden Moment aufwachen. Der Grund war dieses kribbelige Glühen, das sich immer stärker in meinem Körper ausbreitete. Ich fühlte mich, als würde ich leuchtend verbrennen.

Auf die beste Weise dieser Welt.

Art
Und?

Hast du es schon gelesen? 😏

Ja 🙈

Und was sagst du?

Wozu?

Zu meinem Satz ganz unten

Hättest du Lust, dass ich das mit dir mache, was Liam mit Fiona gemacht hat?

🙈

Ist das ein Ja? 😏

Ich weiß nicht 🙈

Wüsstest du auch nicht, was du davon halten solltest, wenn ich jetzt mit dir in deinem Bett wäre?

Ich musste schlucken. Das hier war neu. Mehr als alles, was ich mit Lars getan hatte. Mehr als alles, was ich mir mit Lars überhaupt vorgestellt hatte. Es fühlte sich gut an zu lesen, dass Art mich wollte. Aber was genau erwartete er von mir? War das hier Sexting? Wie sextete man richtig? Wollte ich das überhaupt? Oder wollte ich nur, dass Art mich wollte? Die Fragen überschlugen sich in meinem Kopf, während meine Finger über der Tastatur verharrten. Schließlich begann ich zu tippen.

Kommt darauf an, was du tun würdest 🙈

Was fändest du denn gut?

Ich weiß nicht 🙈

Sicher nicht?

Du könntest mich vielleicht küssen

Wäre das alles, was du wollen würdest?

Ganz ehrlich?

Immer ehrlich!

Ganz, ganz ehrlich? Ich wusste nicht genau, was ich wollte. Für einen winzigen Moment bereute ich sogar, mit Lars nicht weitergegangen zu sein. Denn plötzlich fühlte ich mich so unerfahren, selbst wenn ich schon etliche Sexszenen in meinen Büchern gelesen hatte.

Das Einzige, was ich sicher wusste, war, dass ich Art so sehr wollte, dass alles in mir glühte.

Ich könnte alles mit Art wollen, dachte ich. *Weil ich Art so sehr will.*

Also nickte ich mir selbst Mut zu und tippte meine Antwort.

Nein

REASONS WHY

Kapitel 22

Von @girlwritinglovestories

186 72 12

»Stell dich mit dem Rücken zur Wand.«

Oh Gott.

Seine Stimme.

SEINE STIMME.

Ich wusste, dass sie tief war, doch so tief und dunkel hatte sie sich noch nie angehört. Mein Blick flog zur Tür. Wir befanden uns in einer der Umkleidekabinen in der Sporthalle. Jeden Moment könnte einer unserer Mitschüler oder ein Lehrer hereinplatzen.

Adam schien sich keine Sekunde daran zu stören.

Seine große Hand legte sich um meine Taille, die andere vergrub er in meinem Haar. Sein Griff war fest, der Blick dunkel. Eigentlich war alles an Adam dunkel. Der Farbton seiner Stimme, die Schwärze seiner Pupillen.

»Schließ die Augen.«

Ich tat, was er sagte, wobei es überall in meinem Körper kribbelte. Alles, was Adam war und machte, schickte ein Kribbeln durch mich hindurch. Wie federleicht seine Finger über meine Haut huschten und mich nur fast berührten.

Es war so heiß.

Mir war so heiß. Soso unendlich warm, dass ich nicht verstand, wieso ich nicht schon längst verglüht war.

23

»Wieso …« Ich atmete angestrengt ein. »… machen das …« Ich atmete angestrengt aus. »… Menschen freiwillig?«

»Keine …« Amber schnappte japsend nach Luft, während wir in unserem Schneckentempo weiterliefen. »… Ahnung.«

An der Zielgeraden klatschte unser Sportlehrer Herr Darius motivierend in die Hände, während die Meerbrise ihm das schüttere Haar nach hinten blies.

»Amber, Helena.« Sein Klatschen wurde lauter. »Ein bisschen mehr Tempo, bitte.«

Eigentlich war ich bloß eine Niete in Physik, Chemie und Mathe. Im Sportunterricht bewegte ich mich meist zwischen einer soliden Drei oder mehr oder weniger guten Zwei. Vorausgesetzt, wir mussten nicht laufen. Am Strand. Bei gefühlt hundert km/h Windstärke. Und das im November.

Als Amber und ich unser Laufsoll von drei Kilometern endlich erreichten, war mir kalt und warm zugleich. Alle anderen saßen schon im Sand oder stemmten die Hände in die Knie. Die meisten atmeten angestrengt, während Herr Darius uns für heute entließ.

Endlich.

»Hey«, sagte Luca lächelnd im Vorbeigehen.

»Hi«, gab ich leicht erstickt zurück, was nicht nur meiner fehlenden Kondition zu verdanken war.

»Hat er dir eigentlich noch mal geschrieben?«, flüsterte Amber, nachdem Luca aus unserer Hörweite verschwunden war.

Ich antwortete ihr stumm mit einem Kopfschütteln. Es hätte mich nicht weniger interessieren können, wer mir schrieb und wer nicht. Vorausgesetzt, Art tat es.

Ich war süchtig nach seinen Nachrichten.

Insbesondere nach dieser ganz bestimmen Art von Nachrichten. Es fühlte sich so an, als wären wir gestern einen Schritt weiter gegangen, selbst wenn wir uns bislang nur geküsst hatten. Es hatte mir so gefallen, dass ich um ein Uhr nachts an weiteren Kapiteln für *Reasons Why* gearbeitet hatte.

Den ganzen Tag über musste ich mich regelrecht dazu zwingen, nicht mehr an ihn oder unseren Chat zu denken. Dabei echoten seine Worte in mir nach, als hätte er sie wirklich zu mir gesagt.

Selbst dann, als er in Frau Krügers Schreibwerkstatt keine drei Meter von mir entfernt saß. Mir war bewusst, dass er meine Gedanken nicht lesen konnte. Doch wenn er mich ansah, dachte ich an seine Nachrichten und dann glühte mein gesamter Körper derart auf, dass ich einfach *wusste*, jeder konnte es mir ansehen.

Art konnte es mir ansehen.

Inmitten eines Klassenraums, in dem wir nachmittags die Bedeutung von Erzählkohärenz besprachen und ich nur Bahnhof verstand. Weil alles so unbeschreiblich aufregend war. Ich fühlte mich wie in einem Film. Jeder Blickkontakt war eine Zeitlupe wert. Jedes seiner Lächeln das Einsetzen meines rennenden Herzschlags würdig.

Als ich am Ende der Stunde meinen Rucksack schulterte und mich erhob, konnte ich in den Augenwinkeln beobachten, wie Art in Richtung Tür nickte. So als wären wir vor dem Klassenraum verabredet. Ich antwortete mit einem Nicken, woraufhin er nach draußen ging. Doch kurz bevor meine Füße ebenfalls die Türschwelle übertraten, hörte ich meinen Namen.

»Helena?«

Instinktiv spannten sich meine Schultern an.

Was habe ich angestellt?

Dass Frau Krüger mich nach dem Unterricht zu sich rief, konnte nichts Gutes bedeuten. Wollte sie etwa mit mir über meine mündliche Beteiligung reden? Beziehungsweise über den Mangel derselbigen? Ich ging langsam auf ihr Pult zu, während ich mir gedanklich eine Ausrede zurechtlegte. Eine, die nicht ganz zu sehr klang wie: *Tut mir leid, dass ich so wenig sage, aber alle sagen viel bessere Dinge als ich, was natürlich vollkommen okay ist, ich will mich nur nicht blamieren, insbesondere wenn Art im gleichen Raum ist, verstehen Sie?* Doch leider fand ich keine bessere Ausrede. Deshalb stellte ich mich erst einmal schweigend vor Frau Krüger auf und musterte die vielen Arbeitsblätter und ihr MacBook auf dem Tisch.

»Ich hoffe, es klingt nicht allzu komisch.« Sie lächelte mich mit ihren perfekt nachgeschminkten Lippen in einem dunklen Rotviolett an. »Ich würde dich gerne persönlich zu meinem Buchclub einladen. Ich glaube, es wäre genau das Richtige für dich.«

Erleichterung durchströmte mich. Ich war ihr also nicht negativ aufgefallen. Frau Krüger hatte bloß nicht genug Leute in ihrem Buchclub. Damit konnte ich umgehen, ohne mir eine Ausrede einfallen zu lassen.

»Jeden zweiten Freitagnachmittag«, erinnerte sie mich. »Die nächste Sitzung ist morgen. Es würde mich freuen, wenn du vorbeikommst.«

»Ähm, ja«, sagte ich. »Das klingt super.«

»Großartig.« Ihr Lächeln wurde noch breiter. »Dann bis morgen.«

Ich versicherte ihr, dass ich mich freute, was nur eine Halbwahrheit war. Immerhin bezweifelte ich, dass Frau Krüger und ihre Truppe die Art von Büchern lasen, die ich gern las. Doch es war ein guter Schlusssatz, um mich zu verabschieden.

»Was hast du denn noch gemacht, hm?«, fragte Art mich keinen Moment später, bevor er sich von der Wand abstieß und wir gemeinsam die Treppen nach unten ansteuerten. Von den Wänden hallten die Stimmen und das Lachen der anderen wider. Art ging so nah neben mir, dass sein Pulloverärmel beinahe meinen streifte.

Alles in mir war wie elektrisiert.

»Frau Krüger hat mich zu ihrem Buchclub eingeladen«, erklärte ich.

»Ah ja.« Art wackelte mit den dichten Brauen. »Und? Gehst du hin?«

»Ich schätze schon. Ich kann es ja mal ausprobieren.«

»Cool«, erwiderte er.

Mein Herz pochte einen Tick schneller, als er mir einen vielsagenden Seitenblick zuwarf. Wir befanden uns im Unterrichtsgebäude, hinter ihm hingen Bilder der Schüler mit künstlerischem Schwerpunkt. Ein Mädchen mit schwarzem Pony kam uns entgegen und begrüßte uns nickend. Doch all das bekam ich lediglich nebenbei mit. Wieder war da nur Art. Mein Blick war ein Scheinwerfer und er lag bloß auf ihm. Insbesondere dann, als er sich die Lippen befeuchtete.

Ich wusste, wie komisch das klang. Wie komisch ich es schon immer fand, wenn ich diesen Satz in einem meiner Bücher gelesen hatte. *Er befeuchtete sich die Lippen und ich konnte nicht wegsehen.* Aber es stimmte. Art befeuchtete sich die Lippen und ich konnte wirklich nicht wegsehen.

»Was machst du eigentlich heute?«, fragte er. »Hast du irgendetwas vor?«

Ich schüttelte den Kopf. »Eigentlich nicht, wieso?«

Seine Lippen verzogen sich zu einem seiner schiefen, schiefen Lächeln. »Hättest du vielleicht Lust, dir einen Film mit mir anzusehen?«

Ich weiß nicht, woran genau es lag. Vielleicht an der Rauheit seiner Stimme. An dem dunklen Blick in seinen Augen. An dem Zwinkern, das so leicht war, dass ich es mir vielleicht nur eingebildet hatte? Doch wenn Art *einen Film ansehen* sagte, hörte es sich nicht nach *einen Film ansehen* an. Es hörte sich nach küssen, berühren und verglühen an. Nach im Bett liegen, aber eigentlich auf Wolke sieben schweben.

»Ja«, erwiderte ich. »Das klingt perfekt.«

24

Ich hatte eineinhalb Stunden, bevor ich mich mit Art treffen würde. Die Zeit nutzte ich weise, indem ich mich unter die Dusche stellte und mich gründlich wusch, rasierte und eincremte. Ich ließ die Spülung in meinen Haaren einwirken und dachte sogar unter dem Wasserstrahl an die Nachrichten, die Art mir geschrieben hatte.

Etwas in meinem Bauch fiel.

Es war wieder wie fliegen.

Doch als ich mir die Spülung auswusch, erschrak ich. Seit wann verlor ich derart viele Haare? Ich sah, wie sie im Abfluss verschwanden, und beschloss, Google zu befragen. Doch das würde ich auf später verschieben müssen.

Denn ich konnte es kaum erwarten, bei ihm anzuklopfen. Mir war außerdem egal, wie viele Hausaufgaben eigentlich auf meinem Schreibtisch lagen. Dass ich die morgige Chemiestunde vorbereiten musste, in der ich sowieso nie einen Durchblick hatte. Oder dass seit gestern eine Sprachnachricht von Aylin in unserer Gruppe darauf wartete, dass ich sie abhörte. Ich liebte meine Freundinnen immer noch, wir hatten keinen Streit gehabt und es herrschten auch keine Spannungen zwischen uns. Sie likten meine Stories, die ich vom Meeresrauschen hochlud. Ich versah ihre Foto-Dumps mit einem Herz und kommentierte, dass ich sie vermisste.

Dabei war ich selbst nicht mehr auf den Schnappschüssen ihres Alltags zu finden. Genau wie ich brauchten sie immer länger, um auf meine Nachrichten zu reagieren. Irgendetwas war einfach anders. Das konnte niemand leugnen. Und es konnte auch niemand etwas dafür.

Gedanklich stieß ich das alles für einen Moment beiseite, damit ich mich auf Art fokussieren konnte. Wenn Amber hier gewesen wäre, hätte sie mich vielleicht gefragt, wohin ich ging, und vielleicht hätte ich mein Vorhaben dann noch einmal überdacht. Aber ich hatte keinen Schimmer, wo sie steckte.

Bist du im Atelier? 🤍

Ein, zwei Sekunden starrte ich auf das Display, doch sie antwortete nicht sofort. Also steckte ich mein Handy zurück in die Jeanstasche und machte mich auf den Weg zu Arts Zimmer. Auf dem Hof zerbrachen braune Laubblätter unter meinen Füßen, während die grauen Wolken sich über mir verdichteten. Bei kühlerem Wetter sah das Internatsgelände noch imposanter und irgendwie verwunschen aus. Wie aus einem Fantasyroman. Ein Teil von mir konnte immer noch nicht glauben, dass ich wirklich hier war.

Genauso wenig wie er begreifen konnte, dass ich innerhalb weniger Minuten das Wohngebäude der Jungs erreichte. Letzteres war identisch mit unserem. Weißgräuliche Wände, dunkler Boden, edle Holztüren. Trotzdem war die Atmosphäre anders. Es roch nicht nach lieblichen Parfums und Deos mit Vanillegeruch. Die Tür, die ich gerade passierte, war offen. Ich erkannte Mitschüler aus den oberen Klassen, die gemeinsam vor dem Computer hockten, sich ein Video ansahen und dabei grölend lachten. Ich versuchte, möglichst leise an ihnen vorbeizuhuschen. Ein letztes Mal checkte ich Arts Nachricht. Dritter Stock, das letzte Zimmer auf der linken Seite. Plötzlich wurde mir bewusst, dass ich Art noch nie in seinem Zimmer besucht hatte. Dass wir noch nie allein in einem Zimmer mit einem Bett gewesen waren.

Mein gesamter Körper prickelte.

Würden wir etwas tun? Wir würden bestimmt etwas tun. Nicht wahr?

Alles in mir bebte auf die beste Weise, als ich an Arts Zimmer klopfte und er mir fast in derselben Sekunde die Tür öffnete.

»Hel«, flüsterte er und ehe ich wusste, wie mir geschah, griff er nach meinem Handgelenk und zog mich ins Zimmer.

Ich spürte mein Herz unter jedem Zentimeter meiner Haut.

Alles war aufregend. Weil Art sofort begann, mich zu küssen, so als hätte er nur darauf gewartet. So als würde er es nicht aushalten, wenn er mich nicht in genau dieser Sekunde küsste.

Es war wie in meinen Büchern.

Insbesondere dann, als Art mich küssend weiter in den Raum schob, bis er mich mit einem leichten Schubs aufs Bett beförderte und ich wusste, dass ich genau diesen Moment in meiner Geschichte beschreiben würde. Dass Art und ich eine dieser ganz großen Liebesgeschichten werden könnten.

Allein wie er mich nun ansah, während er vor der Bettkante verharrte. Mit seinem brennenden Blick und den verwuschelten Haaren.

»Fuck«, sagte er und grinste auf mich hinab. »Was machst du nur mit mir?«

Meine Mundwinkel hoben sich ebenfalls, während er sich zu mir ins Bett legte und wir begannen, uns dort weiter zu küssen. Mit Zunge und Zähnen, mit allem, was wir hatten. Nach einigen Momenten begann ich, Art zu spüren.

Ich mache das mit ihm.

Mir war viel zu warm, doch als er seine Hand unter mein Shirt schob, fühlte sie sich trotzdem kalt auf meiner Haut an. Als er kurz darauf von mir abmachte, tat er es nur, um nach dem Saum meines Shirts zu greifen.

»Was hältst du davon …« Seine Stimme klang ganz rau. »Wenn wir dir dein Shirt ausziehen?«

Ich lächelte nervös. Eigentlich wollte ich meine Kleidungsstücke anbehalten, denn ich wollte mich nicht bei Licht ausziehen. Wenn Lars und ich zusammen gewesen waren, war es immer abends und dunkel gewesen, darauf hatte ich geachtet.

Weil ich es sonst wahrscheinlich gar nicht getan hätte.

»Ich …«, begann ich, obwohl ich gar keine Ahnung hatte, was ich eigentlich sagen wollte. Als mein Handy im selben Moment vibrierte, deutete ich es als himmlische Fügung.

»Mein Handy«, erklärte ich, doch Art winkte ab.

»Ignorier es«, murmelte er rau, während er wieder damit begann, mich zu küssen.

Mein Handy hörte jedoch nicht auf zu vibrieren, ganz im Gegenteil. Sobald der Anruf verklungen war, ertönte es von Neuem.

»Sorry«, sagte ich und legte dabei meine Handfläche über Arts Brust.

Sein Herz pochte so stark.

Meinetwegen.

»Ich sollte wirklich kurz schauen.« Entschuldigend lächelte ich. »Vielleicht ist es wichtig.«

Art seufzte, doch erwiderte mein Lächeln, während ich mich erhob. Dabei spürte ich seinen Blick wie kleine Elektroschläge auf meinem Körper.

Das war gut.

Das war genau wie in meinen Büchern.

Nicht wahr?

Ich konnte mich nicht mit den Fragen in meinem Kopf aufhalten, weil ich erkannte, wer mich angerufen hatte. Und wer mir anschließend drei Nachrichten geschickt hatte.

Mein Puls beschleunigte ganz automatisch, allerdings nicht auf die gute Art. Immer noch entschuldigend flog mein Blick zu Art.

»Ich glaube, das ist wichtig. Würde …« Alles Blut sackte mir in die Knie. »Würde es dir was ausmachen, wenn wir das hier nachholen?«

Vielleicht nicht bei Tageslicht?

25

Mila 💞
Ruf mich zurück

Es ist wichtig

Schnell

Leni????

Die Nachrichten meiner Schwester blinkten vor meinem inneren Auge auf, während ich förmlich in mein Zimmer sprintete und dabei immer wieder versuchte, sie zurückzurufen. Erfolglos. Ich musste jegliche Selbstbeherrschung in mir zusammenkratzen, um nicht auf der Stelle zusammenzubrechen.

Mama war gestorben.

Papa war gestorben.

Oma Irmi war gestorben.

Meine Schwester war todkrank.

Mein Hirn malte mir Horrorszenarien aus, die dieses verräterische Brennen hinter meinen Augen verursachten.

Vielleicht, versuchte es diese Stimme in meinem Kopf. *Vielleicht ist es gar nicht so schlimm.*

Aber Mila hatte mich angerufen, obwohl sie das sonst nicht tat. Sie hatte mir geschrieben, dass es wichtig sei.

Es *musste* sich um etwas Schlimmes handeln.

Keine fünf Minuten später zog ich meine Zimmertür atemlos hinter mir zu, blieb in der Mitte unseres Zimmers stehen und rief meine Schwester erneut per Video Call zurück.

Geh ran, dachte ich. *Geh ran, geh ran, geh ran.*

Erleichtert stieß ich die Luft aus, denn meine Gebete wurden erhört. Innerhalb von Sekunden erschien das verpixelte Gesicht meiner Schwester auf dem Display. Sie lag offensichtlich in ihrem Bett, mit silbernen Creolen in den Ohrläppchen und einer Tasse Tee in der Hand.

»Wer ist gestorben?«, fragte ich sofort, doch Milas Brauen schossen nur verwirrt in die Höhe.

»Wie wer ist gestorben?«

»Du hast mich dreimal angerufen. Ich …« In meinem eigenen Kamerabild erkannte ich, wie riesig meine Augen waren. »Ich dachte, es ist etwas Schlimmes passiert.«

»Ach, Leeeni.« Meine Schwester lächelte mitfühlend. »Du musst nicht immer vom Schlimmsten ausgehen.«

»Also ist niemand gestorben?«, drängte ich.

»Nein.«

»Okay.«

Ich atmete einige Atemzüge tief ein, ehe ich mich beruhigt hatte und mich auf mein Bett plumpsen ließ. Erst dann kräuselte ich die Stirn. »Wieso hast du mich dann angerufen?«

»Darf eine große Schwester ihre kleine Schwester nicht einfach so anrufen?«

»Du hast gesagt, es ist wichtig.«

Mila seufzte theatralisch, bevor sie sich aufsetzte. »Du musst mir versprechen, nicht auszurasten.«

»Keine Sorge, ich habe kurz gedacht, Oma Irmi ist gestorben. Ich schätze, nichts, was du sagst, kann das toppen.«

»Gut. Also, ich mache es kurz und schmerzlos, ja?«

»Okay?«

»Ich bleibe Weihnachten über hier.«

Ich blinzelte.

»Eigentlich dachte ich, das wäre sogar klar. Ich meine, ich habe unseren Eltern gesagt, dass ich nichts mehr mit ihnen zu tun haben will. Aber vorhin hat mich Mama aus dem Nichts angeschrieben und gefragt, ob ich immer noch vegan bin. Sie wollte das wegen des Weihnachtsessens bei Tante Nora wissen, keine Ahnung. Aber das kann sie vergessen. Ich komme nicht. Ich habe sogar unsere Funkstille unterbrochen, um ihr das selbst zu sagen.«

»Und …« Ich stockte. »Wieso genau rufst du mich jetzt an?«

»Hä, ist doch klar? Weil ich sauer bin und nur du das alles verstehen kannst.«

Eigentlich verstand ich nichts. Ich wusste, dass die Trennung meiner Eltern hässlich war, weil Papa Mama betrogen hatte, was er so natürlich nicht ausgesprochen hatte. Dann wiederum wusste ich, dass Mila irgendwie sauer auf Mama war, obwohl sie doch das Opfer war. Natürlich sagte ich das meiner Schwester nicht, weil sie bereits geladen war. Also hörte ich ihr bloß fünfzehn Minuten lang zu, wie sie sich in Rage redete, bis die Türklinke plötzlich nach unten gedrückt wurde und Amber hereintrat. Amber, eingepackt in einer dicken Jacke, mit einem Schal und einer Mütze.

»Strandspaziergänge im Winter sind schön, haben sie

gesagt. Du wohnst am Meer, haben sie gesagt. Das musst du ausnutzen. Aber ich glaube, diese Personen wissen nicht, wie es sich anfühlt, fast einen Finger zu verlieren, weil es so …«

Als Amber bemerkte, dass ich telefonierte, verstummte sie.

»Sorry«, sagte sie lautlos, während sie ihren Reißverschluss mit einem lauten Ratsch öffnete.

»Hey, Mila«, unterbrach ich meine Schwester. »Meine Mitbewohnerin ist da. Ich muss auflegen.«

»Denk dran«, sagte sie. »Gib Mama Bescheid, dass ich das ernst meine. Ich komm echt nicht.«

Ich nickte meiner Schwester zum Abschied zu, während Amber sich mit ihren roten Wangen gegen die Heizung stellte.

»Du hättest nicht wegen mir auflegen müssen«, flüsterte sie.

Ich deutete eine wegwerfende Handbewegung an. »Wir haben eh nur die ganze Zeit über dasselbe geredet.«

»Und über was?«

Ich umarmte mich selbst. »Familiendrama.«

»Ist am Jahresende seltsamerweise vorprogrammiert, nicht wahr?«

»Irgendwie schon.« Ich musterte sie einen Moment eindringlicher. »Ich habe dir übrigens geschrieben. Ich habe mich gewundert, wo du bist.«

»Sorry, konnte mein Handy nicht aus der Tasche nehmen. War zu kalt.«

»Warst du alleine am Strand spazieren?«

»Ja«, flüsterte sie. »Ich musste irgendwie einfach raus. Ich … Meine …« Sichtbar atmete sie durch. »Meine beste Freundin hat heute Geburtstag. Also, na ja, wir sind nicht mehr befreundet, aber sie hat trotzdem Geburtstag.«

Kurz zögerte ich mit meiner Nachfrage, denn ich wollte immer noch keine Grenze überschreiten. Andererseits hatte Amber nun von sich aus angefangen zu erzählen. Wenn ich sie wäre, hätte ich gewollt, dass jemand nachfragte. Doch gerade dann, als ich ansetzte, etwas zu sagen, stieß sie sich von der Heizung ab.

»Mir ist immer noch so kalt.« Ihr gesamter Körper bibberte. »Ich glaube, ich könnte eine heiße Dusche vertragen.«

Art
Schade, dass du vorhin so schnell wegmusstest 😭

Ich wäre gerne weiter gegangen 😏

Ja, schade 😭

Und du?

Wärst du auch gerne weiter gegangen?

Seine Frage hämmerte in meinem Kopf, während meine Finger über dem Display schwebten. Zitternd begann ich zu tippen.

🙈🙈🙈

Ich fände es gut, wenn wir es langsam angehen lassen könnten 🙈

Art schreibt …

Nichts.

Art schreibt …

Nichts.

Art schreibt …

Klar 😊

Wer hat dich eigentlich vorhin angerufen?

Meine Schwester 🙈

Sie hatte einen Notfall

Ich hoffe, es ist alles okay? 🥺

Na ja, geht so 🙈

Sie kommt über Weihnachten nicht nach Hause

Keine Zeit? 🤔

Keine Lust 🤤

Bei mir zu Hause ist es gerade etwas kompliziert 🙈

Kenne ich 🙈

Bist du die ganzen Feiertage über in Hamburg?

An Weihnachten auf jeden Fall 😊

Und über Silvester? 🤔

Keine Ahnung 🙈

Wieso? 😊

Wir haben einen Auftritt in Berlin

Ich könnte dich auf die Gästeliste setzen.

Also, falls du irgendwie kommen könntest 😊

Amber kommt bestimmt auch

Sie und Vince wohnen ja ganz in der Nähe

Ich könnte ein paar Tage nach Weihnachten bei meiner Schwester verbringen

Sie wohnt in Berlin

Und ganz vielleicht könnte ich ja dann wirklich vorbeischauen? 🙈

Es würde mich so freuen 🥰

Ich werde schon ganz traurig, wenn ich daran denke, dass wir uns so lange nicht sehen

26

Ich begann, den Unterricht zu hassen.

Nicht weil ich ihn lästig oder langweilig fand oder E-Funktionen nicht verstand – was ich definitiv nicht tat. Jede Stunde war deshalb eine Qual, weil ich sie nicht damit verbringen konnte, Art zu schreiben, ihn zu sehen oder die Lieder anzustellen, die er mir empfohlen hatte. Es war, als wäre mein Körper ein Radio, das ohne ihn bloß rauschte. Es fühlte sich an, als würde alles an mir vorbeiziehen, während November zu Dezember wurde, rotes Laub vom Wind weggeweht wurde und bloß die kahlen Äste blieben.

Ich konnte nur an ihn denken.

Ich *wollte* nur an ihn denken.

Meine innere Mila erklärte mir in einem fünfzehnminütigen Monolog, wieso es ungesund und falsch war, mich auf diese Weise auf Art einzulassen, und weshalb ich mich sowieso lieber ganz auf mich konzentrieren sollte.

War sie etwa noch nie verliebt gewesen? *So* verliebt gewesen? Das Gefühl war nicht von dieser Welt. Warum hätte ich das jemals eintauschen wollen? Es ließ mich schweben, obwohl uns die Welt doch immerzu hinunterzog. War das nicht etwas Gutes?

Arts und meine Beziehung vertiefte sich. Wir sahen uns fast täglich außerhalb des Unterrichts, wenn er nicht gerade mit Bandproben oder seinen AGs zu tun hatte. Meine Freizeit füllte ich mit Schulaufgaben und meinen Lieblingsbüchern. Ich ging mit Amber spazieren, bevor wir uns *Bridgerton* auf meinem Laptop anstellten. Chiara und Aylin schickten mir immer weniger Nachrichten, doch wir verabredeten uns für zwischen den Jahren. Unter der Dusche verlor ich weiterhin mehr Haare als sonst, was laut Google so ziemlich alles bedeuten konnte. Als ich mich das nächste Mal im Drogeriemarkt befand und meine Finger nach der üblichen Haarfarbe greifen wollten, ließ ich es im letzten Moment bleiben. Dass die Farbe meine Haare beschädigte, war der offensichtlichste Grund. Ich liebte den Rotton, würde nun aber wohl erst einmal auf ihn verzichten. Selbst wenn so meine eigentliche langweilige Haarfarbe zum Vorschein käme. Dass Art mich mochte, lag sicher nicht nur an meiner Haarfarbe.

Wir wiederholten das, was wir in seinem Zimmer getan hatten, jetzt öfter. Dabei akzeptierte Art meine Bitte, es langsam angehen zu lassen. Wir küssten und berührten uns über der Kleidung, so wie ich es mit Lars getan hatte. Manchmal legte er sich auf mich, wobei ich ihn spürte. Das war neu, aber unendlich gut, dennoch hörten wir immer wieder auf.

Ich liebte das Gefühl, jemanden zu wollen und von genau dieser Person ebenfalls gewollt zu werden.

Alles war in diesem Dezember voller Wintermeer und mit dem riesigen Weihnachtsbaum im Foyer perfekt, weil da Art war. Ich verspürte in den Wochen vor den Weihnachtsferien kein einziges Mal den Drang, weiter an Haileys und Adams Geschichte zu schreiben. Ich musste mich nicht wegträumen. Wenn ich mit Art war, war ich so hier. So sehr, dass ich nie wieder wegwollte. Dabei hätte ich sowieso keine Zeit zum Schreiben gehabt, weil mein Tagesplan so voll war. Der Unterricht, das Lernen, Amber, Art. Ich begann sogar, zusammen mit Amber Frau Krügers Buchclub zu besuchen. Primär aus Angst, sie würde aufhören, mich zu mögen, wenn ich ihrer Bitte nicht nachging. Über Weihnachten mussten wir einen weltbekannten Thriller lesen. Zu meiner Überraschung wählte sie keine dicken Wälzer aus, in denen ich auf jeder Seite die Bedeutung von mindestens einem deutschen Wort hätte googeln müssen.

Jedenfalls kam der zweiundzwanzigste Dezember schneller, als ich blinzeln konnte. Ich packte meine Koffer, versprach Amber, dass wir uns in Berlin sehen würden, und küsste Art am Bahngleis so lange, bis mein Zug einfuhr.

Die letzten Wochen hatte ich wirklich wie in einem Liebesfilm gelebt. In dem schnell aneinandergereihte Szenen mit einem passenden Liebessong unterlegt wurden.

Art

Ich vermisse dich jetzt schon ❤️

27

Weihnachten war genau so, wie ich es mir vorgestellt hatte, nachdem Mila verkündet hatte, sie würde dieses Jahr ganz sicher nicht in das *Haus unserer Mutter* kommen.

Sie sagte nicht mehr *Zuhause*. So als hätte es sich mit Papas Verschwinden aufgelöst, obwohl alle Ziegelsteine das Unwetter von vorletzter Woche überlebt hatten.

Und ich? Tja, ich hatte ihr Vorhaben natürlich nicht kommentiert. Ich war bloß ihre kleine, süße Schwester, die höchstwahrscheinlich seit fünfeinhalb Jahren nicht mehr *süß* war. Mama sagte ebenfalls nichts zu Milas fehlender Anwesenheit, die so laut war, weil es ohne sie und ihre Lautsprecherbox plötzlich so leise war. Mama sagte auch nichts zu der Leere, die seit Papas Auszug hier herrschte. Oder zu den Lücken, die ich in unserem Zuhause (ich konnte es gar nicht anders nennen) hinterlassen hatte. Schon bei meiner Ankunft war es seltsam gewesen, keins der Bücher, die ich gerade las, verstreut auf dem Sofa, dem Sideboard im Wohnzimmer oder sonstigen Ablagen zu finden. Wenigstens begrüßte mich Kosmo so schnurrend, als wäre alles wie immer. Dafür fehlte im Bad meine Sammlung teurer Haarprodukte, die mir bei meinem momentanen Haarverlust auch nicht weiterhalfen. Mein Kleiderschrank war nicht mehr voll, während mein Zimmer nicht wie sonst zu stark nach meinem Parfum und Deo roch.

Es war, als wäre ich nie hier gewesen, als wäre ich gar nicht mehr da. Ich war nach Hause gefahren, wo ich nicht mehr zu Hause war.

Großartig.

Über Weihnachten quartierten wir uns bei Mamas Schwester ein. Es gab viel Soße zu Kroketten und noch mehr Fragen an Mama, die sie so stark meisterte, als hätte sie eine PR-Beraterin darauf vorbereitet.

Wie geht's dir so, Anna?

Was macht das Leben, Anna?

Wo ist denn eigentlich Mila, Anna?

Hast du noch mal was von Michael gehört, Anna?

Mama nahm jedes Mal schnelle Schlückchen ihres Rotweins, bevor sie die Fragen mit einem zu breiten Lächeln beantwortete. Sie log nie, formulierte ihre Antworten jedoch so schwammig, dass niemand der Anwesenden erfuhr, wie es wirklich zu Hause aussah.

Leise, leer und lückenhaft.

Mama versicherte ihrer Mutter, Schwester und der Schwester ihres Schwagers, dass alles in bester Ordnung sei.

»Klar, es ist hart«, sagte sie. »Aber ich versuche, mich auf die positiven Dinge zu konzentrieren.«

Mindestens zweimal in der Stunde führte sie diese Art von Gespräch mit jemand anderem. Mindestens achtmal in der Stunde wurde sie deshalb von ihrem Gesprächspartner mitleidig angelächelt.

Am Siebenundzwanzigsten fuhr Mama mich morgens zum Bahnhof, wartete mit mir am Gleis und umarmte mich fest, während die Schienen quietschten. Als ich in die rote S-Bahn einstieg, winkte sie mir zitternd zu, bis ich sie von meinem Sitzplatz aus nicht mehr beobachten konnte.

Die Bahn benötigte knapp vierzig Minuten vom Norderstedter Hauptbahnhof bis nach Hamburg. Obwohl es viel einfacher gewesen wäre, von hier aus die Bahn in Richtung Altona zu nehmen, bestand Papa darauf, mich abzuholen. Wie Mama stand er am Gleis. Dieser große Mann mit seinem edlen Mantel und dem äußerst hübschen Gesicht, weil Männer wie guter Wein alterten. Wie Mama lächelte auch er.

»Leni«, sagte er, bevor er mich liebevoll in die Arme schloss.

Papa fühlte sich anders an als sonst. Härter, dünner. »Ich bin so froh, dass du hier bist.« Er drückte mich ein Stückchen fester gegen seine Brust, bevor er mich schließlich freiließ und wir seinen schwarzen SUV ansteuerten, vorbei an dem Floristen im Außenbereich und dem gesamten Trubel ringsum.

Weihnachten bei Papa fühlte sich mehr nach meinem altbekannten Weihnachten an, selbst wenn er mich zum ersten Mal in seine neue Wohnung ließ. Sie war riesig und modern, mit offener Küche und einer ebenso offenen Regendusche im großen Badezimmer. Wenn ich es genau nahm, war alles offen. Die Regale im Wohnzimmer, sein begehbarer Kleiderschrank und die Tür zum Schlafzimmer. So als hätte er nun rein gar nichts mehr zu verstecken. Als wäre er nun erleichtert darüber, weil wir die letzten eineinhalb Jahre ständig etwas verschwiegen hatten. Meine innere Mila feuerte mich an, diese Gedanken laut auszusprechen. Aber Mila war anders als ich und die Beste darin, die Stimmung innerhalb von Sekunden zu kippen. Ich konnte das nicht. Ich war sogar so harmoniebedürftig, dass ich mich gestern nicht einmal getraut hatte, meine Tante darauf hinzuweisen, dass sie ein Stück Salatblatt zwischen den Schneidezähnen hatte.

Außerdem war es mit Papa wirklich schön.

Er hatte einen echten Weihnachtsbaum aufgestellt, es roch nach Weihnachten und es fühlte sich danach an. Weil wir dieselben Filme schauten, die wir sonst auch geschaut hatten. *Der Grinch, Kevin allein zu Haus, Drei Haselnüsse für Aschenbrödel.* Auf dem Wohnzimmertisch stand ein riesiger Glasteller mit meinen liebsten weihnachtlichen Süßigkeiten: Zimtsterne, Giotto Zimtstern und Zimtkugeln. Papa schenkte mir Gutscheine, ohne dass es sich unpersönlich anfühlte. Am nächsten Tag besuchten wir seine Eltern, wo es noch mehr Gutscheine gab, dafür aber auch Omas Spekulatius-Tiramisu, was fast noch besser war.

»Wie schade, dass Mila nicht hier ist.« Oma lächelte traurig. »Sie ist die Einzige, die mein Tiramisu noch mehr liebt als du. Sag mal, wie geht es deiner Schwester eigentlich?«

Gute Überleitung, Oma.

Bislang hatte mir Papa noch keine einzige Frage zu Mama oder Mila gestellt. Oma hingegen fuhr eine andere Schiene. Sie richtete sich die weiße Föhnfrisur, bevor sie alles über meine Schwester wissen wollte. Wie es ihr in Berlin gefalle und ob sie einen neuen Freund habe, zum Beispiel. Oder wann sie wohl wieder mit meinem Vater reden würde.

»Ich weiß, dein Papa ist ein großer und starker Mann, aber er vermisst beide seiner Töchter, nicht wahr, Michi?«

»Ach, Schatz.« Opa machte eine wegwerfende Handbewegung. »Misch dich doch nicht immer in die Angelegenheiten anderer ein.«

»Es ist meine Familie.« Oma presste die rot geschminkten Lippen zusammen. »Es ist meine Angelegenheit.«

Papa lächelte gezwungen und konnte dabei nichts mehr verstecken. Vielleicht hatte er das seiner offenen Einrichtung zu verdanken.

Als ich wenig später von der Toilette wiederkam und die Küche passierte, in der Oma und Papa sich gedämpft unterhielten, hörte ich meinen Namen.

»Hat Leni sie schon kennengelernt?«

»Morgen«, versicherte ihr Papa.

Mein Vater log wirklich nicht mehr. Am nächsten Tag war es so weit. Ich schmierte Butter auf mein Laugencroissant vom Bäcker, als er sich an unserem üppig gedeckten Frühstückstisch räusperte.

»Was hältst du davon, wenn wir im *Piccolo Mondo* essen?«

Piccolo Mondo. Mein Lieblingsitaliener.

Heute lächelte mein Vater nicht gezwungen, doch so nervös wie ich, wenn ich mich davor fürchtete, jemanden um etwas zu bitten.

Wie ein Teenager.

»Klar«, sagte ich, obwohl ich eigentlich andere Pläne gehabt hatte. Ich war mit meinen Freundinnen verabredet, wollte mit ihnen und meinen Gutscheinen durch die Europa Passage bummeln und dabei so tun, als könnten wir noch genauso gut miteinander befreundet sein wie vorher. Doch ich wusste, Chiara und Aylin würden sich trotzdem treffen, auch wenn ich keine Zeit hatte. Weil alles gleich geblieben war, nur ich war anders.

»Super«, erwiderte Papa eine Spur zu euphorisch, bevor er an seinem schwarzen Kaffee nippte. »Würde es dir etwas ausmachen, wenn eine Freundin dazustoßen würde?«

Deine Freundin?

Meine innere Mila drängte mich dazu, mit dieser Frage zu

kontern. Doch ich biss mir auf die Zunge. Ich wollte keinen Streit, kein Drama, kein böses Blut und kein böses Ende. Ich dachte an die Nachrichten auf meinem Handy. Die, die von Art waren und immer auf mich warteten. An die süßen Gutenmorgentexte und die leicht zweideutigen Nachrichten, die gegen Abend folgten.

Art
Was hast du an?

Schickst du mir ein Selfie?

Du hast keine Ahnung, wie sehr ich gerade bei dir sein will.

Schon übermorgen würde ich in den ICE Richtung Berlin-Spandau steigen. Dann wäre ich bei meiner Schwester und an Neujahr bei Art. Wieso absichtlich Probleme verursachen?

»Natürlich«, erwiderte ich deshalb. »Kein Problem.«

Und *eigentlich* war es wirklich kein Problem.

Papas Freundin – Alva, wie sie sich mir bei italienischem Kerzenlicht vorstellte – war nicht so, wie meine innere Mila sie sich ausgemalt hatte. Letztere hatte nämlich mit einer Frau gerechnet, die kaum älter war als ich. Dabei war das Gegenteil der Fall. Alva sah aus, als hätte sie eine von Mamas engen Freundinnen sein können. Sie war schön und gepflegt, trug einen nudefarbenen Lippenstift, der perfekt mit dem Beigeton ihrer lackierten Nägel harmonierte. Wahrscheinlich war sie Anfang vierzig und hatte einen gut bezahlten Job, der sie allerdings nicht erfüllte, weshalb sie schweineteure Yogakurse besuchte und sich anschließend geerdet fühlte.

Doch mit dieser ersten Einschätzung lag ich falsch.

Ich fand schnell heraus, dass Alva und ich mehr gemeinsam hatten als angenommen.

»Sie schreibt genauso gerne wie Mila und du, Schatz«, sagte Papa, als ich eine Scheibe gegrillte Zucchini aufspießte. »Alva arbeitet als Journalistin.«

»Wirklich?«, fragte ich aufgeregt.

Alva nickte, bevor sie mir von ihrem Werdegang und ihren Studiengängen erzählte. Strahlend berichtete sie davon, wie sehr sie das Schreiben erfüllte. Meine innere Mila wollte sie hassen, doch ich konnte nicht. Alva war freundlich und sympathisch, schien darum bemüht, dass ich sie mochte. Bei unserer Verabschiedung gab sie mir ein Haarpflegeset von Gisou. Das, das schon seit eineinhalb Jahren auf meiner Wunschliste stand.

»Es hat mich wirklich so, so, so sehr gefreut, dich kennenzulernen, Helena.« Alva lächelte, ohne dass ihr ein Salatblatt zwischen den Zähnen steckte. Oder ihr Lippenstift um ihre Mundpartie verwischte.

»Das … Das finde ich auch.«

Keine Ahnung, ob es der Wahrheit entsprach. Keine Minute später saß ich in Papas Wagen und stellte das Radio an. Stille wäre nun ganz und gar nicht gut gewesen. Ich wollte mir mein Handy schnappen, da beobachtete ich im Rückspiegel, wie Papa ganz selbstverständlich Alvas Hand nahm.

Im Radio wurde über die Bedeutung von Neujahrsvorsätzen diskutiert, während ich mich fragte, ob ich mich an Weihnachten von nun an immer so fühlen würde: als würde etwas in mir auf schmerzhafteste Weise zerreißen, während ich auf all den kaputten Familienfotos für immer lächelte.

28

Du hast ein Foto gesendet

Die WG-Küche meiner Schwester 😂

Art

Du bist angekommen 🥺

Willst du gleich vorbeikommen? 😏

Vermisse dich 🥰

Kann nicht 😭

Ich habe meiner Schwester noch nicht einmal gestanden, dass ich Silvester nicht mit ihr verbringe 😂

Wird sie sehr sauer sein? 🥺

»Es reicht.«

Ich wollte Art gerade antworten, da schnappte meine Schwester mir das Handy aus der Hand. Anschließend stopfte sie es in ihre eigene Jeanstasche, während sich ein selbstgefälliges Grinsen auf ihr Gesicht schlich. Es passte so perfekt zu Mila, wie alles in ihrem Leben perfekt zu ihr passte. Angefangen bei ihrer voluminösen Kurzhaarfrisur, die ihr bis knapp unters Kinn reichte, über ihre Vorliebe für coole Indie-Musikkünstler bis hin zu ihrer WG. Meine Schwester lebte mit zwei Mitbewohnern auf sechzig Quadratmetern zusammen. Es gab keinen Zentimeter in dieser Wohnung, der nicht zugestellt war. Sei es mit irgendeinem antiken Möbelstück aus zweiter Hand oder diesen ästhetisch wirkenden Tassen, die überraschenderweise ein Vermögen kosteten. Alles war zugepflastert mit Pflanzen und Plakaten und Polaroids. Sie zeigten Dutzende Personen in genau dieser Küche. Ein Foto fiel mir besonders auf. Darauf waren ein hochgewachsener Typ mit dunklen Locken und eine kleinere Frau mit Pony zu erkennen. Er hatte die Hand um ihre Taille gelegt, sie lächelte ihn von unten an. Ich dachte an Art, bevor ich die Arme vor dem Oberkörper verschränkte.

»Hey!«, protestierte ich. »Du kannst mir mein Handy nicht einfach wegnehmen.«

»Wir sehen uns zum ersten Mal seit dem Sommer und du hängst nur an diesem Ding, obwohl du vor noch nicht einmal einer Stunde angekommen bist. Natürlich kann ich das.« Meine Schwester hob eine Braue. »Mit wem schreibst du überhaupt die ganze Zeit?«

»Mann, Mila. Ich wusste gar nicht, dass du *diese* Art von großer Schwester bist.«

Beim Klang der fremden Stimme drehte ich mich instinktiv um und entdeckte einen schwarzhaarigen Typen mit Brille, der den voll beklebten Kühlschrank öffnete und den Raum anschließend barfuß mit einem Becher Sojajoghurt wieder verließ.

»Halt die Klappe, Paul!«, rief Mila ihm nach, ehe sie sich wieder ganz mir widmete. Einige Momente lang versuchte sie, mich weiter darüber auszuquetschen, mit wem ich schrieb, doch ich knickte nicht ein.

»Themenwechsel«, sagte ich.

»Nicht akzeptiert.«

Ich ignorierte es. »Wir sollten meine Tasche auspacken. Ich habe Weihnachtsgeschenke von Mama, Papa, Oma Irmi und Oma Delia und Opa. Ich …«

»Stopp.« Meine Schwester hob die Hand. »Du kannst gleich aufhören. Ich will nichts von ihnen wissen.«

»Aber wieso?«

»Helena.« Mila seufzte tief. »Wieso einigen wir uns nicht darauf, in den nächsten Tagen nicht über diese Gruppe von Heuchlern und Heuchlerinnen zu reden? Du weißt schon, um das Jahr nicht mit Hass und negativen Schwingungen zu beenden.«

Ebenfalls nicht akzeptiert.

Meine innere Mila schrie mich an, während die echte vor mir saß. Ein, zwei, drei Sekunden lang zögerte ich. Ich hielt diese ständige Spannung und all die Fragezeichen in meinem Kopf nicht mehr aus. Seltsamerweise schienen alle etwas zu wissen, das ich nicht wusste. Doch es wollte mir niemand verraten. Stattdessen verkauften sie mich entweder für blöd, wie Papa, oder sagten einfach nichts, wie Mama.

»Unter einer Bedingung«, forderte ich deshalb.

»Und die wäre?«

»Du gibst mir mein Handy zurück.«

»Die Leute haben recht.« Seufzend kramte Mila es aus ihrer Tasche. »Die neue Generation ist wirklich süchtig nach den Teilen.«

»Du bist auch die neue Generation«, erwiderte ich, doch meine Schwester überhörte es. Immerhin hatten wir Pläne, wie sie mir verkündete, kurz nachdem ich den letzten Schluck meines von ihr selbst aufgebrühten Chai getrunken hatte. Trotz des ungemütlichen Wetters wollte sie raus. Also beobachtete ich, wie Mila sich die Lippen mit einem blutroten Lippenstift nachzog, bevor sie in Plateauschuhe und die falsche Pelzjacke schlüpfte. Meine Schwester war wunderschön auf diese unkonventionelle Berlin-Weise. Sie war frei und laut und sagte immer, was sie dachte. Sie hätte der Hauptcharakter in Filmen wie *Almost Famous – fast berühmt* sein können, allerdings niemals in Liebesgeschichten. Die wären ihr nämlich zu langweilig gewesen.

»Ich schwöre, du hast noch nie so gute Ramen gegessen wie im *Morimori*!« Euphorisch klatschte sie in die Hände, ehe uns die drei Grad draußen kalt erwischten. Wir stiegen in die U-Bahn Richtung Warschauer Straße und während der Fahrt wollte Mila alles über mein Internatsleben wissen. Ich erzählte ihr von dem Meer und dem Buchclub, von Amber und all den Veranstaltungen, die ich wöchentlich besuchen konnte, jedoch nie von Art. Selbst als wir ihr heiß geliebtes Restaurant erreichten, sprachen wir weiterhin über mich. Robbie – der Kellner, den sie kannte – führte uns zu ihrem Lieblingsplatz in der Ecke, bevor er uns die Karten reichte und dann verschwand.

»So wie sich das anhört, verstehst du dich mit deiner neuen Zimmerpartnerin ja fast besser als mit deiner alten.«

Ich erklärte meiner Schwester nicht, dass wir keine Zimmerpartnerinnen gewesen waren, weil wir uns noch nie einen Raum geteilt hatten. Stattdessen ergriff ich meine Chance, als sie völlig ahnungslos die Karte öffnete.

»Amber ist super«, erwiderte ich heiser. »Apropos Amber. Sie wohnt ganz in der Nähe. Also, ihre Eltern.«

»In Berlin?«

»Potsdam.«

»Cool.«

»Ja, ähm.« Ich räusperte mich. »Sie ist auch über die Feiertage zu Hause. Sie hat mich sogar auf diese Silvesterparty eingeladen.«

»Welche Party?«

»Bei ihr zu Hause«, log ich. »Ein paar ihrer alten Schulfreundinnen kommen auch. Wird eine entspannte Runde.«

Mila brauchte keine weiteren Fragen zu stellen, um mich zu durchschauen. »Du willst also Silvester gar nicht mit mir verbringen?«

»Ich wäre natürlich nicht den ganzen Abend weg«, versicherte ich sofort. »Nur ein paar Stunden.«

Ringsum stießen Freundesgruppen miteinander an, Mila hingegen schwieg. Für einige Sekunden sah sie mich einfach nur an. Schließlich schüttelte sie den Kopf.

»Leni, meine liebste kleine Schwester.« Theatralisch fasste sie sich an die Brust. »Ich kann nicht glauben, dass du mich versetzt.«

»Heißt das, ich darf gehen?«

»Ich bin deine ältere Schwester.« Sie verzog das Gesicht. »Und nicht eine der zwei heuchlerischen Personen, über die wir nicht reden. Du kannst alles machen, was du willst.«

Alles machen, was ich will.

Der Satz echote in meinem Kopf nach, während ich dachte, dass alles, was ich machen wollte, irgendwie mit Art zu tun hatte.

REASONS WHY
Kapitel 29

Von @girlwritinglovestories

Der dröhnende Applaus erschlug mich förmlich.

Er erklang von allen Seiten, während Adam sich ein weiteres Mal bedankte. Wann immer ich ihm im Internatsgebäude begegnete, sah er umwerfend aus. Doch wenn er auf einer Bühne stand, war es nicht von dieser Welt. Alles an ihm strahlte, selbst wenn die Scheinwerfer ihn nicht beleuchteten. Er brauchte nur eine Saite auf seiner Gitarre anzustoßen – und die gesamte Welt verklang. Fremde Mädchen vergötterten ihn, schrieben seinen Namen auf Plakate und in ihr Gesicht. Und ich war eine von ihnen.

Ehrlicherweise wusste ich nicht, ob das gut oder schlecht war. Doch in diesem Moment dachte ich nicht darüber nach. Adam hatte mich backstage zu seiner Show eingeladen, weshalb ich hinter den Kulissen stand und ihn von der Seite ansah, während er wiederum in ein Meer von abertausenden Gesichtern sah.

Ja, dachte ich. *Ich bin wirklich nur eine von vielen.*

Sobald ich diesen Gedanken jedoch zu Ende gedacht hatte, ertönte seine Stimme in meinem Kopf.

Verdammt, Hailey. Vielleicht bin ich die Welt für sie. Aber verstehst du das nicht? Für mich bist du meine verfickte Welt.

Das hatte er gesagt und mit allem, was er war, gemeint. Ich hatte es an seinem Blick bemerkt, an der Bestimmtheit seines Griffs, mit dem er mich plötzlich gepackt und gegen die Wand gedrückt hatte.

Vielleicht, dachte ich jetzt. *Vielleicht kann das hier wirklich funktionieren.*

Selbst wenn Adam Adam war, ein Rockstar und wunderschön und berühmt und normalerweise nicht an jemand völlig Durchschnittlichem wie mir interessiert. Vielleicht könnte es wirklich funktionieren. Vielleicht könnte ich aufhören, immerzu dieselben traurigen Geschichten zu schreiben, und stattdessen eine echte Geschichte leben.

»Vielen Dank«, sagte Adam ins Mikro und durchschnitt damit meine Gedankenschleife. »Ich würde gerne einen Song spielen, den ich noch nie live gespielt habe«, erklärte er, woraufhin ich ringsum verwirrte Blicke seines Teams wahrnahm.

»Ich habe ihn erst vor einigen Tagen geschrieben. Der Song heißt *The One*. Er ist …« Adam brach ab, sah auf den Boden und dann wie in der längsten Zeitlupe der Welt direkt in meine Richtung. Als sein linker Mundwinkel zusätzlich nach oben rutschte, war ich mir sicher, mein Herz würde vor lauter Gefühlen explodieren.

»Er ist für dich.« Seine Stimme hatte noch nie so rau geklungen. »Du weißt, wer du bist.«

Mein Herz hörte auf zu schlagen. Es war zu viel. Zu viele Gefühle, zu viel Adam. Es zersprang in tausend und einen liebesrote Splitter, die so weich waren, dass sich nie jemand an ihnen schneiden würde.

Keine Ahnung, wie ich diesen Song überlebte. Wovon er in den darauffolgenden Liedern sang. Was er dem Publikum nach seiner Zugabe sagte. Dafür wusste ich, wie er nach seinem Auftritt auf mich zukam, während tausende Menschen ihn ansprachen und etwas von ihm wollten, doch er sie alle bloß abwimmelte. Verschwitzt und entschlossen nahm er mein Gesicht in beide Hände. Und küsste mich. Küsste mich so, als wäre alles andere egal, für immer. Als zählte nur das: er und ich.

Diese Nacht veränderte alles.

29

»Jetzt hör endlich auf zu schreiben.«

Diesmal nahm meine Schwester mir nicht mein Handy aus der Hand, sondern den Laptop. Allerdings protestierte ich heute nicht. Wenn ich es genau nahm, war Milas Timing perfekt. Ich hatte mein Kapitel gerade beendet, wusste, dass – wie immer – eine Nachricht von Art auf meinem Handy wartete und ich ihn innerhalb der nächsten Stunden endlich wiedersehen würde.

Alles war perfekt.

Sogar meine Schwester schien in Feierlaune, denn während die WG auf Hochdruck daran arbeitete, alles sauber für ihre bevorstehende Party zu bekommen, setzten Mila und ich uns mit ihrem Lockenstab vor den bodentiefen Spiegel. Letzterer war an den Seiten mit einer Lichterkette und etlichen Polaroids versehen, die sie gemeinsam mit ihren Freunden zeigten. Im Spiegel konnte ich beobachten, wie das Licht der Deckenleuchte auf die Blätter ihrer riesigen Monstera fiel, während sie mir meine langen Strähnen zu Locken drehte.

»Gut, dass du das mit dem Färben endlich gelassen hast«, begann sie. »Wenn du deine Haare mit der ganzen Tinktur nicht so beschädigt hättest, müsstest du auch nicht so viel Geld für deine Lieblingsshampoos ausgeben.« Sie schnaubte. »Was hat dein Arschloch-Ex noch mal gesagt? Hast du nicht sogar deshalb angefangen, dir deine Haare zu färben?«

»Dass ich nichts Besonderes bin«, antwortete ich sofort und ohne nachzudenken, weil sich die Worte so in mich eingebrannt hatten.

»Er hat dich nie verdient.« Wütend schüttelte Mila den Kopf und ich spürte, dass sie noch etwas hinzuzufügen wollte. Im letzten Moment ließ sie es jedoch, bevor sie mir dabei half, mich in eine Version von mir zu verwandeln, die ich an diesem Abend sein wollte. Voluminöse Haare, dunkel geschminkte Augen. Sie lieh mir einen ihrer Glitzerröcke und eine gefütterte Lederjacke. Bevor wir uns mit einer Umarmung vor ihrer Tür verabschiedeten, erhaschte ich einen Blick in ihrem Spiegel auf mich selbst.

Ich sah nicht aus wie ich.

Ich sah wunderschön aus. Und heiß.

Alles in mir kribbelte bei der Vorstellung, Art so zu begegnen.

»Schreib mir, wenn du da bist«, rief Mila mir hinterher, als ich schon längst die Treppen nach unten nahm. »Und schreib mir, wenn du dich wieder auf den Weg zu mir machst. Wehe, du bist vor ein Uhr morgens nicht wieder da!«

Ein Uhr morgens.

Das war unsere vereinbarte Zeit, weil ich natürlich nicht wirklich alles machen konnte, was ich wollte.

Bin auf dem Weg

Art
Kann es kaum erwarten 💗💗💗💗💗💗💗💗💗💗💗💗💗💗💗💗💗💗💗💗💗💗💗💗💗💗💗💗💗💗💗💗💗💗💗💗

Bist du schon betrunken? 😂

Wieso?

Die vielen Smileys 😂

Darf ich meiner Geliebten etwa nicht so viele Smileys mit Herzchen schicken, wie ich will? 😉

Deiner Geliebten?

😘😘😘😘😘😘

Bin laut Maps in siebzehn Minuten da, mein Geliebter 😂

Alles in mir glühte, als ich mein Handy wieder in meine Tasche stopfte. Aus den Lautsprechern tönte die nächste Haltestelle, während ich in der Fensterscheibe meine geröteten Wangen bemerkte.

Alles in mir fühlte sich rot an.

Alles war voller Liebe.

Die ganze Welt.

Liebe existierte nicht nur in meinen Büchern, sondern war

omnipräsent. Keine Ahnung, wie mir das vorher nicht auffallen konnte. Aufgekratzt ließ ich den Blick durch mein Bahnabteil schweifen. Ich musterte diese zwei Jungs, die sich einen Tick zu lange anlächelten. Diese Frau Anfang fünfzig, die verknallt ihr Display anlächelte. Genau wie ich es wahrscheinlich getan hatte. Kurz bevor ich ausstieg, fiel mir dann dieses Pärchen rechts auf. Ein blonder Typ, ein brünettes Mädchen. Selbst im Sitzen war er viel größer als sie, mit zerzaustem Haar und dem wahrscheinlich schönsten Eine-Billion-Dollar-Lächeln, das ich jemals gesehen hatte. Und wahrscheinlich war er generell der schönste Mann, der auf diesem Planeten existierte. Er sah ungelogen aus wie ein Model, nicht wie ein Art, der ein echter Indie-Rockstar war. Ich konnte nicht verstehen, worüber das Pärchen sich unterhielt, doch plötzlich begann der blonde Typ, kehlig zu lachen, und verknotete die Finger des Mädchens mit seinen.

»Welche Haltestelle hat Lucy dir geschrieben?«

Ich konnte nicht lange genug bleiben, um ihrer Unterhaltung zu folgen. Allerdings dachte ich noch an sie, als ich ausstieg, und fragte mich, ob Art und ich auf fremde Personen auch so wirkten wie sie. So glücklich, so verliebt.

Ich gab *Astra Kulturhaus* in meine Navigationsapp ein und erreichte mein Ziel keine vier Minuten später. Trotz der niedrigen Temperaturen hatten sich etliche Menschen vor dem Club gesammelt. Entweder zogen sie an ihren Zigaretten, nippten an dunklen Bierflaschen oder taten beides abwechselnd. Wummernde Bässe drangen an mein Ohr, wann immer jemand die Eingangstür öffnete. Eigentlich hätte ich direkt eintreten können, doch ich spürte zu viele Blicke auf mir und traute mich nicht. Stattdessen stellte ich mich mit dem Rücken zu den anderen und tippte auf meinem Handy.

Wo bist du?

Nein.

Meine Nachricht hatte nur einen Haken. Ich spürte, wie Panik in mir aufstieg, da berührte mich plötzlich jemand an der Schulter.

»Hier bist du ja!«

Beim Klang von Ambers Stimme atmete ich erleichtert aus. Wir umarmten uns kurz, doch fest, bevor wir einander versicherten, wie umwerfend die jeweils andere aussah. Dabei sah Amber tatsächlich umwerfend aus. Sie hatte sich für ein schwarzes langärmliges Kleid entschieden, das mit glitzernden Sternenkonstellationen bestickt war. Dazu trug sie einen weißen Parka und eine helle Mütze, wobei sie ihre Haare auf dieselbe voluminöse Weise gewellt hatte, wie es Mila mit meinen getan hatte.

»Ich hatte schon Angst, dass wir uns nicht finden«, sagte ich lachend.

»Wieso?«

Ich hielt mein Handy in die Höhe. »Nur ein Haken.«

»Der Empfang hier ist beschissen.«

»Gut zu wissen«, murmelte ich. »Ich habe mich schon gefragt, wieso Art mir nicht mehr geschrieben hat.«

»*Bulletproof Disaster* hat bestimmt irgendwelche Rituale, die es ihnen verbieten, so kurz vor einem Auftritt an ihren Handys zu hängen. Komm.« Amber hakte sich bei mir unter, ehe sie auf die Eingangstür deutete. »Lass uns Spaß haben!«

Wir ließen uns nicht die Laune davon verderben, dass der Türsteher uns bei der Ausweiskontrolle daran erinnerte, dass um null Uhr *Schicht im Schacht* für uns sei. Wir traten ein und quetschten uns an der Menge in Richtung Bar vorbei. Die meisten schienen älter als wir zu sein, trugen verwaschene Shirts von Bands, die ich nicht kannte, und tanzten auf der freien Fläche so unbekümmert, als würde tatsächlich niemand zusehen. Dabei taten Amber und ich es den meisten nicht gleich, indem wir statt Bier viel zu süßen Sekt bestellten. Ich trank drei Schlucke und fühlte mich fast betrunken. Amber schien es ähnlich zu gehen. Wir unterhielten uns schreiend über die laute Musik hinweg und erzählten uns von unseren verschiedenen Weihnachtsfesten.

»Hast du jemanden von deinen alten Freundinnen getroffen?«, rief ich über die wummernden Bässe hinweg.

Sofort schüttelte Amber mechanisch den Kopf. »Du?«

»Ich wollte, aber dann hat mein Vater mir seine neue Freundin vorgestellt, die natürlich *nur eine Freundin* ist.«

»Klingt ziemlich kompliziert.«

Eigentlich war alles scheißkompliziert. Allerdings wollte ich darüber nicht nachdenken. Ich war jetzt hier. In Berlin. Wahrscheinlich keine zweihundert Meter von Art entfernt. Ich wollte den Abend genießen. Frei sein. Glücklich sein. Mich verliebt und lebendig fühlen.

Genau deshalb zog ich Amber kurzerhand auf die Tanzfläche, wo wir zu Songs umherwirbelten, von denen ich viele zum ersten Mal hörte.

»Hey, du!«

Als mich plötzlich jemand aus dem Nichts ansprach, drehte ich mich verwirrt um. Ich starrte einem Typen entgegen, der einen halben Kopf größer war als ich. Breit und mit glasigen Augen lächelte er mich an.

»Kann ich dir einen Drink ausgeben?«

Mein Mund öffnete sich, Amber kam mir jedoch zuvor.

»Keine Chance!«, rief sie und klang dabei genauso angetrunken, wie ich mich fühlte. »Sie hat einen Freund.«

Der Typ verzog sich auf der Stelle, woraufhin Amber mir zuzwinkerte. »Gern geschehen.«

Sie hat einen Freund.

Ich wollte nicht grübeln, nichts zerdenken. Doch war Art mein Freund? Er nannte mich seine Geliebte, was er bestimmt halb ernst und halb lustig auf diese ironische Weise gemeint hatte, wie man manchmal alte Worte benutzte, aber … keine Ahnung.

Ich war ich.

Ich wollte, dass Art mein Freund war.

Ich wollte etwas zum Festhalten, zum wirklich Festhalten. Und Art hielt ständig meine Hand.

Gerade dann, dann, als ich Amber fragen wollte, ob sie wirklich dachte, Art wäre mein Freund, oder ob Vince vielleicht etwas darüber gesagt hatte, wurde das Licht noch gedimmt. Die Bühne wurde in lila Farbe getaucht, wobei leise Gitarrenklänge aus den Lautsprechern ertönten.

»Woooooooooh!«

Einige im Publikum begannen zu kreischen und zu pfeifen, während ich ganz still blieb. Denn allein beim Klang des Intros überzog Gänsehaut jeden meiner Zentimeter. Noch bevor Felix die Bühne überhaupt betrat, wusste ich, dass es *Bulletproof Disasters* bester Auftritt werden würde.

Ich spürte es einfach.

Und als Art einige Augenblicke später schließlich die Bühne betrat, die Gitarre auf dem Rücken, das Mikrofon so fest umklammert, als würde er sterben – wirklich, wirklich sterben, wenn er jetzt nicht sang –, da wusste ich, dass es stimmte.

Es war, als wäre alles an Art intensiver. Seine Stimme klang heute noch kratziger. Noch roher. Noch verletzlicher. Wie er sich zu der Musik bewegte und sein Körper überhandnahm, wenn er die instrumentalen Stellen auf seiner Gitarre spielte, erinnerte an einen waschechten Rockstar. Garantiert würde Art groß rauskommen. Es gab gar keine andere Möglichkeit. Ich konnte nicht genug davon bekommen, ihn anzusehen und zu erkennen, wie er lächelte, weil das gesamte Publikum ihn anlächelte.

»Guten Abend, Beeerlin«, schrie er ins Mikro und selbst seine Sprechstimme klang tiefer als sonst. »Habt ihr Bock auf einen geilen Abend?«

Das Publikum schrie, Art lächelte noch breiter.

»Sehr gut«, sagte er. »Wir auch. Der erste Song heißt: *Bist du da?*«

Bei *Morgen* schwangen alle die Hüften. *Bei dir oder bei mir* brachte die Menge zum Randalieren. Zu *Fragezeichen* wurden die meisten Handys in die Höhe gehalten, um aufzunehmen, wie Art singend seine Seele entblößte. Zum ersten Mal coverten sie keinen einzigen Song, sondern sangen ausschließlich ihre eigenen. Ich erkannte, wie Freundinnen sich gegenseitig umarmten und mit glitzernden Augen mitsangen, und fragte mich, wie es sich wohl anfühlen musste, Texte zu schreiben, die fremde Menschen derart tief berührten.

Und während ich dastand und Art zusah, wie er das machte, was er liebte, wie er mit seiner melancholischen Stimme von Liebe in all ihren Facetten sang, dachte ich daran, dass ich schon längst in Art verliebt war. Wie schnell und gar nicht langsam es passiert war. Ich hatte mich in Art verliebt, wie Feuerwerke am Himmel explodierten: glühend und rasend.

30

Bulletproof Disaster spielte drei Zugaben und beendete das Konzert um Punkt dreiundzwanzig Uhr zweiundvierzig.

Während sich die Jungs auf der Bühne verbeugten, klatschte und schrie die Menge so wild, dass es in meinen Ohren piepte. Das war genau der Moment, in dem Art den Blick durch die Menge schweifen ließ. Und ja, vielleicht bildete ich es mir nur ein, denn immerhin war es viel zu dunkel und der Raum viel zu überfüllt. Trotzdem hatte ich das Gefühl, er würde für die winzigste Millisekunde dieser Welt nur mich ansehen. Mein Herz klopfte so laut, dass es seinen wohlverdienten Applaus um Längen übertönte.

Ein Teil in mir fragte sich, ob er es als Kompliment genommen hätte. Und vielleicht hätte ich ihn das sogar gefragt, hätte er nicht so lange gebraucht, um mich zu finden.

»Scheißnetz«, murmelte ich daher keine zehn Minuten später, als Amber und ich uns mit den anderen Gästen nach draußen gestellt hatten.

Von überall erklangen Gespräche und Beats. Menschen umarmten sich, Autos hupten. Dreiundzwanzig Uhr vierundfünfzig.

»Hast du eigentlich Vorsätze fürs neue Jahr?«, wollte Amber inmitten des Trubels wissen.

»Was?«, schrie ich.

»VORSÄTZE«, brüllte sie mir so laut ins Ohr, dass meine Trommelfelle vibrierten. »HAST DU WELCHE FÜRS NEUE JAHR?«

»NEIN«, rief ich zurück, weil ich gar nicht nachdenken musste. »ICH FINDE ALLES GUT, SO WIE ES GERADE IST. UND DU?«

Amber öffnete den Mund, wurde allerdings vom Knall der verfrüht hochschießenden Raketen unterbrochen.

»JEDES JAHR SIND DIE LEUTE ZU DÄMLICH, UM BIS MITTERNACHT ZU WARTEN!«

Jemand schrie von irgendwo, während ich mein Display entsperrte, um einen Blick auf die Uhrzeit zu erhaschen. Dreiundzwanzig Uhr achtundfünzig.

Ich ließ den Blick durch die Menge schweifen, in der Hoffnung, Art irgendwo zu entdecken. Fehlanzeige.

»ZWANZIG«, kreischte plötzlich jemand anderes, bevor die Mehrheit mit einfiel, die Sekunden bis zum neuen Jahr runterzuzählen.

»WAS ICH DIR NOCH SAGEN WOLLTE«, begann Amber plötzlich.

»FÜNFZEHN.«

»JA?«, schrie ich meiner Freundin zu.

»ICH BIN ECHT FROH, DASS WIR UNS KENNENGELERNT HABEN.«

»DREIZEHN.«

Ich fasste Ambers Hand. »ICH AUCH!«

»ZEHN.«

»NEIN, DU VERSTEHST DAS NICHT. ICH MEINE DAS WIRKLICH ERNST.«

»SIEBEN.«

»ICH WEISS NICHT, WAS ICH GEMACHT HÄTTE,

WENN JEMAND ANDERES MEINE ZIMMERPARTNERIN GEWORDEN WÄRE!«

»VIER.«

»MIR GEHT ES GENAUSO«, versicherte Amber.

»DREI.«

Sie drückte meine Hand.

»ZWEI.«

Wir lächelten uns an.

»EINS.«

»Hel!«

Er brauchte nicht zu schreien. Ich erkannte seine Stimme augenblicklich, selbst unter Tausenden. Wahrscheinlich ganz genauso, wie er mich gerade mit seinem Blick gefunden hatte, unter Hunderten. Sofort ließ ich Ambers Hand los und drehte mich um, während es plötzlich von allen Seiten knallte und rauchte.

»Hey«, sagte Art. Er sah aus, wie er auf der Bühne ausgesehen hatte. Schlichte Jeans, schwarzes Shirt. Er hatte bloß seinem Outfit eine Jacke hinzugefügt. Sogar sein Lächeln war gleich, breit und schief. Trotzdem war es jetzt anders als zuvor, weil es diesmal nur mir galt.

Am Rande nahm ich wahr, wie die Mitarbeiter kostenlose Sektflöten verteilten und die anderen Bandmitglieder sich zu uns gesellten. Vince nahm Amber in den Arm, während Art mir plötzlich näher kam. So nah, dass seine Fußspitzen beinahe meine berührten. Als er mir eine Haarsträhne hinter das Ohr schob, wusste ich nicht, wie ich jemals aufhören könnte, ihn anzusehen.

Wie schön er war.

Wie schön er war, wenn er nur mich ansah.

»Frohes neues Jahr, Hel«, flüsterte er.

Dann zog er mich ruckartig gegen seine Brust und küsste mich.

Meine Füße standen fest und sicher auf dem Boden, dennoch fühlte es sich wieder so an, als würde ich fliegen. In Lichtgeschwindigkeit, für tausend Lichtjahre. Als wäre ich einer der Feuerwerkskörper, die am Himmel in den spektakulärsten Farben explodierten. Obwohl wir uns inmitten einer Menge befanden, vergrub Art seine Hand fest in meinem Haar. Ich spürte seinen Körper an meinem, die Leidenschaft und Dringlichkeit, mit der er mich küsste.

Gerade hatte er sich die Seele aus dem Leib gesungen, so als hätte sein Leben davon abgehangen. Jetzt küsste Art mich auf dieselbe romantische Weise, wie er seine Lieder sang.

»Wow«, flüsterte ich, als er von mir abmachte.

Daraufhin grinste Art nur schief und wissend, bevor er seine Finger mit meinen verknotete und mit seinem Mund plötzlich meine Ohrmuschel streifte.

»Übrigens«, murmelte er rau. »Ich habe dich wirklich vermisst.«

Seine Hand ließ meine für die nächste halbe Stunde nicht los. Wir führten einige Gespräche in der Gruppe, nachdem wir uns alle mit Sektflöten eingedeckt hatten. Felix war der Erste, der wieder reinwollte, doch Amber und ich konnten das Innere nicht mehr betreten. Art schien das nicht zu stören. Er zog mich an meiner Taille nur ein Stückchen näher zu sich heran, bevor er mir wieder ins Ohr flüsterte.

»Lass uns von hier verschwinden.«

Schluckend sah ich zu ihm auf, zu diesem wunderschönen Typen, der Liebeslieder nur noch über mich singen wollte, wie er mir am ersten Weihnachtstag getextet hatte. »Und wohin?«, fragte ich herausfordernd.

»Die Location hat uns Hotelzimmer in der Parallelstraße gestellt. Keine sieben Minuten von hier. Eigentlich teile ich mir das Zimmer mit Vince, aber der fährt später nach Hause. Also habe ich es ganz für mich allein.« Sein Kehlkopf hüpfte. »Was sagst du?«

Ein Zimmer. Nur wir zwei.

Obwohl alles in mir kribbelte, flog mein Blick besorgt zu Amber, die gerade die Augen über Vince verdrehte. »Eigentlich bin ich mit Amber hier«, begann ich, während Arts Blick meinem folgte. »Ich kann sie nicht alleinlassen.«

»Das ist doch kein Problem.« Art winkte ab, bevor er sich so schnell an Amber wandte, dass ich keinerlei Chance hatte, ihn aufzuhalten. »Hey, Am. Dir würde es doch nichts ausmachen, wenn Hel und ich für eine Weile verschwinden, nicht wahr?«

Die Stirn meiner Freundin kräuselte sich, alle Blicke lagen auf ihr. »K…klar? Also, wenn Leni das so möchte?«

Art warf mir einen Seitenblick zu. »Was sagst du?«

Ich schluckte. »Eigentlich habe ich meiner Schwester versprochen, dass ich um eins zurück in ihrer WG bin.«

»Schreib ihr, du schläfst bei Amber.«

»Und … wo schlafe ich dann wirklich?«

»Bei Amber.« In seinen Augen glitzerte es aufgeregt. »Oder bei mir im Zimmer.«

»Meinst du?«, fragte ich unsicher.

»Klar.«

Art lächelte mir so schief zu, dass ich nicht anders konnte, als zuzustimmen. Nachdem ich Amber gefragt hatte, ob es wirklich okay sei, wenn ich ginge.

»Natürlich«, hatte sie geantwortet, aber ihr Lächeln war genauso schief gewesen wie Arts.

31

Auf dem Weg zum Hotel schrieb ich meiner Schwester, während Art weiterhin meine Hand hielt.

So als könnte er mich niemals loslassen.

»Wieso hast du es denn plötzlich so eilig?« Ich kicherte.

»Weil …« Da blieb er stehen, kam näher, umfasste meine Hüfte, presste sie ganz leicht gegen seine. »Weil ich dich wirklich vermisst habe.«

Art war nach einem Auftritt immer aufgekratzt, diesmal war er wie berauscht. Wir konnten wirklich nicht schnell genug ins Hotel kommen, obwohl es nur wenige Minuten Fußweg waren. Art führte uns sogar ins Treppenhaus, weil er meinte, wir müssten sonst zu lange auf den Aufzug warten.

»Ich will keine Zeit verschwenden, wenn ich mit dir zusammen bin«, sagte er, wobei seine Stimme im gesamten Treppenhaus widerhallte.

Nachdem er dann *endlich* die Zimmertür aufgeschlossen hatte, schmiss er seine Jacke keine Sekunde später auf den Boden. Mein Atem stockte, als er mich direkt daraufhin gegen die Tür drückte und küsste. Zu meiner Überraschung schmeckte er nicht nach Bier oder Schnaps.

Er war nicht betrunken.

Er war wirklich nur berauscht von seinem Auftritt.

Und von mir.

»Habe ich dir eigentlich schon gesagt, wie verdammt heiß du in diesem Rock aussiehst?«

»Nein«, sagte ich und wusste nicht, wie mir geschah, als er begann, sich meinen Hals entlangzuküssen, bis er plötzlich meine Beine anhob, sodass sie sich um seinen Torso schlingen konnten.

Ich spürte ihn sofort.

All meine Liebesgeschichten waren nichts im Gegensatz hierzu. Weil es haargenau so wild und heiß war wie in meinen Büchern, aber gleichzeitig auch echt.

Es fühlte sich wirklich gut an.

Genauso gut, wie es sich in den letzten Wochen in seinem Internatsbett angefühlt hatte.

Leicht knabberte er an meinem Ohr, wobei er etliche Male wiederholte, wie heiß ich in diesem *verfluchten Rock* aussah, was ich mit ihm machte und dass ich keine Ahnung hätte, wie sehr er mich wollte.

»Ich will dich in diesem Bett«, raunte er mir ins Ohr, bevor er mich zur Matratze trug.

Art sagte sogar dieselben Dinge, die in meinen Büchern standen. Das war einfach perfekt. Selbst wenn mich die leise Vorahnung beschlich, was diese Worte bedeuten würden. Selbst wenn ich ihm gesagt hatte, dass ich es langsam angehen lassen wollte.

Ich schluckte nervös, als er an seine Jeans fasste und begann, an seinem Gürtel herumzunesteln.

»Dieses Scheißding«, sagte er, kurz bevor er die Schnalle öffnete und den Gürtel in die Ecke pfefferte. Innerhalb kürzester Zeit folgten seine Socken und die Hose.

»Was machst du da?«, fragte ich, darum bemüht, möglichst locker zu klingen.

»Ich ziehe mich aus«, erklärte er verschwörerisch. »Für dich.«

Ich setzte an, etwas zu erwidern, verstummte gleich darauf allerdings wieder, weil er sich das Shirt vom Körper stülpte. Innerhalb von Sekunden kletterte er, nur noch mit seinen Boxershorts bekleidet, zu mir aufs Bett. Zielsicher positionierte er sich zwischen meinen Beinen.

»Und? Gefällt dir das, Hel?«

Mir wurde ganz warm, weil ich nicht wusste, was ich antworten sollte. Es war nicht so, dass es mir nicht nicht gefiel, andererseits … Hastig setzte ich mich auf, wobei ich nervös lächelte. »Sollten wir nicht erst mal reden?«

»Reden?«, fragte Art verwirrt.

»Ja … weil … Wir haben uns doch so lange nicht gesehen.«

Art lächelte mich an, während er sich über mich beugte und sich mit den Händen neben meinem Kopf abstützte.

»Wir können später reden.« Ich spürte seinen Atem auf meiner Haut. »Du hast keine Ahnung, wie oft ich mir das hier schon vorgestellt habe.«

»W…was meinst du?«

»Du und ich in einem Bett. Ganz allein. Damit wir alles tun können, was wir uns geschrieben haben.«

»Ähm.« Meine Wangen brannten. »Ja.«

Art küsste mich, mein Mund öffnete sich automatisch und seine Zunge drang in mich ein. Alles in mir versteifte sich. Seine Lippen auf meinen fühlten sich ungewohnt und kalt an. Ein bisschen tat es sogar weh.

Dabei wollte ich Art. Wirklich. Aber nicht so. Noch nicht. Selbst wenn ich diese Szenen in meinen Büchern inhalierte. Bis vor einigen Sekunden hatte es sich doch noch gut angefühlt. Was war falsch?

Warum bin ich so falsch?

Der Gedanke schoss von meinem Kopf in meinen gesamten Körper. In meine krummen, krummen Finger, die plötzlich steif neben mir lagen, weil ich sie nicht mehr bewegen konnte. In meinen Bauch, in dem sich ein Gefühl ausbreitete, das sich zum ersten Mal wie fallen anfühlte, nicht wie fliegen. In meine Beine, die sich eben noch so gut um Arts Körper angefühlt hatten.

Es musste an mir liegen. Immerhin war Art Art. Heiß und wunderschön, mit seiner kratzigen Stimme, die mir sexy Dinge ins Ohr flüsterte. Nur ich war nichts Besonderes.

»Ich will dich.«

»Du fühlst dich so gut an.«

»Lass uns dir das ausziehen.«

Art zog mir die Leggins aus und ich ließ ihn, denn ich wollte nicht noch einmal protestieren. Schließlich war es diesmal dunkel. Auch mein Shirt zog er mir aus, während ich mir innerlich sagte, dass das hier großartig war. Genau das, wovon ich geträumt hatte.

Ein Junge wollte mich so, so, so, sehr, dass er es einfach nicht mehr aushielt.

»Ich habe ein Kondom.«

Warte.

Stopp.

Noch nicht.

Die Worte hämmerten in meinem Kopf, weil ich nichts tun wollte, wozu wir ein Kondom benötigten.

Du musst es ihm sagen.

Meine innere Mila drängte mich, während Art wartend auf mich herabsah. Sein Blick war dunkel und wild.

Wieso fühlte ich mich so unwohl?

»Ich, ähm.« Ich spürte meinen Herzschlag bis in die Ohren. »Ich muss dir etwas sagen, Art.«

Seine Pupillen weiteten sich. »Ja?«

»Als ich gemeint habe, ich würde … das hier gerne langsam angehen lassen, da habe ich das gesagt, weil ich noch nie … Na ja, du weißt schon.«

»Puh.« Er lachte erleichtert auf. »Gott sei Dank.«

»Gott sei Dank?«

»Na ja, ich dachte, es wäre etwas Schlimmes.«

»Also findest du es nicht schlimm?«

»Nein, natürlich nicht.« Zärtlich strich er mir eine Strähne hinter das Ohr. »Ehrlich gesagt habe ich mir das schon gedacht. Deshalb bin ich auch ganz vorsichtig. Versprochen.«

Automatisch schweifte mein Blick durch das Hotelzimmer, vorbei an den Schatten der wenigen Möbel, über den in die Jahre gekommenen Teppich. Irgendwie hatte ich mir mein erstes Mal nicht so vorgestellt. So spontan und stürmisch, ohne dass Art und ich ein richtiges Gespräch geführt hatten. Wieso musste plötzlich alles so schnell gehen?

Ich dachte, er hätte mich vermisst. Ich wollte mit ihm reden und neben ihm liegen, seine Hand halten und ihn küssen.

Unglücklicherweise hatte ich keine Zeit, ihm meine Bedenken mitzuteilen, weil Art mich plötzlich wieder küsste. Mit Zunge, Zähnen und seinen Händen, die so viel von mir so schnell berührten, als könnten sie nie genug bekommen. Ich spürte, wie Gänsehaut sich auf meinen Gliedern ausbreitete, diesmal jedoch nicht, weil mir warm war.

Weil mir kalt war.

Nur in Unterwäsche fühlte ich mich unwohl. Wenn Art die Augen öffnete, fürchtete ich, er würde sich gewisse Stellen zu lange ansehen.

Ich fühlte mich zu nackt.

»Lass es uns tun«, stöhnte Art zwischen Küssen.

»Ich … ich weiß nicht.«

»Wieso nicht?«, flüsterte er.

Ich nahm all meinen Mut zusammen, wobei ich der Decke entgegenblinzelte. »Ich glaube, ich bin noch nicht so weit.«

»Nicht?«

Ich schüttelte den Kopf.

»Oh.«

Oh.

Ich spürte seine Enttäuschung im ganzem Raum und tief in mir drin. Alles, was Art sagte, verfehlte sein Ziel nie. Jetzt war seine Stimme grau und dunkel, bevor er schließlich von mir abmachte.

»Oh?«, wiederholte ich.

»Ich, ja, keine Ahnung. Ich dachte nur … Nach allem, was wir uns geschrieben haben, und wie lange wir uns schon treffen, dass wir den nächsten Schritt gehen würden.«

»Ist … ist dir das denn wichtig?«

»Gerade irgendwie schon.« Seine Lippen verzogen sich zu einem spitzbübischen Lächeln. »Du hast mich ganz schön heißgemacht.«

Ich schwieg.

»Bist du sicher, dass du keine Lust hast?«

Ich schüttelte den Kopf.

»Ich bin wirklich vorsichtig.«

Ich spürte ihn wieder.

»Es wird sich auch für dich gut anfühlen.«

Er kam näher.

»Versprochen.«

Noch näher.

»*Wirklich* sicher?«

Zu nah.

»Tut mir leid«, murmelte ich kopfschüttelnd, woraufhin Art erneut von mir abmachte.

Meine Entschuldigung klang so ähnlich wie sein *Oh.* Es sagte alles, was ich mich nicht traute zu sagen.

Tut mir leid, aber ich habe wirklich keine Lust.

Tut mir leid, dass ich falsche Signale gegeben habe.

Tut mir leid, dass ich dachte, Rummachen und Sex haben wären zwei verschiedene Dinge, was ich übrigens überhaupt nicht ironisch meine, weil es mir wirklich leidtut.

»Du hast recht«, flüsterte Art plötzlich. »Vielleicht sollten wir einfach nur reden?«

Doch wenn er *einfach nur reden* sagte, klang reden nicht nach reden. Es klang nach hier sein, aber eigentlich nicht mehr da sein wollen.

Panik durchströmte mich. Ich wollte Art nicht enttäuschen. Nicht, nachdem es so perfekt zwischen uns gewesen war. Nicht nach all den Gefühlen, die ich für ihn empfand.

Ich durfte das hier nicht zerstören.

Genau deshalb hielt ich ihn davon ab, als er sich neben mich setzen wollte. Mit einem Kloß im Hals nickte ich auf seine Shorts.

»Wir könnten … Na ja, ich könnte … Du weißt schon?«

Ein Ja
ist kein Ja,
wenn du darum
betteln musst.

Grund V

Art, mein lieber, leider immer noch so geliebter Art, ich möchte klarstellen, dass ich es dir von mir aus angeboten habe. Das weiß ich. Aber ich weiß auch, wie meine Stimme dabei zitterte und dass du das gehört haben musst. Ich weiß, wie enttäuscht dein *Oh* klang – und wie unsicher jedes meiner Worte. Weil ich noch nicht so weit war, es mein erstes Mal gewesen wäre und ich es an diesem Abend einfach nicht wollte. Ich war unsicher und nervös, hätte mehr Nähe, Sicherheit und insbesondere Zeit gebraucht. Und ich weiß auch, dass ich mich für meine Entscheidung nicht rechtfertigen muss. Es ist nur so, dass gerade Wälder voller Tannen an mir vorbeiziehen und ich trotzdem bloß dieses riesige Plakat im Bad meiner Schwester vor mir sehe. Mila meint, es wäre der perfekte Ort dafür, weil jeder Partybesucher früher oder später zur Toilette muss. Auf diesem Plakat steht: *Ein Ja ist kein Ja, wenn du darum betteln musst.* Aber Art, du hast gebettelt und ich bin irgendwie eingeknickt und ich will, dass du weißt, wie weh das getan hat. Dass du danach innerhalb von Minuten eingeschlafen bist. Einfach so. Als wäre nichts gewesen.

Es war ja auch nichts.

Ich weiß, dass du das nun gesagt hättest.

Allerdings weißt du nicht, wie es sich anfühlt, in einem fremden Hotelbett zu liegen, während dein Herz pocht und der Typ, wegen dem dein Herz sonst immer pocht, friedlich neben dir schläft, obwohl du glaubst, gleich zu zersplittern.

Bitte verzeih mir, dass ich in dieser Nacht gegangen bin. Ich konnte nicht anders. Ich musste da raus. Es war zu wenig Luft in diesem Raum. Da war kein Sauerstoff, sondern nur Bedrückung. Am Ende wäre ich noch erstickt.

Weißt du, deine Enttäuschung an diesem Abend sitzt immer noch in mir, während ich wiederum hier in diesem Zug sitze. Ich habe Angst, sie nicht mehr herauszubekommen.

Dich nicht mehr herauszubekommen.

Aber ich war doch gar nicht drin.

Am allermeisten weiß ich, dass du darauf jetzt bestehen würdest.

Dass du nicht in mir warst.

32

Mein Daumen schwebte über der Tastatur.

Soll ich schreiben?

Soll ich darauf warten, dass er mir schreibt?

»Also, wenn dein Neujahrsvorsatz war, weniger Zeit an deinem Handy zu hängen, bist du in den letzten …« Die Stimme meiner Schwester durchdrang meine Gedanken, während sie die Uhrzeit auf ihrem eigenen iPhone checkte. »… sechzehn Stunden und vierzehn Minuten kläglich gescheitert.«

»Haha«, sagte ich trocken, in der Hoffnung, sie schnell abzuwimmeln.

Ich scheiterte.

»Aber du überlegst nicht, dieser Amber zu schreiben, oder?«, hakte sie nach.

Diese Amber.

Allein wie meine Schwester ihren Namen aussprach, ließ mich darauf schließen, dass sie ganz sicher nicht vergessen hatte, wie aufgelöst ich letzte Nacht an ihre WG-Tür geklopft hatte. Trotz ihres betrunkenen Zustands hatte sie mich sofort gefragt, was los sei. Zwar ziemlich laut und einen Tick lallend, doch Mila hatte mich dennoch umgehend in ihr Badezimmer mit diesem verfluchten Plakat geschleppt und wissen wollen, was passiert war.

»Amber«, hatte ich dann gesagt, weil es die einzige mögliche Antwort gewesen war, ohne ihr zu verraten, dass ich eigentlich nur wegen Art nach Berlin gekommen war.

Art, der mir immer noch nicht geschrieben hatte.

Art, mit dem gestern alles so seltsam gewesen war, obwohl doch eigentlich alles so perfekt geschienen hatte.

Also hatte ich meine Schwester angelogen. Ihr gesagt, dass ich eigentlich bei Amber hatte schlafen wollen – so wie ich es ihr geschrieben hatte –, wir uns allerdings gestritten hatten. Ich hatte ihr den einzigen Grund genannt, der mir eingefallen war: wegen eines Typen.

Ich war nicht nur die mieseste Schwester dieser Welt, sondern auch die mieseste Freundin. Doch ich hatte keinen anderen Ausweg gesehen. Hätte ich Mila die Wahrheit erzählt, hätte ich ihr auch von dem Hotelzimmer berichten müssen. Dabei wusste ich selbst nicht, wie ich das in meinem Kopf einordnen sollte.

Wieso war es so komisch gewesen?

Wieso hatte ich es nicht ausgehalten?

Wieso hatte ich ganz plötzlich und dringend gehen wollen, genauso plötzlich und dringend, wie Art über mich hergefallen war?

Mein Kopf pochte von all den Fragen und der Blick meiner Schwester machte es nicht besser.

»Nein«, murmelte ich. »Natürlich denke ich nicht daran, ihr zu schreiben.«

»Gut«, pflichtete Mila mir bei. »Das hat sie nämlich nicht verdient. Weißt du, Frauen sind die Besten darin, Frauen zu hassen. Man denkt immer, das wären die Männer, aber das stimmt nicht.«

Ich nickte und hörte zu, nickte und hörte zu. Ich funktionierte wie eine Maschine. Bloß nicht zu viel sagen, damit mir die Wahrheit nicht herausrutschte. Nicht an Art denken wollen und trotzdem die ganze Zeit an Art denken. Die Unterhaltung auf WhatsApp mit ihm im Sekundentakt kontrollieren. Irgendwie wütend werden, wenn ich das *Online* unter seinem Namen erkannte, ohne dass er mir eine Nachricht schrieb. Irgendwie gleichzeitig auch erleichtert sein, weil mir mein Kopf so nicht zusammenspinnen konnte, dass etwas Schreckliches mit ihm passiert war.

Am 01.01. beantwortete ich die Neujahrswünsche meiner Eltern und wünschte Chiara und Aylin nur das Beste inklusive Champagner-Emoji, während Mila für uns faulenzend im Bett Essen bestellte. Als sie die dampfenden Pizzakartons an der Tür entgegennahm, hielt ich es nicht mehr aus.

Tut mir übrigens leid, dass ich gestern einfach abgehauen bin

Meine Schwester hatte mir nur geschrieben und dann bin ich los 🙈

Das Universum musste mich hassen, denn sobald ich das Handy weggelegt hatte, vibrierte es.

Art hat mir geantwortet.

Zumindest war mein Gehirn sich darüber so sicher, dass mein Herz eine Etage tiefer sackte, als meine Augen wiederum erkannten, dass er es nicht war.

Amber 🎀
Hi, wie war es gestern eigentlich noch mit Art? 😊

Grund VI

»Sie sehen sehr konzentriert aus«, sagt die ältere Dame freundlich, die sich nach unserem letzten Halt mir gegenübergesetzt hat. »An was schreiben Sie denn da?«

Nachdem ihr der Herr links dabei geholfen hat, das schwere Gepäck in den oberen Ablagen zu verstauen, habe ich absichtlich nur auf den Bildschirm meines Laptops geschaut. Ich wollte weder abgelenkt noch angesprochen werden. Hinterher würde sie noch die halbgetrockneten Tränen auf meinen Wangen bemerken und dann müsste ich erklären, wieso ich geweint habe, weil es unhöflich wäre, jemanden nicht zu fragen, was los sei, wenn offensichtlich etwas los ist.

Aber du bist nicht etwas, Art.

Du bist bloß jemand, über den ich nicht mehr reden kann.

Über den ich noch nie wirklich reden konnte. Nicht einmal mit meiner Schwester. Nicht einmal wirklich offen mit Amber.

Doch jetzt ist es passiert.

Die Frau hat mich angesprochen und ich muss aufsehen, weil ich die Art von Person bin, die nie unhöflich ist.

»Ähm.« Ich lächele gezwungen, während alles in mir weint. »Nur was für die Schule. Nichts Wichtiges.«

Art, es ist nicht meine Art, nette Omis anzulügen. Genauso, wie es eigentlich nicht meine Art ist, meine Schwester anzulügen und dabei noch Amber mit reinzuziehen.

Ich kann nicht glauben, dass du das mit mir gemacht hast.

Ich kann nicht glauben, dass du so vieles an mir verändert,

aber mein Leben eigentlich nur verschlechtert hast. War es Absicht? Hast du das irgendwo gelernt? Vielleicht in einer MasterClass namens: *Wie man naiven sechzehnjährigen Mädchen das Herz zersplittert, ohne Rücksicht auf Verluste?*

Art, ich hasse es, dass du meine Art verändert hast.

33

Art schrieb mir nicht zurück.

Art schrieb mir nicht zurück, als ich in der ersten Nacht des neuen Jahres stumm-schreiend neben meiner Schwester weinte und hoffte, ich würde sie nicht mit meinem raumgreifenden Schmerz wecken.

Art schrieb mir nicht zurück, als Mila mir am nächsten Tag ihren liebsten veganen Burgerladen zeigte.

Art schrieb mir nicht zurück, als meine Schwester sich – genau wie Mama und Papa – am Bahngleis von mir mit einer Umarmung verabschiedete.

Art schrieb mir nicht zurück, als Milas Umarmung doppelt so lang und fest war wie die von Mama und Papa zusammen.

Art schrieb mir nicht zurück, als ich versuchte, *Wenn wir bleiben* ein weiteres Mal zu lesen, weil ich mich auf kein anderes Buch konzentrieren konnte.

Art schrieb mir nicht zurück, als ich mich im Zug am Kopf kratzte und plötzlich ein kleines Büschel Haare zwischen meinen Fingern hielt.

Art schrieb mir nicht zurück, als die elektronische Stimme die Endhaltestelle ansagte. Sankt Zander.

Art schrieb mir nicht zurück, als ich meinte, das Meer zu riechen, und es seltsamerweise nur nach ihm roch.

Art schrieb mir nicht zurück, als Frau Wall mich begrüßte.

Art schrieb mir nicht zurück, als Amber mich umarmte.

Art schrieb mir nicht zurück, als sie mir versicherte, wie leid ihr alles tue, dass sie es auch nicht verstehe und bereits versucht habe, Vince auszuquetschen.

Art schrieb mir auch dann nicht zurück, als ich noch am selben Abend vor meinem PC saß, jedoch nicht wusste, wie ich seine Stille in Adams und Haileys Geschichte verarbeiten sollte.

In meinen Geschichten existierte das Wort Ghosting nicht. Außer man schrieb von einem unwichtigen Nebencharakter, der der Protagonistin nach einem unbedeutenden Aufriss das Herz angeknackst hatte. Aber das traf nicht auf Art und mich zu. Wir waren mehr als ein Aufriss. Wir waren alles.

Vielleicht hatte er gerade nur viel um die Ohren.

Vielleicht war meine Nachricht auch gar nicht angekommen und er fragte sich genauso oft, wieso ich ihm nicht schrieb.

Vielleicht hatte er mir auch geantwortet und mein eigenes Handy hatte eine Störung.

Vielleicht hatte Art sein Handy verloren.

Es gab Erklärungen. Immerhin sprachen wir hier von Art, der die schönsten Liebeserklärungen sang, wenn er auf einer Bühne stand.

Genau deshalb schrieb ich noch am selben Abend eine weitere Nachricht.

34

Hey, hast du meine letzten
Nachrichten bekommen?

35

Bist du schon wieder da? 😭

36

Art?

Grund VII

Art, du bist nicht nur ein Mörder, sondern auch ein Blender. Du hast mich an Dinge glauben lassen, die gar nicht existieren. Weißt du eigentlich, wie viele Ausreden ich mir für dich habe einfallen lassen? Mit denen ich mein Hirn und Herz beruhigte, weil ich sonst wahrscheinlich nur noch geweint hätte und jämmerlich ausgetrocknet wäre, wegen all dem Salz, das meinen Körper verlassen hätte? HAST DU EINE AHNUNG, DASS ICH AM ANFANG SOGAR GEDACHT HABE, DU WÄRST VIELLEICHT GESTORBEN, UND ICH DAS AUF EINE GANZ SELTSAME WEISE FAST BESSER GEFUNDEN HÄTTE ALS DIE EINFACHE TATSACHE, DASS DU MIR ABSICHTLICH NICHT ZURÜCKSCHREIBST? Nein, nein, ich glaube, das weißt du nicht. Ich bezweifle übrigens auch, dass du weißt, was Liebe mit einem macht. Immerhin hat sie mir tatsächlich den Kopf verdreht. Für mich hätte nämlich plötzlich alles einen Sinn ergeben. Drei plus vier ist zehn? Absolut richtig. Dreißig Grad sind kalt? Und wie. Die Sonne geht nie unter? Natürlich, schau doch mal um Mitternacht raus. Unbegründete Eifersucht gegenüber meinem Chemiepartner ist okay? Na klar, alles, was du tust, ist richtig, Art.

Die ältere Dame sitzt mir nicht mehr gegenüber. Sie ist nur zwei Haltestellen mitgefahren. Seltsamerweise hat sie mich nicht nach meinen getrockneten Tränen gefragt. Aber sie hatte auch keine Brille auf, vielleicht bräuchte sie eigentlich eine und hatte es deshalb nicht bemerkt. Ich weiß es nicht. Ich weiß es nicht, ich weiß es nicht, ICH WEISS ES NICHT.

Ich fühle mich so dämlich.

Wie eine Idiotin.

Wie eine Idiotin, die dich trotz und nach allem immer noch lieben könnte, weil etwas anderes in ihrem Kopf keinen Sinn ergibt.

37

Es waren die ersten beiden Stunden nach der Weihnachtspause. Ich saß an meinem gewöhnlichen Platz in der zweiten Reihe, links von Amber. Herr Gallus begrüßte uns, bevor er uns den Lehrplan fürs nächste Jahr präsentierte. Ich erkannte viele Pflichtlektüren von Männern und hörte in meinem Kopf, wie meine innere Mila sich darüber aufregte.

Wo sind die Frauen?

Ich wusste es nicht.

Wie sollte ich auch? Schließlich wusste ich nicht einmal, wo ich mich befand, selbst wenn ich im Raum A23 saß. Gedanklich war ich ganz woanders. Vielleicht beim ersten Aufeinanderprallen mit Art. Wie er gelächelt hatte. Womöglich war ich aber auch bei unserer letzten Nacht, denn mein Herz zog schmerzhaft.

Ich hatte ihm jeden Tag eine Nachricht geschickt.

Er hatte keine einzige beantwortet, obwohl ich ganz genau gesehen hatte, dass er online gewesen war – was ich eigentlich gar nicht hatte manisch kontrollieren wollen. Aber mir war einfach keine andere Wahl geblieben.

Ich verstand das nicht. Und Amber ging es genauso. Das versicherte sie mir alle fünf Minuten, wenn wir uns in unserem Zimmer befanden.

»Ich bin mir sicher, dass uns mit diesen Lektüren wundervolle Stunden bevorstehen«, riss mich Herr Gallus aus meinen Gedanken, doch richtig folgen konnte ich ihm dennoch nicht. Mein Kopf pochte, weil mein Herz schmerzte. Außerdem verspürte ich dieses Ziehen in der Magengegend, sobald uns Herr Gallus in die erste große Pause entließ.

Ich könnte Art treffen. Nein, ich sollte ihn treffen. Ich sollte ihn suchen und ihn dann zur Rede stellen, damit alles wieder gut werden könnte.

Mein Masterplan setzte allerdings voraus, dass ich den ersten Schritt machte. Und das hatte ich doch schon. *Ich* hatte ihm geschrieben.

»Komm«, flüsterte Amber. »Wir gehen eine Runde ums Gelände.«

Ich nickte zustimmend, bevor ich meine Hände wenig später in den Jackentaschen vergrub und Steinchen mit meiner Schuhspitze nach vorn stieß. Amber hakte sich bei mir unter. Das war gut, denn alles in mir drehte sich und mir war schwindelig, selbst wenn ich mich nicht bewegte. Es fühlte sich so an, als hätte ich jegliche Orientierung verloren. Als würde ich seit Tagen in der Luft hängen und hätte vergessen, wo oben und unten war. Wo Art war, wo er nicht war und wieso er nicht bei mir war.

Amber riss die Verpackung eines Schokoriegels auf, den sie anschließend in der Mitte teilte. »Für die Glückshormone«, erklärte sie schwach lächelnd, bevor mein Herz plötzlich einen Schlag aussetzte.

Es geschah genauso ruckartig, wie Art mich zum ersten Mal auf sein Bett geschubst hatte.

»Art«, stieß ich unsicher aus, während sein Name meinen Mund als Rauchblase verließ.

Am Rande spürte ich, wie Amber neben mir ebenfalls stoppte. Art stand nämlich mit Vince keine zweihundert Meter von uns entfernt, lachte über etwas, das sein Freund gesagt hatte, und öffnete dann seine Wasserflasche.

Er war lebendig.

Er war hier.

Und er hatte mir trotzdem nicht geschrieben.

Plötzlich wurde mir warm, wärmer, heiß, brodelnd heiß. Ich spürte, wie brennende Wut meinen Körper durchflutete. Eine, zwei, drei endlos lange Sekunden blieben Amber und ich noch stehen. In meiner Vorstellung brannte ich Löcher in sein Gesicht, eins für jede Sekunde, in der er mich absichtlich ignoriert hatte. Aber natürlich passierte das nicht wirklich. Alles an ihm blieb makellos, während ich mir wünschte, dass er wenigstens in meine Richtung sah. Dass er mich sah.

Doch er sah mich nicht.

38

Hey Art, es tut mir leid, dass ich dir diese Nachricht schreibe, aber ich möchte nicht, dass es komisch zwischen uns ist, wenn wir uns in Frau Krügers Schreibwerkstatt begegnen. Ich verstehe nicht, was genau passiert ist und warum du mir nicht mehr zurückschreibst. Aber ich will, dass du weißt, dass ich das nicht in Ordnung finde. Du hättest mich wenigstens fragen können, ob ich gut bei meiner Schwester angekommen bin, nach dieser einen Nacht. Das wäre das Mindeste gewesen.

39

»Und?« Amber sah mich mit riesigen Augen an. »Fühlst du dich besser?«

»Keine Ahnung«, flüsterte ich, während ich das Handy zurück auf meinen Nachttisch legte.

Ich hatte ebenfalls keine Ahnung, wie lange Amber und ich an dieser einzigen Nachricht gefeilt hatten. Vielleicht vierzig Minuten? Vierzig Minuten für fünf jämmerliche Sätze.

Insgeheim wusste ich, dass Art mir nicht antworten würde. Wahrscheinlich würde er mich nach dieser Nachricht auf stumm schalten, damit ich ihn nicht weiter belästigte.

»Glaubst du, es war wirklich die richtige Entscheidung, kein *Arschloch* hinzuzufügen?«, flüsterte Amber.

Achselzuckend zog ich die Knie an meinen Oberkörper. »Ich will nicht so hasserfüllt wirken.«

»Aber hast du nicht jeden Grund, ihn zu hassen?«

Sie stellte nur diese eine Frage, doch genau wie bei Arts *Oh* und meinem *Tut mir leid* schwang so viel dabei mit.

Er hat dich auf sein Hotelzimmer eingeladen und dir danach nie wieder geschrieben. Das ist nicht in Ordnung.

»Hast du dein Malzeug hier?«, fragte ich plötzlich, woraufhin Amber die Brauen hob. »Das mit dem Schreiben klappt gerade nicht so. Ich brauche irgendetwas, mit dem ich mich ablenken kann.«

»Ja«, sagte Amber nun euphorisch. »Super Idee.«

In Rekordgeschwindigkeit erhob sie sich in ihrem langen beigefarbenen Wollkleid und ich bemerkte, dass die rosafarbene Schleife an ihrem Hinterkopf leicht schief war. Fünf Minuten später saßen wir schon auf dem Boden, während Amber mir empfahl, einfach drauflos zumalen. Instinktiv griff ich nach dem größten Naturhaarpinsel, den ich anschließend in die blutrote Farbe tunkte. Wenn mich jemand gefragt hätte, was genau ich da malte, hätte ich keine Ahnung gehabt. Ich setzte bloß vage Formen auf schweres Papier und hatte seltsamerweise das Gefühl, es würde mich tatsächlich besser fühlen lassen. Bis Amber sich plötzlich räusperte, ich in ihre Richtung sah und erkannte, dass ihr Papier immer noch weiß war. Ich kräuselte die Stirn, als ich bemerkte, wie verkrampft sie ihre Finger ineinander verhakt hatte.

»Amber?«, fragte ich verwirrt. »Ist alles okay?«

Sie holte tief Luft, bevor es für diesen einen Moment unendlich still wurde.

Wie die Ruhe vor dem Sturm.

Dann krachte alles ein.

»Ich glaube, ich muss dir etwas sagen. Und eigentlich will ich dir das gar nicht sagen, weil Lizzy und ich auch wegen einem Typen nicht mehr miteinander reden, obwohl deine Situation ganz anders ist als ihre, aber …«

»Wie war denn eure Situation?«, flüsterte ich, als sie nicht weitersprach.

Krampfhaft begann Amber zu blinzeln. »Es geht hier nicht um mich.«

»Ich würde es trotzdem gerne wissen«, erklärte ich mitfühlend.

»Wieso?«

»Weil ich dich mag, Amber«, sagte ich bestimmt. »Weil du meine Freundin bist und ich merke, dass dich etwas fertigmacht. Und zwar die ganze Zeit.«

Amber schüttelte den Kopf, wobei sie sich langsam selbst umarmte. »Es ist so lächerlich.«

»Was genau?«

»Der Grund, wieso Lizzy und ich nicht mehr befreundet sind.« Sie schnaubte. »Weißt du, wieso sie sauer auf mich ist? Weil ich angeblich eine Schwäche für ihren Freund hatte. Ich meine, sie war meine beste Freundin. Das hätte ich ihr niemals angetan. Außerdem ist ihr Freund der größte Arsch überhaupt und das habe ich versucht, ihr klarzumachen.«

»Und dann?«

»Nichts«, flüsterte Amber kapitulierend. Sie hatte noch nie so bitter geklungen. »Die anderen aus unserer Freundesgruppe haben ihr eingeredet, ich wäre eifersüchtig, weil ich auf ihn stehen würde. Und weißt du, warum angeblich? Weil er mir in der achten Klasse in der großen Pause auf den Hintern geklatscht hat. Wegen einer Wette. Um zehn Euro. Es ist *wirklich* lächerlich. Sie denken, ich wüsste nicht, was sie hinter meinem Rücken geredet haben, aber das stimmt nicht. Ich bin nicht blöd. Ich weiß, dass sie der Meinung sind, ich würde mich zu sehr auftakeln und meine Kleidung wäre zu aufreizend. Dass ich quasi darum bettle, dass die Jungs mir hinterhersehen. Dass ich es nötig habe, meiner besten Freundin den Freund auszuspannen. Gott.« Sie lachte fassungslos auf. »Es klingt wie in einem schlechten

Film aus den 2000ern.« Und fügte dann leiser hinzu: »Oder?«

»Ich … ich weiß nicht, was ich sagen soll.«

»Du musst nichts sagen.«

»Natürlich muss ich das. Denn es stimmt nicht. Was sie über dich sagen, meine ich. Du bist keine schlechte Freundin, Amber. Im Gegenteil! Du bist so ein einfühlsamer und guter Mensch. Ich bin so froh, dass du meine Freundin bist. Ich kann nicht glauben, dass Lizzy dich abserviert hat.«

»Tja«, sagte sie traurig. »Ich auch nicht.«

Amber verstummte, bevor sie die Augen schloss und alles an ihr schön wirkte wie an Lana Del Rey. Traurig-schön.

»Findest du wirklich, dass ich eine gute Freundin bin?«, murmelte sie und klang dabei so verletzlich, dass es mir allein beim Zuhören das Herz brach.

»Na klar«, erwiderte ich.

»Gut«, sagte sie und zögerte noch einen winzigen Moment, bevor sie sich schließlich aufrichtete. »Dann versprich mir, dass du jetzt nicht sauer auf mich bist.«

»Wieso sollte ich sauer auf dich sein?«

»Versprich es.« Schlagartig schlug sie die Lider wieder auf. »Erst dann kann ich es dir zeigen.«

»Ich verspreche es?«, erwiderte ich fragend.

»Okay.« Sie nickte, bevor sie nach ihrem Handy griff. »Ich … ich glaube nämlich, ich habe da etwas auf Instagram gefunden, was Arts Verhalten vielleicht erklären könnte.« Sie tippte und scrollte. »Ich meine, vielleicht hat es auch rein gar nichts zu bedeuten und ist nur Zufall, aber ich habe gestern Vince gefragt und er wollte nicht darüber reden, weil er weiß, wie gut wir befreundet sind, während er wiederum der beste Freund von Art ist, also …«

Amber sprach weiter, doch ich hörte ihr nicht mehr zu. Konnte ich gar nicht, weil ich erkannte, welchen Beitrag sie gerade geöffnet hatte.

Isabella de la Luna strahlte in einem Glitzerkleid, während sie eine Sektflöte in der Hand hielt. Die Umgebung ringsum erkannte ich sofort und die Beschreibung räumte die letzten Zweifel aus dem Weg.

@isabelladelaluna: Happy neeeeew year #berlin #bulletproofdisaster

Grund VIII

Deine Ex-Freundin.

Art, das ist so klischeehaft, dass ich nicht weiß, was ich dazu schreiben soll. Oder doch, warte, eine Sache fällt mir ein:

Fahr zur Hölle.

40

Letzte Woche hätte ich mir noch eingeredet, Isabellas Post wäre tatsächlich nichts weiter als Zufall gewesen. Dass er rein gar nichts mit Art und mir zu tun hatte. Dass sie womöglich einfach so auf der Silvesterparty gewesen war, auf der Art gespielt hatte, was den Hashtag mit dem Bandnamen erklärt hätte.

Aber es war nicht letzte Woche.

Ich verschloss nicht mehr die Augen und suchte nach lächerlichen Ausreden. Ich sah ganz genau hin. Ehrlich gesagt konnte ich gar nicht aufhören, Isabellas Bild anzusehen. So wie jetzt. Um zwei Uhr vierunddreißig, während Amber links von mir leise schnarchte. Natürlich war ich nicht sauer auf Amber, das hatte ich ihr versichert, gleich nachdem ich in ihren Armen zusammengebrochen war.

Wie schön Isabella war.

Ihr Lächeln. Ihre Brüste. Ihre Beine.

Während *lacy* aus meinem Handy dröhnte, fragte ich mich, ob Art sich Letztere bereits ebenfalls um den Torso geschlungen hatte. Dann fragte ich mich, ob sie weiter gegangen waren, weiter als Art und ich jemals kommen würden, obwohl ich die Antwort bereits wusste.

Garantiert hatten die beiden schon Sex gehabt. Und womöglich hatte Isabella gar kein Drama darum gemacht, so wie ich. Wahrscheinlich hatte sie es genauso gewollt wie er – nicht so wie ich. Bei diesem Gedanken meldete sich meine innere Mila zu Wort.

Du weißt rein gar nichts über Isabella. Vielleicht hat sie genauso viele Probleme wie du. Sie ist nicht der Feind. Das ist nur er.

Ich wusste das. Ich wusste das, weil mein gesamter Körper einfror und sich gleichzeitig so stark erhitzte, dass ich dachte, ich würde auf meinem Bett zu einer klebrigen Liebeskummermasse zergehen, sobald ich an ihn dachte.

Es war zwei Uhr neununddreißig, als ich endlich begann zu weinen.

Es war fast wie eine Erlösung.

Keine Ahnung, wie ich die nächsten Tage überlebte. Ich fühlte mich wie ein Zombie, wie die Hülle meiner selbst. Denn wenn mein Herz – mein lebenswichtigstes Organ – beschädigt war, war ich das dann nicht automatisch auch?

Da war niemand, der mir diese Frage beantwortete.

Nur Amber, die mit mir Liebeskummerplaylisten erstellte, mit mir ihre Schokoriegel teilte und täglich mit mir spazieren ging, weil sie in einem Podcast aufgeschnappt hatte, dass Trauma unseren Körper nur verlassen könne, indem wir uns bewegten.

»Ich habe kein Trauma«, sagte ich und sie sagte nichts.

Bis sie doch etwas sagte.

Am Mittwoch während unseres täglichen Spaziergangs fragte sie mich, was in der Nacht eigentlich genau passiert sei. Dabei blies uns der salzige Wind das Haar nach hinten.

Manchmal waren die Böen so stark, dass ich beinahe damit rechnete, jeden Moment weggeweht zu werden.

Ich hätte nicht einmal etwas dagegen gehabt.

»Habt ihr …« Amber schluckte. »Du weißt schon?«

Energisch schüttelte ich den Kopf, während ich mich innerlich abermals fragte, was passiert wäre, wenn diese Nacht anders gelaufen wäre. Wenn ich gewollt hätte. Doch natürlich war meine innere Mila auch bei diesen Gedanken sofort zur Stelle und forderte mich auf, sie wegzuschieben, weil sie falsch waren. Und das wusste ich. In dieser Nacht schlief ich noch weniger als die beiden Nächte davor – sage und schreibe zweieinhalb Stunden. Ein Teil in mir überlegte sogar, Frau Wall am nächsten Morgen weiszumachen, ich wäre krank. Allerdings wusste ich von ihrem Ruf, unsere Fake-Krankheiten zu durchschauen. Hinterher würde die Betreuerin mich noch auf pädagogisch einfühlsame Weise fragen, wieso ich denn heute so unbedingt im Bett bleiben wolle, und ich wäre versucht, ihr alles zu erzählen. Einfach weil diese ganzen Gefühle herausmussten und ich nicht wusste, wie ich das sonst bewerkstelligen sollte.

Allerdings war meine fast Todesangst ähnliche Panik unbegründet.

Art erschien nicht zu Frau Krügers Werkstatt.

Als ich mir nach zwanzig Minuten sicher war, dass er auch nicht zu spät kommen würde, atmete ich so erleichtert aus, dass mir Josua von rechts einen verwirrten Blick zuwarf. Doch die Sicherheit, in der ich mich wiegte, war trügerisch, denn die Realität holte mich sofort wieder ein.

»Da wir uns im letzten Jahr mit den Schreibtools beschäftigt haben, seid ihr nun selbst an der Reihe. Eigentlich war es bislang so, dass wir Texte im Unterrichtsraum besprechen.

Für dieses Jahr habe ich mir allerdings etwas anderes überlegt: Ich möchte, dass ihr eure Arbeiten an den Open-Mic-Abenden im Hoftheater vortragt. Somit könnt ihr gleich Erfahrungen vor einem richtigen Publikum sammeln.« Sie klatschte in die Hände. »Wir werden übrigens hinten im Alphabet beginnen, das heißt, Josua, Elisa und Helena lesen nächste Woche zuerst. Habt ihr noch Fragen?«

41

Es hörte nicht auf.

Ich starrte in den Abfluss, den meine ausgefallenen Haare verstopften.

Das war nicht normal.

Ein Teil in mir wusste, dass ich zum Arzt gehen sollte, um ein Blutbild machen zu lassen.

WIESO FALLEN MEINE HAARE AUS, WENN ICH MIT DEM FÄRBEN AUFGEHÖRT HABE UND ALLE TEUREN PRODUKTE VERWENDE?

Ich schlang mir das Handtuch um den Körper und trat aus der Dusche. Mascara-Reste klebten unter meinen Augen, die in letzter Zeit nie nicht verweint ausgesehen hatten. Meine Haare waren eine Katastrophe, weil mein Ansatz blond und der Rest rötlich war. Doch das war nicht, woran mein Blick hängen blieb, als ich in den Spiegel sah.

Meine Brüste.

Meine Brüste, die sich gegen das Handtuch drückten.

Sie sehen nicht so prall aus wie die von Isabella.

Das gab mir den Rest.

Im Spiegel konnte ich beobachten, wie meine Augen sich mit Tränen füllten. Aber ich wollte auf keinen Fall in der Öffentlichkeit weinen. Also sprintete ich hastig in unser Zimmer, auf dem Flur nasse Flip-Flop-Spuren hinterlassend.

Bestimmt würde sich jemand beschweren. Es war mir egal. Es war mir ebenfalls egal, dass Wassertropfen von meinen Haarsträhnen auf die Bettdecke fielen, als ich mich im Handtuch auf die Matratze setzte und zu googeln begann.

Haarverlust Ursachen

Haarverlust gefährlich

Haarverlust stoppen

Schnell fand ich heraus, dass es für mein Problem tausend Gründe geben könnte. Von Stress bis hin zu schwerwiegenden Krankheiten. Im schlimmsten Fall war ich also todkrank. Mein Herz begann zu rasen, während die Sicht vor meinen Augen verschwamm. Ich wünschte, Amber wäre hier gewesen, doch sie war im Atelier. Ich fühlte mich so allein und ängstlich und überfordert mit allem und wieso hatte Art mich überhaupt so scheiße behandelt?

Art.

Am Ende landeten meine Gedanken immer wieder bei ihm.

Ein unkontrollierter Schluchzer entwich aus meinem Brustkorb. Es war derselbe Moment, in dem mein Handy vibrierte.

Art.

Wieder dachte ich an ihn.

Wieder hoffte ich, dass er mir geschrieben hatte.

Wieder lag ich falsch.

Mit brennenden Augen betrachtete ich die eingegangene Nachricht, während weitere folgten.

Aylin ☼ @ Trio ♡
Hey Leni, lange nichts von dir gehört 🥺

Aylin ☼ @ Trio ♡
Wir sind gerade bei Chiara und haben eins deiner schonenden Haargummis gefunden

Aylin hat ein Foto gesendet

Aylin ☼ @ Trio ♡
Weißt du noch, wie du die immer verloren hast? Hier ist auf jeden Fall eins 😂

Aylin ☼ @ Trio ♡
Sonst alles gut auf dem Schloss? ♡

Nein.

Nein, nichts war gut.

Und weil ich nicht wusste, was ich sonst tun sollte, tippte ich die Nachricht im Gruppenchat augenblicklich an, bevor mein Daumen instinktiv auf dem Mikrofon-Symbol landete.

»Hey«, begann ich und hörte selbst, wie verheult ich klang, allerdings war mir auch das (Überraschung) egal. »Tut mir leid, dass ich mich in letzter Zeit nicht so oft gemeldet habe, aber es war … alles ein bisschen viel. Wisst ihr, ich habe seit Wochen Haarausfall und er wird immer stärker und ich bin gerade wirklich kurz davor, irgendein Haaröl für achtzig Euro zu bestellen, die ich gar nicht habe, was heißt, ich müsste mir einen Klarna-Account machen, den ich unter achtzehn garantiert nicht haben darf, was wiederum heißt, dass ich meine Schwester anpumpen müsste, der ich das Ganze dann allerdings erklären müsste und …«

Ich merkte selbst, wie wenig Sinn das ergab. Ich wollte die Sprachnachricht deshalb abbrechen, doch schickte sie versehentlich ab.

Mist.

Sofort wollte ich sie löschen, bemerkte jedoch im selben Moment die blauen Haken hinter meiner Nachricht. Löschen fiel also raus. Automatisch begann mein Herz, schneller zu schlagen. Mein gesamter Körper bebte. Ich musste etwas tun. Mich ablenken. Atmen. Überleben. Wieso fiel mir plötzlich alles so schwer?

Wegen Art.

Meine innere Mila hatte wie so oft die korrekte Antwort parat, doch sie fühlte sich an wie ein Schlag ins Gesicht. Tränen sammelten sich erneut in meinen Augen, da spürte ich, wie mein Handy vibrierte.

Diesmal war es keine Nachricht, es war ein Anruf.

Ich blickte nach unten und stellte fest, dass Aylin und Chiara mich im Gruppenchat anriefen. Ein Teil in mir war versucht, den Anruf zu ignorieren, aber meine innere Mila wusste es wie immer besser.

Geh schon ran.

Mit einem Kloß im Hals schob ich den Hörer nach rechts und wurde von den mitfühlenden Gesichtern meiner Freundinnen begrüßt. Sie sahen aus wie immer. Aylin mit ihren schwarzen, aalglatten Haaren, die so dunkel waren, dass sie fast blau schimmerten. Chiara mit den großen hellen Augen und dem Muttermal direkt über der Lippe.

»Leni«, flüsterte Chiara erstickt. »Was ist passiert?«

»W…was meinst du?«

»Deine Sprachnachricht … Du … du klangst irgendwie so aufgewühlt?«

Aylin rückte noch ein Stückchen näher ans Display. »Und du weinst«, flüsterte sie.

Ich sah die Träne, wie sie mir groß und nass die Wange hinabsegelte. Mir war klar, dass ich mir irgendeine Ausrede hätte einfallen lassen können, die sie nicht durchschaut hätten. Weil sie nicht wussten, was wirklich los war.

Doch die Worte stolperten einfach aus meinem Mund, ohne dass ich sie aufhalten konnte.

»Es läuft momentan nicht so gut«, gab ich kopfschüttelnd zu.

Chiara schluckte, wobei sie sich eine braune Locke hinter das Ohr schob. »Willst du darüber reden?«

Ein mitfühlendes Lächeln meiner Freundinnen und ich brach ein. Ich erzählte ihnen alles. Vom Internat und von Art und von meinen Haaren. Wie scheiße er mich behandelt hatte und dass ich sogar aufgehört hatte, meinen Ansatz nachzufärben, was sie offensichtlich sehen konnten. Ich redete wirres Zeug. Alles war durcheinander. Es war wie damals, als Lars mir das Herz gebrochen hatte. Nur intensiver. Heftiger. Und hässlicher. So wie alles mit Art. Ich redete so schnell, dass ich fast keine Luft bekam und Aylin mir mit glasigen Augen befahl, bitte einmal durchzuatmen.

Meine Freundinnen hörten mir zu, bis ich nichts mehr zu sagen hatte. Fassungslos schüttelten sie die Köpfe, weil sie im ersten Moment selbst nicht wussten, was sie erwidern sollten. Aber danach taten sie es auf die beste Weise dieser Welt. Wie früher. Wie immer. Wie die zwei Mädchen, die ich in der fünften Klasse kennengelernt hatte und mit denen mich so viel in meinem Leben verband. Sie wollten alles über Art wissen, beschimpften ihn als den größten Mistkerl und suchten ihn auf Instagram, nur um mir zu sagen, dass er *so* toll gar nicht war. Wir telefonierten eine Stunde lang und selbst danach wollten meine Freundinnen noch nicht auflegen, weil sie mich nicht allein lassen wollten.

»Ich weiß«, sagte Chiara jetzt, »dass wir in der letzten Zeit nicht mehr so viel miteinander zu tun hatten. Aber, Mann, Leni. Wir sind immer noch befreundet. Und wir sind immer für dich da.«

»Ganz egal, ob du mitten auf einer Insel sitzt oder hier zwischen uns«, pflichtete Aylin ihr bei.

Ich lächelte traurig, während ich das Salz meiner eigenen Tränen auf der Zunge schmeckte. Ganz tief in mir wusste ich, dass unsere Freundschaft vielleicht gerade nicht so war, wie sie vor meinem Umzug gewesen war. Und vielleicht würde sie das auch nie wieder sein, weil wir uns alle veränderten.

Aber sie war immer noch da.

42

Ich wünschte, das Gespräch mit meinen Freundinnen hätte etwas in Bezug auf Art verändert. Mich befreit. *Mich* verändert.

Doch das stimmte nicht.

Drei Tage waren seit dem Telefonat mit Chiara und Aylin vergangen. Alles in mir war weiterhin schwer, selbst wenn der Wind Amber und mich bei unseren eisigen Strandspaziergängen beinahe wegpustete.

Mit immer noch gefrorenen Zehen setzte ich mich jetzt an meinen Schreibtisch und starrte auf eine leere Word-Seite.

Komm schon, feuerte ich mich selbst an. *Komm schon, komm schon, komm schon.*

Ich saß an dem Text für Frau Krügers Schreibwerkstatt. So wie gestern. Und vorgestern. Und vorvorgestern. Ich wusste einfach nicht, worüber ich schreiben wollte. Eine Passage aus Adams und Haileys Geschichte konnte ich nicht vorlesen. Außerdem wollte ich an die beiden gar nicht denken, weil sie mich noch stärker an Art und mich erinnerten. An eine Version, die Art und ich nie sein würden, weil sie – im Gegensatz zu uns – ihr Happy End bekommen könnten. Ich unterdrückte einen Seufzer, um Amber nicht zu stören. Letztere lag eingekuschelt im Bett und zeichnete auf ihrem iPad. Ich warf ihr einen kurzen Seitenblick zu, bevor wenig später mein Handy vibrierte.

Aylin ☼ @ Trio ♡
Und?? Hast du ihn heute gesehen?

Aylin und Chiara wollten nun tägliche Updates, aber ich hatte nichts Neues zu erzählen. Stattdessen hatte ich bloß das Gefühl, immer noch sekündlich an Liebeskummer zu ersticken.

Dabei wollte ich das gar nicht mehr. Ich wollte mich nicht mehr so fühlen. Ich wollte nicht an Art denken und ich wollte ihn auch nicht mehr lieben. Ich wollte nichts hiervon. Am liebsten hätte ich ihn aus mir rausgelöscht.

Bei diesen Gedanken überzog Gänsehaut meine Glieder.

Urplötzlich wusste ich, was ich zu tun hatte.

Was ich schreiben musste.

43

Alle starrten mich an.

Etliche Augenpaare im Publikum des Hoftheaters. Ich wusste nicht, wie ich das hier überleben sollte.

Aber ehrlicherweise wusste ich auch nicht, wie ich die letzten Tage überlebt hatte. Die, an denen ich Ewigkeiten an meinem Text gefeilt hatte, obwohl ich ihn am liebsten in den virtuellen Papierkorb befördert hätte.

Das ist nicht nur eine schlechte Idee, das ist ein ganz schlechter Text.

Die Worte stammten definitiv nicht von meiner inneren Mila, trotzdem waren sie wahr. Was hatte ich mir bloß dabei gedacht? Meine Finger krampften sich um die Papierblätter zwischen meinen Händen, auf denen ich meinen Poetry Slam ausgedruckt hatte. Ich war unsicher gewesen, ob Frau Krüger diese Art von Text überhaupt durchgehen lassen würde. Doch sie hatte mir auf meine Nachfrage per E-Mail versichert, dass das kein Problem sei. Wir hatten zehn Minuten Lesezeit zugeschrieben bekommen und ich verplemperte gerade garantiert eine davon.

Reiß dich zusammen, Winkler.

Das war meine eigene Stimme, die versuchte, mir gut zuzureden. Ich wollte ihr gehorchen, indem ich tief Luft holte, was jeder der Theaterbesucher aufgrund des Mikrofons vor meinen Lippen hören konnte. Ich spürte, wie meine Hände schwitzten, und hoffte, dass niemand sie genauer beobachten würde.

»H…hi«, brachte ich krächzend hervor, um von meinem panischen Luftholen abzulenken. »Ich bin Helena und würde euch heute gerne einen Text vorlesen.«

Stille.

Da war nur meine zitternde Stimme.

Gott, ich hasste Frau Krüger und die Schreibwerkstatt und mich, weil ich so furchtbar nervös war. Panisch schweifte mein Blick nach links, wo Amber mir Mut machend zunickte. Sie war das einzige Gesicht, das ich erkannte. Alle anderen waren für mich verschwommen. Ich nahm sie gar nicht wahr. Nur meine Atmung. Und meine Panik. Ich fragte mich, ob Josua vor mir sich auch so gefühlt hatte. Garantiert nicht. Er hatte einen großartigen politischen Text geschrieben. Meiner würde einfach nur jämmerlich dagegen aussehen.

Aber ich hatte keine andere Wahl.

Ich musste das hier trotzdem schaffen.

»Mein Text heißt *Gründe*«, fuhr ich bebend fort. »Und er geht so …«

Jetzt gab es kein Zurück mehr. Ein letztes Mal verharrte ich, suchte mir einen Punkt in der Luft aus, den nur ich sah. Dann begann ich zu lesen.

Ich habe meine Gründe verloren.
Hast du vielleicht welche zu verkaufen?
Ich bezahle auch viel,
keine Sorge, das ist keine Lüge,
kein leeres Versprechen.
Ich bin nicht wie du.

Ich habe meine Gründe verloren.
Ich fühle mich ein bisschen
wie meine Mama, wenn sie vor ihrem
Kleiderschrank steht und sagt:
Ich habe nichts zum Anziehen,
obwohl er fast überquillt
mit all ihren Kleidern,
die sie getragen hat,
als sie noch jemand anderes war.
Weil okay,
vielleicht habe ich gelogen.
Vielleicht habe ich Gründe.
Aber es sind keine, die noch passen.
Sie sind zu groß und rot und liebevoll.
Und das ist nichts mehr, was ich sein will.
Doch wenn ich bei H&M suchen würde,
würde mir die Verkäuferin sagen: Tut mir leid, ich habe nichts
Passendes für Ihren Traurigkeitszustand.
Also ziehe ich sie mir trotzdem an.
All die Gründe, die auf mir glühen.
Die nach dir schmecken
und nach dir riechen
und sich so anfühlen wie du
und so aussehen wie du.
Und mir so wehtun wie du.
Ich habe meine Gründe verloren.
Nicht die, die ich noch habe.
Sondern die, die alles einfacher machen würden.
Die mich dazu bringen würden,
dich zu verdrängen
und dich zu vergessen.

Die mich vielleicht dazu gebracht hätten,
mich niemals in dich zu verlieben.
Die Gründe, die ich eigentlich nie gehabt habe.
Aber weißt du, selbst wenn ich sie hätte,
es gibt keine Zeitmaschine
für meinen Traurigkeitszustand.
Ich kann nicht zurück.
Ich kann nicht zu dir.
Du willst mich nicht mehr haben,
wolltest du wahrscheinlich nie.
Dabei habe ich dich so sehr gewollt,
ich war mir sicher, es reicht für uns beide.
Ich lag falsch.
Jetzt stehe ich hier
und suche
und suche
und suche
überall nach Gründen, die mich dazu bringen könnten,
dich zu hassen.
Dich gedanklich zu verlassen,
so wie du mich verlassen hast.
Aber ich bin nicht wie du.
Ich bin nicht gut im Ghosten
und im Gehen.
Ich stehe hier und warte und denke daran,
dass ich nur Gründe kenne, die mich dazu bringen,
dich zu lieben.

Nachdem ich atemlos verstummt war, ratterte es in meinem Kopf. Ich hatte es nicht geschafft, meinen Poetry Slam so vorzutragen wie in meinem Zimmer oder gestern vor

Amber. Ich hatte zu lange pausiert, ich hatte mich zweimal versprochen und dreimal gestottert. Aber nach einem kurzen Moment begann das Publikum zu klatschen, so wie es das bei jeder vortragenden Person tat. Später würde ich mir bestimmt einreden, dass sie bei mir am wenigsten applaudiert hatten, doch für diesen einen Moment zählte nur eins.

Ich hatte es geschafft.

Ich hatte meine Aufgabe erfüllt.

Ich hatte mein Herz in einen Text gelegt und ihn vorgelesen.

Ganz egal, dass mein Herz eigentlich zersplittert war und mein Text nicht so gut wie die Ergebnisse meiner Mitschüler. Für einen Moment fühlte ich mich leichter. Besser. So als könnte irgendwann, mit ein bisschen mehr Zeit und Gesprächen und Liebeskummerliedern, alles gut werden.

»Danke«, flüsterte ich ins Mikrofon.

Echte Liebesgeschichten enden meistens nicht gut.

Unsere ist eine davon.

Grund IX

Art, meine Lesung im Hoftheater hätte das Ende sein sollen. Das, an dem ich hätte wachsen können. Das, nachdem alles wirklich hätte gut werden können.

Natürlich weiß ich, dass mein Text nicht besonders ausgeklügelt und dafür klischeehaft war. Im Grunde ist es ein Liebeskummertext einer Liebeskummerperson. Aber denkst du nicht, ich hätte danach heilen dürfen sollen? Du hattest mich schon fallen gelassen. Wieso hast du mir plötzlich die Hand gereicht? Mitten in der Nacht, in völliger Dunkelheit? Hast du die Dinge mit einem Mal klarer gesehen? Hattest du Mitleid? Warst du verwirrt? Oder warst du tatsächlich in mich verliebt?

Art, ich hasse, dass du mich nicht hast gehen lassen.

44

Art

Hey, das hier ist die zehnte Nachricht, die ich anfange zu schreiben und wahrscheinlich werde ich sie sowieso wieder löschen und nicht abschicken, aber scheiße, Hel. Ich habe dir beim Open Mic zugehört – und wie talentiert bist du denn bitte? Ich hatte ja keine Ahnung. Ich liebe alles an deinem Text. Und ich verstehe, wieso du ihn geschrieben hast. Ich weiß, dass ich dich tief verletzt habe und mein Verhalten nicht zu entschuldigen ist. Trotzdem würde ich es dir gern wenigstens erklären. Ich verstehe absolut, wenn du nichts mehr mit mir zu tun haben willst, aber ich muss dich einfach trotzdem fragen: Können wir noch mal reden?

45

Drei Uhr vierunddreißig.

Er hatte mir die Nachricht mitten in der Nacht geschrieben, jeden Anfangsbuchstaben und jedes Komma korrekt gesetzt. So als hätte er nicht einschlafen können, weil ihn die Gedanken an mich fast erdrückten.

»Alles okay?«, fragte Amber mich kurz nach dem Aufstehen, während sie die Knöpfe ihrer Bluse schloss und ich wie versteinert in meinem Pyjama auf dem Bett saß.

»Ähm«, stotterte ich. »Natürlich.«

»Sicher?« Sie hob die Brauen, die sie sich bereits mit einem Stift nachgezogen hatte. »Du siehst so aus, als hättest du gerade erfahren, dass du einen lebensbedrohlichen Virus in dir hast.«

Ich habe Art in mir. Das ist irgendwie fast das Gleiche.

Doch das sprach ich natürlich nicht laut aus. Stattdessen winkte ich ihre Frage nur lächelnd ab und log, dass Mila mir geschrieben habe.

»Familiendrama«, sagte ich augenrollend. »Sie hat mir sogar um drei Uhr morgens geschrieben.«

Liebesdrama für immer in meinem Herzen.

Keine Ahnung, wieso ich Amber anlog. Ich hätte ihr gleich die Wahrheit erzählen können. Ich hätte ihr die Nachricht sogar vor das Gesicht halten können. Allerdings wusste ich, dass wir nach einem intensiven Gespräch einstimmig beschlossen hätten, Arts Nachricht zu ignorieren und ihn dann zu blockieren.

Ein Teil in mir wollte das nicht. Trotz allem.

Es war der Teil, der mit meinem Herzen verbunden war.

Dabei redete ich mir ein, dass ich Art garantiert nicht antworten würde. Dass er mich mal konnte – und zwar gewaltig. Ich hatte es geschafft, meinen Text vorzutragen. Ich, Helena panische Angst Winkler. Demnach sollte es ein Kinderspiel sein, Arts Nachricht zu ignorieren. Dennoch las ich sie mir immer wieder durch, wenn mich keiner beobachtete. Im Matheunterricht entschuldigte ich mich deshalb sogar auf Toilette, bloß um auf dem geschlossenen Klodeckel zu hocken und seine Nachricht ein weiteres Mal zu öffnen.

Ich hielt den ganzen Tag über stand, indem ich mir sagte, durchlesen wäre okay, antworten nicht. Dabei beschwor ich sogar immer wieder Isabellas Bild vor meinem inneren Auge herauf, um mich an das Schlechte zu erinnern. Ich dachte an Arts Verhalten Luca gegenüber. An seine stumme Ignoranz. An diese Nacht. An all die Worte von Amber. Und die hasserfüllten Blicke von Aylin und Chiara, als ich ihnen von ihm erzählt hatte.

Doch es brachte nichts. Tief in mir drin wusste ich, dass ich meine Entscheidung längst gefällt hatte.

Selbst wenn ich Art in der Mittagspause nicht in der Mensa begegnet wäre.

Es war wie verflucht. Seit ich wieder auf Sankt Zander war, hatte ich ihn nur dieses eine Mal mit Amber auf dem Internatsgelände gesehen, ohne dass er mich bemerkt hatte. Kaum schickte er mir mitten in der Nacht eine verzweifelte Nachricht, entdeckte ich ihn prompt in der Mensa.

Ich saß mit Amber an einem Tisch, während ich seine Rückseite ganz vorn ausmachte. Seine Muskeln zeichneten sich selbst unter seinem grauen Hoodie leicht ab, als er neben Vince den Ausgang ansteuerte, doch mit der Hand auf dem Türschieber verharrte. Felix, der an der Essensausgabe stand, rief nämlich plötzlich nach ihm.

»Hey, Art!«, schallte es durch die Mensa.

Sofort drehte Art sich um und sein Blick hätte überallhin schweifen können. Wenn ich es genau nahm, hätte er sogar nach links schweifen *müssen*. Seltsamerweise landete er jedoch direkt auf mir. Schluckend stellte ich fest, dass Art nicht so aussah, wie ich es mir ausgemalt hatte. Sein Haar war nicht besonders verwuschelt und unter seinen Augen waren keine Spuren von dunklen Ringen. Nichts ließ darauf schließen, dass er sich die halbe Nacht von links nach rechts gewälzt hatte.

Trotzdem verhakte sich mein Blick mit seinem.

Trotzdem pochte mein Herz so stark, dass ich mich wie ein lebendiger Zombie fühlte.

Bitte.

Ich hörte ihn flehen, ohne dass er ein Wort sagte. Weil ich ihn so gut kannte. Seine stumme Bitte kroch mir sogar im Farbton seiner tiefen Stimme unter die Haut.

»Gott.« Amber verzog das Gesicht. »Wieso schaut er dich so an?«

Weil wir uns immer so anschauen, dachte ich.

Weil ihr euch vielleicht wieder so anschauen könnt, flüsterte die Hoffnung in mir.

46

Okay, wir können reden

47

Art hatte mir innerhalb von Sekunden auf meine Nachricht geantwortet. Vielleicht weil er wusste, dass ein zu langes Zögern von seiner Seite mich dazu gebracht hätte, das Ganze noch einmal zu überdenken. Amber davon zu erzählen. Meinen Freundinnen davon zu berichten. Mich daran zu erinnern, dass ich meinen Text aus reiner Verzweiflung geschrieben hatte. Und zwar, um Art endlich aus mir herauszubekommen.

Unser Treffen *musste* demnach eine schlechte Idee sein.

Um zu dieser Erkenntnis zu gelangen, benötigte ich nicht einmal meine innere Mila. Denn meine Beine bebten förmlich, als ich mich auf den Weg zu unserem vereinbarten Treffpunkt machte. Ein Teil in mir versuchte, mich von jedem weiteren Schritt abzuhalten, doch mein Herzteil schob ihn zur Seite.

Ich kam nicht dagegen an.

Nicht gegen Art, gegen seine Aura und Anziehung, nicht gegen all das, was er war und mir bedeutete.

Ich erkannte ihn schon von Weitem. Nervös auf den Fußballen wippend wartete er vor der Bank.

Vor *unserer* Bank.

Dort, wo in gewisser Weise alles begonnen hatte.

Du kannst immer noch umdrehen.

Diesmal war es in der Tat meine innere Mila, die zu mir sprach. Allerdings ignorierte ich auch sie.

So wie Art dich ignoriert hat?

Mein Kopf machte mich fertig. Art hatte die Chance verdient, sich mir zumindest zu erklären. Wenn ich wusste, was los gewesen war, würde ich unser Ende besser verarbeiten können. Schließlich war alles besser als Stille, nicht wahr? Wenn wir jetzt redeten und alles klärten, müsste ich mich nicht mehr fragen, was wäre, wenn .... Ich könnte abschließen und meine Narbe sauber verheilen.

Es war genau das, was ich brauchte. Je näher ich Art kam, desto lauter wurde mein Herzpochen. Und am lautesten war es dann, als ich sah, wie weit Arts Augen aufrissen, als er mich erkannte.

Du bist es wirklich.

So als hätte er nicht damit gerechnet, dass ich tatsächlich kommen würde.

»Hey«, flüsterte er und ja, es klang klischeehaft, aber ein Wort reichte, damit ich all meine guten Vorsätze über Bord warf.

Ich war nicht hier, damit Art sich mir erklären und ich besser abschließen konnte. Ich war hier wegen ihm.

Nur wegen ihm.

»Ich ...« Er lachte kratzig. »Fuck, ich hätte nicht gedacht, dass du wirklich kommst.«

»Ich auch nicht«, log ich souverän, wobei ich auf die Bank deutete. »Du wolltest reden?«

Das war sehr gut von mir. Ich nahm die Zügel in die Hand. Ich war nicht schwach und leise, so wie ich mich die letzten Wochen über gefühlt hatte. Ich hatte etwas zu sagen und ich konnte Dinge bestimmen.

Art nickte, bevor er sich setzte und ich stolz auf mich war, weil ich auf Sicherheitsabstand achtete.

»Hel, ich … ich weiß nicht, wo ich anfangen soll.«

»Tja«, sagte ich trocken, weil ich es ihm garantiert nicht einfach machen würde. »Am besten irgendwo.«

»Okay.« Er holte tief Luft, so als müsse er sich sammeln. Dann legte er los. »Zuallererst will ich mich bei dir entschuldigen. Ich kann dir gar nicht sagen, wie leid es mir tut.«

Er blinzelte mich an, und obwohl wir an unterschiedlichen Enden der Bank saßen, konnte ich mich selbst in seinen Augen sehen. Als hätte er ebenfalls einen Teil von mir in sich.

»Und was genau?«, flüsterte ich und hasste, dass ich meinen unbekümmerten Stimmton nicht beibehalten konnte.

»Alles natürlich«, flüsterte er zurück. »Insbesondere diese Nacht. Es war nicht okay, dass ich mich nicht mehr gemeldet habe.«

»Und wieso hast du nicht?«, fragte ich. Womöglich hätte ich nicht sofort antworten und ihn stattdessen zappeln lassen sollen. Doch ich konnte nicht anders. Ich musste den Grund einfach wissen.

»Es ist kompliziert«, sagte er rau.

Ist das nicht alles, du verdammtes Arschloch?

Wieder meldete sich meine innere Mila zu Wort. Sie befeuerte mich so stark, dass ich mich aufrichtete.

»Hat dieses Komplizierte etwa etwas mit deiner Ex-Freundin zu tun?«

Einen Moment lang starrte Art in Richtung Horizont, dann sah er mich mit verzogener Miene an. »Was?«

»Du hast mich schon richtig verstanden.« Tief holte ich

Luft, um ruhig zu bleiben. »Ich habe ihren Post gesehen. Sie war bei deinem Auftritt. Im *Astra Kulturhaus*.«

»Echt?«, fragte er und es wirkte ehrlich überrascht.

»Ja«, sagte ich. *»Echt.«*

»Bella …« Art schüttelte den Kopf. »Tut mir leid, ich weiß nicht, warum du mir das erzählst. Ehrlicherweise hat meine Ex-Freundin überhaupt nichts mit dem zu tun, was ich dir sagen will.«

»Nicht?«, hakte ich jetzt verwundert nach. »Und was wolltest du eigentlich erzählen?«

»Erinnerst du dich an meinen Poetry Slam? Ich habe über meinen Bruder geredet. Ich … Ich war über die Feiertage zu Hause und …«

»Und was?«

Blinzelnd starrte Art in den Himmel, wobei seine Oberschenkel so stark zitterten, dass die Bank unter uns vibrierte.

»Ich konnte es nicht ertragen, ihn so zu sehen.« Seine Stimme brach, bevor sein gesamter Körper in sich zusammensackte. »Letztes Jahr hat Max zweimal versucht, sich umzubringen. Einmal im Februar, einmal im August.«

»W…was?«, flüsterte ich ungläubig. »Das tut mir so …«

»Nein«, unterbrach Art mich sofort und erstickt. »Du musst dich nicht dafür entschuldigen. Ich erzähle dir das nicht, damit du Mitleid mit mir hast. Ich will dir bloß erklären, wieso ich auf keine deiner Nachrichten antworten konnte und so abwesend war. Ich war vollkommen fertig mit der Welt und musste erst mal wieder auf mein Leben klarkommen. Ich will, dass du weißt, dass das alles nichts mit dir zu tun hatte, Hel.« Plötzlich sah er wieder auf. Seine Augen tränten, doch sein Blick war entschlossen. »Rein gar nichts.«

Ich wusste nicht, was ich erwidern sollte. Für einen winzigen Moment war sogar meine innere Mila sprachlos. Sein Bruder hatte versucht, sich umzubringen. Zweimal. Ich konnte sogar verstehen, dass er aufgewühlt war und Abstand von allem wollte. Trotzdem …

»Wieso hast du es mir nicht erzählt?«, fragte ich mitfühlend. »Oder mir einfach geschrieben, dass du dich für ein paar Tage nicht melden kannst? Oder spätestens auf Sankt Zander versucht, mir die Sache zu erklären?«

Dieser Muskel in Arts Kiefer zuckte, bevor er verächtlich schnaubte. »Weil ich ein Feigling bin. Und weil ich wusste, dass du ohne mich besser dran bist.«

Dieser Selbsthass in seiner Stimme.

Er schnürte mir die Kehle zu.

»Und eigentlich wollte ich dich auch wirklich in Ruhe lassen. Aber dann habe ich deinen Poetry Slam gehört und wusste, dass das, was du vorgelesen hast, über mich war. Wahrscheinlich macht es mich zu einem Arschloch, aber ich musste dir einfach sagen, dass ich genau dasselbe empfinde wie du.« Art erhob sich, blieb auf seiner Seite, doch sah auf mich hinab wie beim allerersten Mal in seinem Zimmer. »Ich will nicht, dass du mir verzeihst, weil ich das nicht verdient habe. Ich wollte wirklich bloß, dass du das weißt. Das ist alles.«

Einen Moment lang blieb er noch stehen, erneut auf seinen Fußballen wippend, ehe er in Internatsrichtung nickte.

»Also dann …«

Art drehte mir den Rücken zu, während ich sitzen blieb.

Bleib verflucht noch mal sitzen.

Ein Teil in mir wusste, dass, ihn gehen zu lassen – ganz objektiv betrachtet –, die einzig richtige Entscheidung war.

Allerdings war das Leben nicht nur schwarz und weiß. Bestand es nicht vielmehr aus verschiedenen Grautönen? Art hatte mir das Herz gebrochen, doch Arts Herz war auch gebrochen. Ich konnte mir nicht einmal vorstellen, wie es sich anfühlen musste, wenn Mila hätte tot sein wollen, und dann trotzdem mit ihr am Weihnachtstisch zu sitzen, um heile Familie zu spielen. Ich wäre auch verrückt geworden, hätte alles von mir gestoßen und Zeit für mich gebraucht.

Aber ich musste dir einfach sagen, dass ich genau dasselbe empfinde wie du.

Wie konnte ich ihn gehen lassen? Ich, die Liebe liebte? Die an sie glaubte und um sie kämpfte, die verstand, dass nicht immer alles einfach war? Die, die zweite Chancen, große Gesten und dramatische Versöhnungen kurz vor dem Epilog inhalierte?

Gänsehaut überzog meine Glieder wie letzte Woche, kurz bevor ich meinen Text geschrieben hatte, weil ich alles plötzlich glasklar sah.

Art hatte recht, es war kompliziert. Aber meine innere Mila hatte ebenfalls recht: Eigentlich war es *immer* kompliziert. Das hieß jedoch nicht, dass man Menschen nicht verzeihen konnte, wenn sie es verdienten. Es heißt nicht, dass alles schlecht ausgehen musste, nur weil man verliebt war. Selbst wenn man den Typen mit dem zu schiefen Grinsen und der zu tiefen Stimme liebte.

»Warte!«, rief ich deshalb, während alles in mir glühte.

REASONS WHY
Kapitel 47

Von @girlwritinglovestories

189 ☆ 45 29

Adams Augen sahen mich überrascht an. Er konnte offenbar nicht glauben, dass ich diese Worte gesagt hatte. Mehrere Male blinzelte er, versuchte, etwas zu sagen, brach ab und versuchte es erneut, bis er schließlich ein einziges Wort herausbekam.

»Warum?«, flüsterte er rau. »Warum verzeihst du mir? Trotz allem?«

Ich zuckte mit den Schultern, während wir gemeinsam in den Himmel starrten. Dabei hielt ich uns immer noch auf Sicherheitsabstand.

Trotz allem.

Die Worte echoten in mir nach, als ich an all den Schmerz dachte. An die plötzliche Funkstille. An alles, was er mir verschwiegen hatte. Da war so viel Schlechtes, was zwischen uns passiert war. So vieles, was mein Herz erschüttert hatte.

Aber da war auch so vieles, was es zum Glühen gebracht hatte.

»Du bist gar kein so schlechter Mensch, wie du denkst, Adam«, flüsterte ich deshalb, weil ich mich an das Notizbuch erinnerte, in dem er dutzende Lieder an seine verstorbene Schwester notiert hatte. An all das, was er mich fühlen ließ. Wie er um mich gekämpft hatte, obwohl ich ihn angeschrien hatte, dass er mich für immer in Ruhe lassen sollte. Ich dachte daran, dass er nie aufgegeben hatte. Zum Schluss dachte ich an all die Liebe zwischen uns.

»Da sind so viele Gründe«, flüsterte ich schließlich, bevor ich mich lächelnd zu ihm umdrehte.

ENDE

48

Ich hatte die ganze Nacht durchgeschrieben.

Nachdem Art mir geschworen hatte, dass er mich nie, nie, nie, nie wieder verletzen würde, wenn ich ihm eine zweite Chance gab, waren wir kilometerweit den Strand entlangspaziert. Der Wind hatte uns fürchterlich durchgeschüttelt, dennoch war mir die ganze Zeit über warm gewesen.

Wegen Art.

Und jetzt schrieb ich schon seit viereinhalb Stunden in meinem Bett, weil es gar keine andere Möglichkeit gegeben hatte. Ich hatte einfach meine Liebesgeschichte weiterschreiben müssen. Denn wenn Art und ich unser Happy End bekamen, verdienten Hailey und Adam auch eins. Ehrlicherweise konnte ich nicht glauben, dass ich sie so lange auf ihr Happy End hatte warten lassen. Und jetzt? Tja, jetzt war die Geschichte auserzählt. Nun fehlte nur noch der Epilog, mit dem ich meinen wenigen Leserinnen zeigen würde, wie glücklich Adam und Hailey zusammen waren – natürlich nur, nachdem sie all die Hindernisse gemeistert hatten, die das Universum ihnen aufgeladen hatte. Schließlich war das doch immer so. Bevor etwas gut werden konnte, musste es schlecht sein.

Allerdings war ich auch etwas traurig, nachdem ich den allerallerletzten Satz geschrieben hatte.

Die Geschichte war vorbei.

Doch gerade dann, dann, als es in meinem Herzen zu ziehen begann, erinnerte ich mich an die Tatsache, dass die Geschichte zwischen Art und mir gerade erst begann. Das war das Gute an echten Liebesgeschichten. Sie hatten keinen Epilog, nach dem man das Buch zuschlug.

Echte Liebesgeschichten fingen nach dem Epilog erst richtig an.

Februar war der grauste Monat des Jahres, ich jedoch spürte diese träge Schwere keine einzige Sekunde lang. Ich war unantastbar für die Kälte, denn in mir war ständig alles warm und glühend. Selbst wenn Art mich gerade nicht heimlich in sein Zimmer schleuste, wo wir es immer langsam angingen ließen.

Langsam angehen lassen.

Es war sogar seine Idee gewesen, denn Art wollte dieses Mal alles richtig machen.

Art
Ich will dich nicht noch mal verlieren 🥺

Er schickte mir süße Nachrichten und flüsterte mir Versprechen in mein Ohr, wenn wir uns trafen. Er schrieb fünf neue Liebeslieder, die alle von mir handelten.

Art
Ich schreibe genauso gerne
über dich wie du über mich 🙈

Wir küssten uns, bis unsere Lippen taub waren, und gingen jedes Mal ein kleines bisschen weiter, allerdings nie zu weit. Immer wenn ich sein Zimmer verließ, fühlte es sich jetzt wieder so an, als würde ich fliegen. Zum Teil war das Arts Verdienst. Aber ich beeilte mich auch immer, so schnell wie möglich zurück zu meinem Zimmer zu gelangen, ohne dass mich jemand bemerkte.

Immerhin war das zwischen ihm und mir geheim, worauf ich bestanden hatte. Ich musste noch einen Weg finden, Amber von unserer Versöhnung zu erzählen, ohne dass sie mich für verrückt erklären würde. Oder Aylin und Chiara. Wenn sie Fragen bezüglich Art in unserem Gruppenchat stellten, lenkte ich das Thema immer wieder auf *ihr* Leben.

Ehrlicherweise fürchtete ich mich unheimlich vor den Reaktionen meiner Freundinnen. Wäre ich sie gewesen, hätte ich mir wahrscheinlich an den Kopf geworfen, dass das eine ganz, GANZ schreckliche Idee sei. Doch wäre ich wirklich sie gewesen, hätte ich auch nicht gewusst, wie es sich anfühlte, mit Art zu sein. Hätte nicht gewusst, dass mir niemand das Gefühl geben konnte, das er mir gab. Dass ich immer weiter und weiter und weiter glühte, ohne jemals zu verglühen.

Letzte Woche hatte Frau Krüger eine Infostunde zu Dynamik und Erzähltempo gehalten, bevor wir uns selbst an die Arbeit machen sollten. Eine unserer Aufgaben war es gewesen, einen großen Zeitsprung innerhalb einer Handvoll von Sätzen zu beschreiben. Hätte sie mir diese Aufgabe noch einmal gestellt, wäre meine Antwort gewesen: Die Wochen zwischen Februar und März waren die besten meines Lebens. Selbst wenn mein Haarausfall nicht aufhörte, obwohl der Inselarzt mir nach dem Blutabnehmen sagte, alles wäre in Ordnung. Ich hatte nicht einmal einen immensen Mangel irgendwelcher Vitamine.

Wahrscheinlich nur Stress, Helena.

Er ordnete mehr Entspannung an und ich entspannte mit Art. In seinem Zimmer. Heimlich an unseren vereinbarten Treffpunkten. In meinem Bett, wenn ich sein Lieblingsbuch las, das er mir letztes Jahr gegeben hatte. *Was man von hier aus sehen kann.*

Und ich sah nur Liebe.

Draußen war es kalt, aber Art und ich glühten so hell, dass ich wusste, wir könnten niemals verglühen. Wir waren keine Sterne. Wir waren die Sonne. Und wann immer wir zusammen waren, befanden wir uns auf einem anderen Planeten.

49

»Stör ich?«, fragte Mila mit einer blechern-verzerrten Stimme.

»Nein«, log ich, während ich mir eine Haarsträhne um den haarschonenden Lockenstab wickelte und mein Handy so vor dem Spiegel platzierte, dass sie mich sehen konnte. »Absolut nicht.«

»Sicher?« Sie rückte mit dem Gesicht noch näher ans Display. »Wofür machst du dich denn fertig?«

»Ich geh noch weg.«

»Auf ein Date?«

»Nein«, log ich erneut. »Wir haben da diese Versammlung von meinem Schreibkurs.«

»Cool«, sagte sie.

»Ja.« Mein Blick flog zur Uhrzeitanzeige. »Das heißt, du hast noch genau achtzehn Minuten, um mir davon zu erzählen, wieso dich einer der zwei Heuchler, über die du eigentlich nicht mehr reden willst, wieder aufgeregt hat.«

Noch achtzehn Minuten, bis ich Art sehe.

Mila seufzte. »Ich glaube, ich muss meine kleine Schwester umtauschen. Sie durchschaut mich viel zu gut.«

Ich lachte, wobei ich mit dem Lockenstab fast meinen Hals streifte. »Also«, begann ich. »Was ist passiert?«

»Nichts eigentlich. Mama hat mir nur noch mal geschrieben.«

»Echt?« Ich nahm den Blick von meinem eigenen Spiegelbild, um meiner Schwester ins Gesicht zu sehen. »Was hat sie gesagt?«

»Sie hat mir eine lange Nachricht geschickt«, sagte Mila überraschend leise. »Sie hat mir erklärt, dass sie mich vermisst, und sie will, dass wir noch mal reden.«

»Ich finde, du solltest es tun.«

»Natürlich findest du das.«

»Mama ist toll und das weißt du.« Ich kräuselte die Stirn. »Wieso hast du überhaupt aufgehört, mit ihr zu reden?«

»Das würdest du nicht verstehen«, flüsterte Mila.

»Doch, das würde ich.«

Meine Schwester kniff sich in den Punkt zwischen ihren Brauen. »Ich meine, hast du dich noch nie gefragt, wieso sie erst so spät hinter Papas Affäre gekommen ist?«

Langsam schüttelte ich den Kopf. »Keine Ahnung.«

»Das ist es ja. Mama hatte nicht keine Ahnung.« Mit einem Mal hob meine Schwester die Stimme. »Sie wusste es einfach die ganze Zeit. Von Anfang an. Und was hat sie gemacht? Hat sie sich getrennt, weil Papa ein Arschloch ist? Nein. Nein, natürlich nicht. Sie hat es gewusst und trotzdem weitergemacht. Weil sie unser perfektes Familienleben nicht zerstören wollte. Weil sie keine Konflikte und keine Komplikationen wollte. Gott, ich werde so wütend, wenn ich daran denke. Ich meine, wie kann man das mit sich machen lassen? Wie kann man so wenig für sich selbst einstehen? Wie kann man sich derartig wie Dreck behandeln lassen? Als wäre man sich rein gar nichts wert? Was ist das überhaupt für ein verficktes Vorbild!«

»Sie …« Instinktiv legte ich den Lockenstab beiseite, während ich mich nur noch auf Mila konzentrierte. »Sie hat es gewusst?«

»Ja. Hast du mir nicht zugehört? Sie wusste es die GANZE Zeit. Wäre Papa nicht selbst auf sie zugekommen und hätte gemeint, er will die Scheidung, würde er immer noch jeden Abend seine Geliebte vögeln. Und Mama würde seelenruhig ihren Tee trinken, obwohl sie ganz genau weiß, dass ihr Mann gerade sein bestes Teil in eine andere Frau steckt. Gott, es kotzt mich so an.«

Ich schwieg, sodass ich hörte, wie Mila angestrengt ein- und ausatmete, weil sie sich so in Rage geredet hatte.

»Also«, vollendete sie schließlich. »Verstehst du jetzt, wieso ich so wütend auf Mama bin?«

Ja, dachte ich. Und nein.

»Schon«, sagte ich deshalb vorsichtig. »Trotzdem finde ich, du solltest mit ihr reden. Sie hat bestimmt Gründe für ihr Verhalten, meinst du nicht?«

Außerdem ist es ganz eigentlich auch nicht unsere Sache.

Den Satz verschwieg ich, weil ich wusste, dass die echte Mila noch hartnäckiger war als meine innere.

»Der einzige Grund ist, dass sie der Wahrheit nicht ins Gesicht sehen wollte, weil sie dachte: *Oh ja, ich muss einfach nur die Augen davor verschließen, dann kann ich so tun, als wäre alles gut.* Dabei ist alles eine Lüge. Aber …« Mila blinzelte gegen die Decke an. »Ja, vielleicht sollte ich wirklich mal mit ihr reden.«

»Hm«, machte ich, weil ich nicht wusste, was ich sagen sollte.

Allerdings hatte ich die Rechnung ohne Mila gemacht. Denn sie hatte immer etwas zu sagen.

»Themenwechsel«, verkündete sie.

»Okay?«, erwiderte ich unsicher.

»Was ist eigentlich aus Amber geworden?«

»Wie meinst du das?«, fragte ich verwundert.

»Na, ihr hattet doch Streit? Wegen diesem Typen? An Silvester?«

»Ach, das«, brachte ich krächzend hervor. »Ja, das war nicht so schön. Aber wir haben uns wieder vertragen.«

»Einfach so?«

»Ja, keine große Sache.«

Zwischen Milas Brauen bildete sich eine Furche. »Also, wenn du mich fragst, ist es ziemlich toxisch, sich wegen eines Jungen zu streiten. Ehrlich jetzt.«

Es ist auch ziemlich toxisch, einen Streit mit deiner besten Freundin vorzutäuschen, setzte meine innere Mila nach, während die echte sich vor mir aufsetzte.

Furchtbar dominant.

Total toxisch.

Red Flag.

Keine Ahnung, wieso das Echo genau jetzt wieder in meinem Kopf erklang.

Mila und ich legten gerade noch rechtzeitig auf.

Ich schaffte es, mich umzuziehen und mir, kurz bevor Art anklopfte, die Haare über dem Kopf auszuschütteln, damit sie noch voluminöser wurden. Das war wichtig, insbesondere seit sie nicht mehr so dick waren wie zuvor. Mir missfiel, wie das Gespräch mir im Kopf nachhallte. Diese fünf Wörter insbesondere.

Dabei ist alles eine Lüge.

Seltsamerweise meldete sich mein Bauchgefühl, wann immer ich an diese Wörter dachte. Doch als es klopfte, wollte ich nicht länger darüber nachdenken. Also schob ich mein Bauchgefühl beiseite, um Platz für all die anderen Gefühle in mir drin zu haben.

»Hey«, sagte Art, als er heimlich in mein Zimmer huschte und ich hastig die Tür hinter ihm schloss.

Heute trafen wir uns bei mir, weil Amber bis sechs Uhr einen Kurs im Atelier besuchte. Ich hatte mich den ganzen Tag über gefreut, hatte den Laptop mit Netflix auf meinem Bett schon vorbereitet und beobachtete jetzt, wie Art sich die Sneaker von den Füßen streifte.

»Komm«, forderte er, nachdem er sich auf mein Bett geschmissen hatte und den Arm nun nach mir ausstreckte, sodass ich perfekt in die Kuhle zwischen Letzterem und seiner Schulter passte. »Die nächste Folge *Shameless* wartet auf uns.«

Art und ich hatten sogar eine Serie begonnen, die wir nun gemeinsam schauten. Auch wenn niemand von unserer Beziehung wusste, fühlte sie sich echter an denn je.

Lächelnd ging ich auf Art zu, wohl wissend, was mich erwarten würde. Alle unsere Treffen liefen gleich ab: Wir redeten zwei, drei Sätze und stellten dann die Serie an, die wir meistens bis zur Zwanzig-Minuten-Marke schauten, bevor Art mich mit der Hand in meinem Nacken zu sich heranzog.

Heute war es genauso.

Gegen Minute neunzehn spürte ich, wie er seinen Körper gegen meinen drängte, bevor er mich halb auf sich zog und mich zu küssen begann. Dabei wanderten seine Hände über meinen Rücken, während zwei Filmcharaktere gegenüber von uns sich ihre Liebe schworen.

Ein Schauder lief mir über den Rücken, als ich spürte, wie Arts Hand sich unter mein Shirt mogelte. Wir ließen es wirklich langsam angehen und waren nie mehr so weit gegangen wie in dieser einen Nacht. Und das, obwohl ich merkte, dass Art eigentlich alles von mir wollte. Dabei war ich mir im Klaren darüber, dass ich es früher oder später mit ihm tun musste.

Vielleicht … vielleicht kann ich heute schon ein Stückchen weiter gehen, dachte ich. Um ihn nicht zu langweilen und sicherzustellen, dass sich die Funkstille von Januar nicht wiederholte.

Langsam griff ich also selbst nach dem Saum meines Shirts, um es mir über den Kopf zu ziehen. Es kostete mich all meine Überwindung. Trotzdem machte Art von mir ab und beobachtete mit glasigen Augen, wie ich anschließend nach dem Verschluss meines BHs griff.

»Fuck, Hel«, flüsterte er, während ich mir gerade die Träger von den Schultern streifte und dann …

»LENI?«

Nein.

Nein.

Nein. Nein. Nein.

Atemlos hielt ich meinen BH mit der Hand fest, während mein Blick zur Tür schoss.

Amber.

Amber, die uns mit riesigen Pupillen entgegenstarrte.

Und dann die Lippen aufeinanderpresste.

»Wie kannst du nur?«, flüsterte sie verächtlich, doch ihr Blick lag nicht auf mir.

Er galt Art.

50

Ich entschuldigte mich zehntausendmal bei Art, während wir uns hastig anzogen und ich ihn anschließend gewissermaßen aus meinem Zimmer schmiss.

»Sorry«, sagte ich ein letztes Mal. »Ich muss Amber finden. Und ihr die Sache, na ja …« Ich lächelte schüchtern. »… diese Sache zwischen uns erklären.«

Meine Wangen brannten. Ich verspürte Zeitdruck und leichte Panik. Trotzdem blieb die Welt für mich stehen, als Art sich gegen den Türrahmen lehnte.

»Die Sache zwischen uns?«, fragte er spielerisch.

»Ja«, erwiderte ich und fühlte mich wie ein Kind, das sich nicht traute, gewisse Begriffe auszusprechen.

»Hel.« Das Lächeln auf seinen Lippen war so unendlich schief. »Wir haben nicht nur eine Sache.« Jetzt fleckte sich auch sein Hals rot, bevor er weitersprach. »Für mich bist du meine Freundin.«

Meine Freundin.

Die magischen zwei Wörter, auf die ich gefühlt seit Oktober gewartet hatte. Als Art sich dann auch noch in meine Richtung lehnte und mich küsste, begann sich die Welt wieder zu drehen, doch für mich geschah es wie in Zeitlupe. Er küsste mich, sog an meiner Lippe, legte seine Hand auf meine Taille.

»Stopp.« Lachend machte ich mich von ihm los. »Ich muss erst meine beste Freundin davon überzeugen, dass du nicht so ein großer Arsch bist, wie sie denkt.«

»Klingt nach einer Herausforderung, so wie sie mich gerade angesehen hat.« Er verzog das Gesicht, sein Stimmton blieb dabei jedoch belustigt. »Sag Bescheid, wenn du Hilfe brauchst.«

»Mache ich.«

Wir verabschiedeten uns mit einem letzten Kuss voneinander, bevor er nach rechts und ich nach links abbog.

Ehrlicherweise hatte ich keine Ahnung, wo ich nach Amber suchen sollte. War sie im Atelier? Spazieren? In der Bibliothek? Oder vielleicht bei ihrem Bruder? Die Möglichkeiten schienen endlos. Also klapperte ich eine Option nach der anderen ab, während ich mir einredete, dass die Situation sogar etwas Gutes hatte. Das Versteckspiel würde aufhören. Ich könnte meinen Freundinnen endlich erklären, dass Art doch kein Mistkerl war. Vielleicht könnten Amber, Art und ich uns sogar zu dritt treffen. Natürlich nachdem ich sie davon überzeugt hatte, dass das alles bloß ein riesiges Missverständnis war.

Dass Art meine eine, wahre Liebesgeschichte war.

Dafür musste ich Amber allerdings erst einmal finden – was ich nicht tat. Ich fragte ihre Mitschüler im Atelier, die meinten, sie sei vor gut zwanzig Minuten schon auf ihr Zimmer gegangen. Ich sah in der Bib nach und schrieb ihr Nachrichten, die unbeantwortet blieben. Ich ging unsere Spaziergangsroute um das Internatsgelände ab – ebenfalls Fehlanzeige. Als Letztes klopfte ich bei ihrem Bruder Vince an, der mich mit einer tiefen Furche zwischen den Brauen fragte, wieso ich so besorgt war.

»Muss ich mir etwa auch Sorgen machen?«

»Nein, nein«, erwiderte ich sofort. »Wir … Sie … Wir hatten bloß eine kleine Auseinandersetzung.«

Er hob eine dunkle Braue in die Höhe. »Okay?«

»Nichts Schlimmes«, versicherte ich ihm, bevor ich mich schnell verabschiedete und von seiner Türschwelle verschwand. Seinen verwunderten Blick spürte ich trotzdem in meinem Rücken.

Es ist wirklich nichts Schlimmes, dachte ich.

Weil ich nicht wusste, wo ich sonst noch suchen sollte, beschloss ich, erst einmal zurück in unser Zimmer zu gehen. Und da saß Amber dann. Mit überkreuzten Beinen hockte sie auf ihrem Bett und sah so aus, als hätte sie nur auf mich gewartet.

»Amber«, sagte ich atemlos, wobei ich die Tür hinter mir zuzog. »Ich habe überall nach dir gesucht. Ich kann dir das …«

»Hör auf, Leni.«

Alles Blut sackte mir in die Knie.

Wieso klang sie plötzlich so ernst?

»Du musst mir nichts erklären.«

Und wieso wurden Ambers Augen plötzlich so glasig?

»Eigentlich musst du dir das alles bloß selbst erklären.«

Dann erhob sie sich mit ihrem Handy vom Bett und hielt es mir vor die Nase.

Grund X

Ich hätte dir niemals eine zweite Chance geben dürfen.

Wahrscheinlich wusste ich das tief in mir drin sogar. Wahrscheinlich wusste ich ebenfalls, dass – wenn ich dir eine zweite Chance gebe – es nicht gut ausgeht. Vielleicht ist es nicht richtig, diesen Vergleich zu ziehen, doch ich schätze, ich kann mir vorstellen, wie Drogensüchtige sich fühlen müssen. Als wäre ein einziger guter Moment mehr wert als ein ganzes Leben. Als würde man alles für den kurzen Rausch aufgeben, auch sich selbst.

Art, ich will dir gestehen, dass ich deine Ausgabe von *Wenn wir bleiben* verbrannt habe. Ganz poetisch und theatralisch wie im Film. Trotzdem habe ich meine eigene Ausgabe gerade im Rucksack. Eigentlich würde ich gern darin lesen, weil es mir normalerweise hilft, mich in eine andere Welt zu flüchten, wenn meine mir nicht gefällt. Allerdings befürchte ich, dass ich es nicht bis zum Ende schaffen würde.

Weil ich jetzt weiß, dass echte Liebesgeschichten meistens nicht gut enden.

Unsere ist eine davon.

51

»Das kann nicht stimmen«, flüsterte ich immer wieder, obwohl ich es mit eigenen Augen gesehen hatte. »Nein. Wirklich. Es kann nicht stimmen.«

Statt mir zu antworten, schüttelte Amber bloß mitfühlend den Kopf. Am liebsten hätte ich geschrien, bis ich keine Stimme mehr gehabt hätte.

»Z…zeig mir das noch mal«, bat ich, während Amber schluckend ihr Display entsperrte.

Genau beobachtete ich, wie sie Instagram und schließlich den ersten Chat ihrer Unterhaltungen öffnete. Der Chat, der das Profibild von Isabella – *Bella* – zeigte.

Unglücklicherweise sah nichts daran fake aus. Genauso wenig wie die Nachricht, die ich mir ein weiteres Mal durchlas. Letztere war vor zwölf Minuten eingetroffen, weil Amber ihr vor zwanzig Minuten geschrieben hatte.

@isabelladelaluna
Hey Amber, also … ehrlich gesagt, weiß ich nicht, was ich antworten soll, weil ich niemanden verletzen will. Aber ja, ich habe mich mit Art getroffen. Ich war an Silvester bei seinem Auftritt, weil eine Freundin unbedingt im

Astra Kulturhaus feiern wollte. Keine Ahnung, ob Art mich dort gesehen hat, aber es war schon echt ein krasser Zufall, als er mir genau an dem Abend geschrieben hat, ob er vorbeikommen könnte. Es war auch irgendwie superspät, als er mir geschrieben hat? Fast schon morgens. Er hat ziemliche Probleme in seiner Familie und brauchte »Ablenkung«, wenn du verstehst, was ich meine. Er wollte mich küssen, ich ihn aber nicht, weil … ja. Weil die Sache für mich einfach echt gegessen ist. Vor allem, nachdem ich letztes Jahr im Oktober noch mal auf Sankt Zander war. Er hatte mir geschrieben. Kurz sah es so aus, als würden wir wieder zusammenkommen. Aber dann hat er mich vor seinem Auftritt in der *Kajüte 57* einfach abblitzen lassen. Und an Silvester hat er mit keinem Wort deine Freundin erwähnt beziehungsweise *seine* Freundin. Ehrlich gesagt überrascht mich das nicht mal, denn als ich fest mit ihm zusammen war, gab es da auch dieses eine Mal, das etwas … fragwürdig war, wenn du verstehst, was ich meine. Ich glaube, die Sache hat sogar die Runde im Internat gemacht. Das mit deiner Freundin tut mir furchtbar leid. Kann ich irgendetwas für sie tun? 🥺

Die Nachricht war ein Witz. Sie *musste* ein Witz sein, schließlich hatte Art mir geschworen, dass er nichts mit Isabella hatte, dass er nur mich wollte und ich jetzt seine

Freundin war. Man wollte niemand anderen küssen, wenn man eine Freundin hatte. Insbesondere dann nicht, wenn man eigentlich nur Ablenkung brauchte. Und erst recht nicht, nachdem besagte Freundin keinen Sex hatte haben wollen.

»Das ergibt keinen Sinn«, sagte ich. »Das ist fake.«

»Leni …«

»Amber, sag nicht Leni. Das hilft mir nicht weiter. Ich … ich muss mit Art reden. Aber ich muss mich erst mal beruhigen. Eine Dusche wäre gut. Ja, ja, ja, genau. Eine lange heiße Dusche ist genau das, was ich jetzt brauche.«

Ich bemerkte die Tränen, die mir über das Gesicht liefen, erst als ich im Badezimmer meinem eigenen Spiegelbild begegnete.

Es war nicht nur eine Träne.

Es war ein ganzes Meer.

Und es war kein unbekannter Ozean. Es kam mir so vor, als wäre ich in diesem Wasser schon viel zu oft geschwommen.

52

Im Grunde machte ich alles richtig.

Ich versuchte zu schlafen, obwohl ich nicht schlafen konnte. Meinem Körper die Ruhe zu geben, die er brauchte. Dann schrieb ich Art, ob wir uns am Nachmittag treffen könnten. Sogar mit Smiley. Dann probierte ich mich an positivem Denken, selbst wenn Amber mich dabei so traurig ansah, als wäre ich die Königin aller zu bemitleidenden Personen. Dann machte ich mich fertig und sprang in ein süßes Oberteil, kämmte mein Haar und versuchte, nicht zusammenzuzucken, als ich das nächste Haarbüschel zwischen den Borsten erkannte.

Alles war in bester Ordnung. Es gab keinen Grund zur Beunruhigung. Das ist nur Stress.

Das sagte ich mir den ganzen Tag über immer wieder. Denn es war wahr. Ich war Arts Freundin. Das hatte er mir erst gestern erklärt. Trotzdem fragte Amber mich, ob ich mir wirklich sicher sei, dass ein Treffen eine gute Idee wäre.

»Natürlich«, sagte ich. »Ich muss ihn darauf ansprechen. Das macht man in Beziehungen nun mal so.«

Also checkte ich mein Outfit ein letztes Mal im Spiegel, ehe ich mich auf den Weg zu seinem Wohnheim begab.

»Hey, Helena.«

Alles in mir erstarrte, als wäre ich erwischt worden. Dabei

tat ich nichts Verbotenes. Ich hob den Blick und beobachtete, wie Luca mir weiter vorn so unendlich freundlich zulächelte, bevor er in sein Zimmer verschwand.

Ob er auch in der Silvesternacht seine Ex hatte küssen wollen, obwohl er eigentlich eine Freundin hatte?

Sehr wahrscheinlich nicht, antwortete mir meine innere Mila und mein Herz zog.

Keine fünf Minuten später pochte genau dieses Herz einen Schlag schneller, weil ich Arts Zimmer betrat. *Mein Freund* hatte sich Mühe gegeben, den Laptop bereits aufgeklappt und meine liebsten Süßigkeiten auf seinem Nachttisch platziert. Es roch sogar frisch nach Waschmittel, als hätte er die Bezüge extra meinetwegen in eine Maschine in den Waschräumen geschmissen.

»Schön, dass du hier bist«, sagte er und begann, mich zu küssen, wild und heftig, bevor er mich gegen die Tür drückte, als wären wir tatsächlich Teil eines romantischen Films.

Wir sind ein romantischer Film, sagte diese Stimme in meinem Kopf.

Aber waren wir das wirklich?

Während er begann, sich an meinem Hals entlangzuküssen, fragte ich mich, ob dieses ganze Set-up vielleicht nicht nur einer seiner Absichten diente.

Du bist verrückt. Das stimmt nicht.

Ja, dachte ich. Das war nur meine unendlich misstrauische innere Mila, die da aus mir sprach.

»Alles okay?« Art hörte auf, mich zu küssen, als er bemerkte, dass ich nicht so ganz bei der Sache war wie er.

»Ja«, erwiderte ich hastig. »Natürlich.«

Obwohl es nur drei Schritte bis zu seinem Bett waren, umschloss er meine Hand mit seiner.

Alles war so perfekt.

Es musste einfach eine Erklärung für das geben, was Isabella geschrieben hatte. Ein Missverständnis. Eine Misskommunikation. Ihre Nachricht war lediglich ein weiteres Hindernis in der Laufbahn unserer Liebe. Wir hatten schon so viel gemeistert. Das würden wir auch noch schaffen. Außerdem – was wären die Höhepunkte unserer Beziehung ohne die Hindernisse? Wenn ich ausnahmslos nur glücklich mit Art und nie traurig seinetwegen wäre, könnte ich unsere guten Momente gar nicht richtig zu schätzen wissen.

Eigentlich war alles genau so, wie es sein sollte. Immerhin unterschied sich der Nachmittag kein bisschen von den anderen, die wir miteinander verbracht hatten. Wir lachten, unterhielten und küssten uns. Alles glühte. Alles war großartig. Ich wusste, dass ich Art darauf ansprechen musste, doch … ich tat es nicht.

Ich verstand Mama, selbst wenn Mila es niemals tun würde.

Ich wollte das, was Art und ich hatten, nicht zerstören.

Und das würde ich, wenn ich ihm unterstellte, dass er mich betrügen wollte. Nicht wahr?

Aber gerade dann, als ich beschloss, dieses Gesprächsthema auf ein anderes Mal zu verschieben, verflocht er seine Finger wieder mit meinen und nahm meine Hand genauer unter die Lupe.

Instinktiv wollte ich sie ihm entziehen, weil meine Hände weiterhin meine größte Schwachstelle waren und ich nicht wollte, dass er das bemerkte.

Allerdings war es bereits zu spät.

»Krass«, sagte er glucksend. »Mir ist noch nie aufgefallen, was für kleine Daumen du hast. Ist ja echt niedlich.«

»Hey«, sagte ich und zog fester, doch er hielt sie weiterhin fest. »Schau sie nicht so lange an.«

»Wieso nicht?«

»Ich … ich mag das nicht.«

»Und warum?«

»Ist das wichtig?«

Er hielt meine Hand noch immer, obwohl ich mich weiterhin aus seinem Griff befreien wollte. Ich konnte genau beobachten, wie sein Blick über meinen zu kleinen Daumen, die schiefen Gelenke und meine krummen Nägel wanderte.

»Kannst du …« Ich schluckte. »Kannst du meine Hand bitte loslassen?«

Er kam meiner Bitte nicht nach.

Furchtbar dominant.

Total toxisch.

Red Flag.

Die Worte echoten in mir nach, während er sich meine Hände bis ins kleinste Detail besah, nur um den Kopf dann zu heben und mir direkt ins Gesicht zu starren. Art hielt meine Finger fest, und obwohl er lächelte, schien nichts an ihm freundlich. Er wusste, dass er das tun konnte: meine Hand festhalten, obwohl ich sie eigentlich wegziehen wollte. Einen Orgasmus von mir bekommen, obwohl ich ihn Art gar nicht hatte geben wollen.

»Bitte«, setzte ich nach, doch er ignorierte es.

Während er seinen Griff noch weiter festigte, realisierte ich zum ersten Mal, wie viel Macht Art über mich hatte. Wie unendlich stärker er war als ich.

Und wie unendlich schwach ich im Vergleich zu ihm war.

Wieso lässt er meine Hand nicht einfach los?, fragte ich mich.

Er musste doch bemerken, wie unangenehm die Situation mir war. Ich hätte das niemals getan.

»Bitte«, wiederholte ich, diesmal drängender, woraufhin Art meine Hand endlich freiließ.

Nur weil ich gebettelt hatte.

Furchtbar dominant.

Total toxisch.

Red Flag.

Instinktiv setzte ich mich auf und klemmte mir die Hände unter die Schenkel. Für einen Moment war ich diejenige, die auf ihn herabsah. Auf diesen wunderschönen Musiker, der sein gesamtes, großartiges Leben noch vor sich hatte. Der, der mich jetzt so unschuldig anlächelte, als hätte er mich gerade nicht festgehalten. Als hätte er mir noch nie, nie, nie das Herz gebrochen. Als hätte er nicht die Macht dazu, es mir ein zweites und drittes und viertes und fünftes und sechstes Mal zu brechen.

Ich meine, wie kann man das mit sich machen lassen? Wie kann man so wenig für sich selbst einstehen? Wie kann man sich derartig wie Dreck behandeln lassen? Als wäre man sich rein gar nichts wert?

Milas Worte echoten in mir nach, während meine Lippen sich wie automatisch öffneten und mir abertausende Worte auf der Zunge lagen.

Warum? Warum hast du mich angelogen? Ich weiß, dass du mich angelogen hast. Hörst du? Wie konntest du nur? Wie konntest du mich nur belügen und betrügen, benutzen und bloßstellen? Wieso hast du mich wie Dreck behandelt? Hast du wirklich gedacht, ich merke das nicht? Hast du tatsächlich geglaubt, es wäre okay, mir zu unterstellen, ich hätte was mit Luca, dabei warst du derjenige, der seine Ex küssen wollte? Hast du ernsthaft angenommen, es wäre in

Ordnung, dass du mir nicht geschrieben hast, nachdem ich mitten in der Nacht gegangen bin? Dass es dich nicht einmal gekümmert hat, dass es mein erstes Mal gewesen wäre? Dass es dir die ganze Zeit über nur um dich gegangen ist? Dass du einfach beschlossen hast, ich würde mit dir im Hotel schlafen? Dass ich Amber deshalb als Alibi benutzen musste? Dass ich sie und sogar meine Schwester deinetwegen angelogen habe, was ich noch nie zuvor getan habe? Dass ich weder Chiara noch Aylin von dir erzählen wollte, weil ich insgeheim wusste, dass du nicht gut für mich bist? Hast du wirklich angenommen, dass ich dich alles mit mir machen lasse, nur weil du du bist und ich ich bin? Hast du ernsthaft geglaubt, es ist okay, dass ich dich von mir fernhalten wollte, du mich jedoch nie gelassen hast? Dass du mich absichtlich in mein Verderben hast rennen lassen, weil du mir nie verraten hast, woher dein schlechter Ruf kommt? Mich zu ghosten, einfach so, aus purer Laune heraus, weil du dich lieber mit deiner Ex-Freundin treffen wolltest? Und dann auch noch deinen Bruder vorzuschieben? Als würde eine tragische Familiengeschichte alles entschuldigen? Denkst du wirklich, das alles war okay? Dass du meine Hand festhalten kannst, einfach weil du es kannst? Weil du ein Typ bist und gut aussiehst und tiefgründige Dinge sagst und Talent hast und damit eigentlich sowieso schon den Jackpot des Lebens geknackt hast?

Das Ding war, ich sagte nichts davon. Ich erhob mich bloß wortlos, weil ich wusste, dass nichts, was Art antworten würde, sein Verhalten hätte rechtfertigen können. Dass es nur *Ähms* und *Tut mir leid* und *Das war gar nicht so* wären. Dass er mich damit beschwichtigt und hingehalten hätte. Dass ich dann vielleicht sogar geblieben wäre, weil er Künstler war und sein bestes Meisterwerk darin bestand, mich glauben zu lassen, die Dinge wären anders, als sie scheinen.

Art.

Mein liebster, schönster, schrecklichster Künstler.

Also sagte ich nichts, während ich noch immer wortlos seine Tür ansteuerte.

»Hel?«, fragte er und seine Stimme kroch unter jeden Zentimeter meiner Haut. »Du gehst? Hallo?« Er rief mir nach und folgte mir, blieb allerdings im Türrahmen stehen. »Du gehst?«

Mein Name echote in seinem Wohnheimflur nach, doch ich drehte mich nicht um. Ganz egal, wie viel Gefühl und Geschichte darin mitschwang. Unsere Geschichte. Es war keine, die ich noch einmal lesen wollte, weil sie immer gleich endete.

Weil sie nie gut endete.

»Helena, verdammt! Warum willst du jetzt schon gehen?«

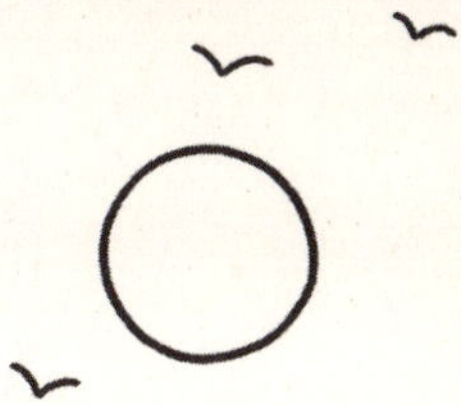

Wieso ich gegangen bin?

Weil ich sonst vielleicht für immer geblieben wäre.

Grund ∞

Alle ringsum erheben sich. Der Schaffner hat gerade die Endhaltestelle angesagt und ich muss langsam zum Ende kommen. Art, es gibt so viele Gründe, wieso ich gegangen bin. Ich habe dir nur einen Bruchteil davon genannt. Dabei weiß ich, dass du mich wahrscheinlich gar nicht verstehst, Vince und den anderen jetzt bestimmt erzählst, wie durchgeknallt Ambers kleine Mitbewohnerin ist, wenn das Thema irgendwie auf mich fallen sollte.

Weißt du, ich habe dir eine ganze Geschichte geschrieben, mit Prolog und Epilog, und ich wette, dass du nicht einmal ein Wort für mich übrig hast.

Dass wir uns das letzte Mal gesehen haben, ist zwei Wochen her. Ich habe jede einzelne Sekunde innerlich geweint. Im Unterricht, in den Pausen, in den Nächten. Gott, so oft in diesen verfluchten Nächten. Als ich meine übrig gebliebenen roten Strähnen mit meiner eigentlichen Haarfarbe übertönt habe, habe ich die Tränen sogar fast eine Stunde lang im Spiegel gesehen. Ich will nicht besonders sein, wenn ich mich dafür kaputtmachen muss. Wenn besonders heißt, besonders verletzt zu werden.

Art, ich will so vieles nicht mehr. Ich will nicht mehr an dich denken und ich will dich nicht mehr in meinem Leben. Ich bin froh, dass du bald keinen Unterricht mehr hast und bloß für die Abi-Prüfungen im Internat sein wirst.

Denn ich will, dass alles so ist wie vorher. Vor dir. Dabei weiß ich, dass das nicht möglich ist. Dass ich nach vorne schauen und mich auf die positiven Dinge konzentrieren muss. Auf die Tatsache, dass ich es geschafft habe, einen meiner Texte vor über fünfzig Personen vorzulesen. Dass Mila über die Ferien nach Hause kommen wird (und es *Zuhause* genannt hat). Wir wollen Tassen bemalen, in unserem Lieblingscafé *MalinaStories* frühstücken und Mila will mit Mama reden. Lediglich Papa muss ich allein besuchen. Papa und seine neue Freundin. Aber das schiebe ich beiseite. Ich will mich darauf konzentrieren, dass ich Amber gefunden habe. Dass ich mein Schreiben und mich weiterentwickle, und sei es nur in Frau Krügers Buchclub. Ich will mich darauf freuen, mit Chiara und Aylin Netflix-Marathons zu starten und dabei nicht an dich zu denken.

Art, ich will vergessen, wie du mich am allerersten Tag angesprochen hast. Wegen meines Lieblingsbuchs. Wie du mich angesehen hast. Wie du mich eigentlich immer angesehen hast. Wie du meine Hand gehalten hast, mir deine Lieblingsbank gezeigt und mir meinen liebsten Tee für unser erstes Date gekocht hast. Ich will vergessen, wie du dich in besagtes Lieblingsbuch gestürzt und es mit Kommentaren versehen hast. Wie du Lieder, die du für mich geschrieben hast, auf der Bühne nur für mich gesungen hast. Ich will vergessen, wie gewollt, begehrt und besonders ich mich durch dich gefühlt habe. Art, ich will das alles vergessen, weil es mich an dich erinnert.

Wusstest du, dass ich in den letzten zwei Wochen keinen Hunger mehr hatte? Amber hat mich gezwungen, täglich eine versalzene Portion Pommes zu essen. Ich verliere zu viel Salz, weil ich dich verloren habe und mich selbst irgendwie auch. Ich verliere massenweise Haare, weil du alles aus mir ausgesaugt hast. Aber wahrscheinlich hast du das gar nicht gemerkt, denn wir gehen uns neuerdings beide aus dem Weg. Wobei – vielleicht tue das auch nur ich. Wahrscheinlich bin ich dir gleichgültig. So wie jemand, der einem nur egal sein kann, wenn er einem in erster Linie überhaupt nie wichtig gewesen war.

Du hingegen warst mir unendlich wichtig.

Das erkennt jeder, der mich in diesem Moment ansieht, weil ich wieder weine und diesmal nicht einmal versuche, es zu verstecken. Ich weiß nicht, wie das aufhören kann. Ich weiß auch nicht, wie ich aufhören kann, an dich zu denken, wenn ich das Gefühl habe, du bist immer noch überall in mir, obwohl du nicht einmal wirklich in mir warst. Ich habe keine Ahnung, ob du wie Gift bist. Wenn ja, ist das ein weiterer Grund, wieso ich gegangen bin.

Warum willst du jetzt schon gehen?

Das ist das Letzte, was du zu mir gesagt hast, und es gibt so, so, so, so viele Gründe. Die ganzen Warnungen vor dir, mein Bauchgefühl, wie ich mich verändert habe, die Tatsache, dass ich meine Schwester und Amber deinetwegen angelogen habe. Dass ich Chiaras und Aylins Fragen ausgewichen bin, bis ich den endgültigen Schlussstrich gezogen habe. Dass ich Liebe nun irgendwie hasse, obwohl ich sie eigentlich so liebe.

Ich bin gegangen, weil jede meiner Körperzellen mit dir geglüht hat, aber ich mittlerweile weiß, dass alles, was glüht, irgendwann auch verglüht. So wie sterbende Sterne verglühen und sich in eine Supernova verwandeln. Nur dass ich lediglich ein Name auf deiner endlos langen Liste mit Mädchen bin.

Ich bin gegangen, weil du meine Hand festgehalten hast.

Ich bin gegangen, weil du deinen depressiven und suizidalen Bruder nicht als Ausrede für deine beschissenen Entscheidungen nehmen kannst.

Ich bin gegangen, weil meine Bücher lügen. Weil Liebe zwar gut ausgehen kann, die Chancen dafür allerdings ziemlich gering sind, wenn man sich in den sprunghaften Typen verguckt, der den Ruf eines Herzensbrechers hat.

Ich bin gegangen, weil ich daran glaube, dass es kein Happy End zwischen uns geben kann, wenn es mir dabei schlecht geht.

Würde ich wirklich alle Gründe für mein Gehen aufzählen, säßen wir bis in die Unendlichkeit hier, und die Zeit habe ich nicht. Ich muss jetzt aufstehen. Nach Hause gehen. Weg von dir. Also stehe ich auf, schiebe meinen Laptop in den Rucksack und stoße dabei auf etwas Hartes. Meine Ausgabe von *Wenn wir bleiben.*

Art, du willst wissen, wieso ich gegangen bin? Weil ich fürchte, dass ich vielleicht sonst für immer geblieben wäre.

Danksagung

Warum willst du jetzt schon gehen? ist mein erstes Jugendbuch und mit Abstand die Geschichte, deren Botschaft mir am wichtigsten ist. Ich selbst kann mich mit Helena identifizieren: Ich liebe Liebesromane, Liebe und insbesondere die Liebe in Liebesromanen. Trotzdem wünschte ich, ich hätte meinem sechzehn-, siebzehn-, achtzehn-, neunzehn-, zwanzig-, einundzwanzig- und zweiundzwanzigjährigen Ich dieses Buch in die Hand drücken können, damit es sieht, dass Liebe manchmal toxisch ist und es kein Happy End sein kann, wenn es dir dabei nicht gut geht.

An dieser Stelle möchte ich mich aus tiefstem Herzen bei meinen Leserinnen und Lesern bedanken, die es mir tagtäglich ermöglichen, Geschichten über die Themen zu schreiben, die mich selbst beschäftigen und beschäftigt haben. DANKE, DANKE, DANKE wirklich für alles. Für all eure Unterstützung und Liebe zu meinen bisher erschienenen Büchern, fürs Markieren und die vielen, vielen täglichen Nachrichten, in denen ihr mir schreibt, dass ihr euch durch meine Protagonistinnen gesehen fühlt. Das bedeutet mir die Welt, ehrlich ♡

Ich danke meiner Familie und insbesondere K für alles, auch dafür, dass er das Gegenteil von Art ist ♡

Mein großer Dank gilt Klaus und Michaela Gröner von meiner Agentur, ohne die ebenfalls nichts hiervon möglich wäre ♡

Ich danke dem gesamten Team von Loewe, vom Marketing bis hin zum Vertrieb. Danke, dass meine Bücher das allerschönste Zuhause bei euch haben ♡

Und jetzt das Beste zum Schluss: Ich danke meiner Lektorin Elena von Herzen, für immer und für alles. Danke für deine Geduld und deinen Glauben an mich. Danke, dass du jede meiner Geschichten immer so viel besser machst. Danke einfach WIRKLICH für alles. #stiervibesviben für immer ♡

Triggerwarnung

Warum willst du jetzt schon gehen? enthält potenziell triggernde Inhalte.

Diese sind: toxische Beziehungsmuster, Körperdysmorphe Störung, Trennung der Eltern, stressbedingter Haarausfall und emotionale Manipulation (auch mit dem Ziel, sexuelle Handlungen zu vollziehen).
Außerdem werden Slutshaming und Suizidversuche thematisiert, jedoch nicht im Detail und nicht aus der Ich-Perspektive beschrieben.

Ihr solltet das Buch also nur lesen, wenn ihr emotional mit diesen Themen umgehen könnt. Falls es euch mit diesen genannten oder auch anderen Themen nicht gut geht, findet ihr unter der Nummer der Telefonseelsorge rund um die Uhr kostenlose und anonyme Hilfe.

0800-1 11 01 11/08 00 – 1 11 02 22
www.telefonseelsorge.de